당신이 어머니의 집밥을 먹을 수 있는 횟수는 앞으로 328번 남았습니다

우와노 소라 지음 | 박춘상 옮김 | 320쪽

"소중한 무언가와 함께할 수 있는 시간은 영원하지 않아."
이상한 카운트다운과 마주친 보통 사람들의 반응은?
일상의 소중함을 떠올리게 해줄 따뜻하고 알싸한 이야기들
〈소설가가 되자〉 사이트 화제작 포함, 옴니버스 감동 스토리

고양이는 안는 것

오야마 준코 지음 | 정경진 옮김 | 300쪽

"고양이는 그리는 것이 아니야. 안는 거야."
〈조제, 호랑이 그리고 물고기들〉 이누도 잇신 감독 영화 원작
상처받은 인간과 외로운 고양이가 인연을 맺으며
저마다의 행복을 찾아가는 힐링 스토리

한스미디어 소설 카페 http://cafe.naver.com/ragno

CHAMBRE 128

128호실의 원고

CHAMBRE 128

128호실의 원고

카티 보니당 **지음** | 안은주 **옮김**

한스미디어

우리가 읽은,

우리가 읽을 모든 소설에게 바칩니다.

소설은 마치 졸음이 찾아오는 것처럼

우리의 일상에 어떤 단어와 문장을 심어

무의식 속에서 뻗어나가게 합니다.

그리고 우리를 변화시키죠.

살금살금, 그러나 돌이킬 수 없는 방식으로.

차례

안느 리즈 브리아르가 보내는 편지 13 실베스트르 파메가 안느 리즈 브리 아르에게 17 안느 리즈가 실베스트르에게 23 안느 리즈가 마기에게 26 실베스트르가 안느 리즈에게 29 마기가 안느 리즈에게 32 안느 리즈가 실 베스트르에게 35 실베스트르가 안느 리즈에게 38 안느 리즈가 실베스트 르에게 41 나이마 레자가 안느 리즈 브리아르에게 44 안느 리즈가 실베 스트르에게 47 안느 리즈가 나이마에게 48 실베스트르가 안느 리즈에게 50 마기가 안느 리즈에게 53 안느 리즈가 마기에게 58 안느 리즈가 실베 스트르에게 61 실베스트르가 안느 리즈에게 66 안느 리즈가 마기에게 69 엘런 안톤이 안느 리즈 브리아르에게 73 윌리엄 그랜트가 안느 리즈 브리아 르에게 75 실베스트르가 안느 리즈에게 77 나이마가 안느 리즈에게 79 마 기가 안느 리즈에게 85 안느 리즈가 마기에게 88 안느 리즈가 실베스트르 에게 92 윌리엄이 안느 리즈에게 95 윌리엄이 마기에게 97 실베스트르가 안 느 리즈에게 99 마기가 안느 리즈에게 103 안느 리즈가 마기에게 106 마기 가 안느 리즈에게 108 안느 리즈가 실베스트르에게 112 윌리엄이 안느 리즈 에게 115 안느 리즈가 마기에게 119 안느 리즈가 실베스트르에게 122 안느 리 즈가 윌리엄에게 124 마기가 안느 리즈에게 127 실베스트르가 안느 리즈에게 130 안느 리즈가 실베스트르에게 136 윌리엄이 안느 리즈에게 138 안느 리즈 가 줄리앙에게 140 윌리엄이 안느 리즈에게 147 안느 리즈가 마기에게 151 마 기가 안느 리즈에게 154 안느 리즈가 실베스트르에게 158 안느 리즈가 윌리엄에게 161 윌리엄이 안느 리즈에게 163 안느 리즈가 윌리엄에게 168 실베스트르가 안느 리즈에게 171 다비드 아길롱이 안느 리즈 브리아르에게 175 윌리엄이 안느 리즈에게 177 안느 리즈가 다비드 아길롱에게 181 마기가 윌리엄에게 183 다비드가 안느 리즈에게 189 실베스트르가 안느 리즈에게 192 윌리엄이 마기에게 196 안느 리즈가 다비드 아길롱에게 199 마기가 윌리엄에게 203 다비드가 안느 리즈에게 207 안느 리즈가 마기에게 211 안느 리즈가 실베스트르에게 216 윌리엄이 마기에게 219 실베스트르가 안느 리즈에게 224 안느 리즈가 실베스트르에게 226 안느 리즈가 마기에게 229 실베스트르가 안느 리즈에게 231 엘비르 뢰르가 실베스트르 파메에게 236 안느 리즈가 윌리엄에게 240 마기가 윌리엄에게 243 다비드가 안느 리즈에게 248 안느 리즈가 실베스트르에게 251 마기가 안느 리즈에게 254 안느 리즈가 다비드에게 257 실베스트르가 안느 리즈에게 260 안느 리즈가 마기에게 264 윌리엄이 마기에게 268 윌리엄이 안느 리즈에게 271 클레르 로랑 말라르가 안느 리즈 브리아르에게 274 안느 리즈가 윌리엄에게 277 윌리엄이 안느 리즈에게 280 안느 리즈가 윌리엄에게 281 안느 리즈가 다비드에게 282 안느 리즈가 마기에게 288 안느 리즈가 윌리엄에게 290 클레르가 안느 리즈에게 292 실베스트르가 안느 리즈에게 298 안느 리즈가 실베스트르에게 304 벨포엘에서 307

감사의 말 312 옮긴이의 말 315

등장인물 소개

안느 리즈 브리아르 회사 공동경영자이자 주부로 바쁘게 살고 있는
중년 여성. 프랑스 서부 피니스테르주의 이루아즈로 여행을 갔다
가 보리바주 호텔 128호실에서 누군가 두고 간 소설 원고를 발
견한다. 호기심에 읽어본 소설에 푹 빠져버리고, 원고의 주인을
찾아주기로 결심한다.

실베스트르 파메 파리 서쪽 교외에 살며 재택근무를 하는 오십 대
남성. 젊은 시절 집필 중이던 원고를 캐나다에서 잃어버렸다. 이
후 글쓰기에 의욕을 잃어버렸고, 분실했던 미완의 원고가 30여
년 만에 완결된 작품으로 자신에게 돌아오자 매우 놀란다.

마기 안느 리즈의 친한 친구. 보리바주 호텔 근처에서 혼자 살고
있다. 128호실에서 발견된 원고가 어쩌다 여기까지 흘러왔는지,
소설의 뒷부분을 완성한 사람이 누구인지 알아내겠다는 안느 리
즈의 계획에 동참해 함께 조사를 벌인다.

나이마 레자 128호실에 원고를 두고 나온 젊은 여성. 피니스테르주
북부의 로스코프 해변에서 원고를 주워 읽은 뒤 삶의 어두운 동

굴을 빠져나왔고, 또 다른 누군가에게 도움이 되길 바라며 원고
를 128호실에 두었다.

로메오 로스코프 해변에 원고를 놓아둔 레스토랑 웨이터. 로스코
프 도서관에서 봉사활동을 하던 중 누군가가 기증한 책 무더기
에서 원고를 발견해 읽었다. 이후 큰 용기를 얻은 그는 다른 이
들도 읽기를 바라며 해변에 원고를 가져다 두었다.

빅토르 클레데르 유럽연합에서 일하는 공무원. 파리와 벨기에를 오
가며 살고 있다. 벨기에 브뤼셀의 작은 도시 홀덴베르흐에서 축구
클럽에 갔다가 원고를 발견하고 파리로, 그리고 로스코프로 가져
가 읽었다. 로스코프에서 집안의 유품인 장서를 상자에 담아 도
서관에 기증하는데 원고가 그 안에 섞여 들어갔다.

엘런 안톤 홀덴베르흐에 사는 중년 여성. 브뤼셀의 독서 모임에서
시를 가르치던 윌리엄에게 원고를 받았다. 자신의 친구에게 원고
를 전해주고 오라고 딸에게 시켰지만, 딸이 축구 클럽에 갔다가
원고를 흘리고 왔다는 사실이 나중에야 밝혀진다.

윌리엄 그랜트 런던에 사는 포커 선수이자 전직 영문학과 교수. 프
랑스 남동부 로제르주의 본가에서 어머니의 소지품을 정리하던
중 원고를 발견했고, 10년쯤 후 브뤼셀의 독서 모임 회원들에게
원고를 건넸다.

다비드 아길롱 교도소에 수감 중인 죄수. 프랑스 남부 도시 몽펠리
에의 재활원에서 함께 지냈던 엘비르에게 원고를 받아 읽었다. 그
후 경찰에게 체포되기 전날 연인인 윌리엄의 어머니에게 원고를
건넸다.

엘비르 뢰르 캐나다에 살고 있는 프랑스인 여성. 새아버지의 유품 중에서 원고를 발견했고, 몽펠리에의 재활원에서 지내던 중 다비드를 만나 그에게 원고를 건넸다.

클레르 로랑 말라르(로랑 막드랄) 프랑스에 사는 여성 추리소설가. 전반부만 쓰인 원고를 아쉴 고티에에게 받아 뒷부분을 이어 쓴 뒤 아쉴에게 다시 보냈다.

아쉴 고티에 캐나다에 살았던 문학잡지 편집장. 30여 년 전 실베스트르가 분실한 원고를 우여곡절 끝에 수령했지만, 실베스트르에게는 아무 말도 없이 클레르에게 원고를 보냈다.

이 책의 이야기는 인명과 지명만 실제와 다를 뿐
거의 대부분 진짜 있었던 일입니다.

눈앞에서 펼쳐지는 누군가의 삶을 무심코 목격하게 될 때
우리는 그 삶의 방향을 결정할 수 있는 힘이 없습니다.
그저 등장인물을 관찰하고 그들의 감정과 두려움, 희망을 상상할 뿐이죠.

물론 때로는 착각할 때도 있습니다.
내가 진실에 가까이 있다고, 나에게 소명이 부여됐다고 말이죠.
그 소명이란 자신이 엿본 사건에 대해 그날그날 이야기하는 것입니다.
물론 그러면서 사건의 결말에 놀라기도 하겠죠.
그런데 만약 결말이 실망스럽다면?
그럴 가능성도 있겠지요.

만약 당신이 그런 위험이나 불확실함을 기꺼이 받아들일 수 있다면
이 편지들을 하나하나 읽어보세요.
어디로 배달될지 모르는 편지를 따라 잔잔한 리듬에 몸을 싣고……

안느 리즈 브리아르가 보내는 편지

파리 모리용가街, 2016년 4월 25일

이 편지를 받으실 분께,

이제야 이 원고를 보내드리는 것에 대해 양해를 구합니다.

저 말고 다른 사람이 128호실에서 이걸 발견했다면 즉시 호텔 데스크에 맡겼을 테죠. 만약 당신이 제 친구들을 만나게 된다면 제가 평소에 얼마나 부주의한 사람인지 들으실 수 있을 거예요. 그러니 이렇게 발송이 지체된 게 당신의 원고를 멸여蔑如해서 그런 거라고는 여기지 마세요. 전혀 그런 게 아니랍니다. 사실은 제가 다 읽었어요!

보리바주Beau Rivage 호텔 128호실의 포근한 더블침대 오른쪽에 있는 협탁 서랍을 열었더니 이 원고가 있더군요. 당신이 실수로 두고 가신 덕분에 저는 하늘에 감사를 드렸답니다. 주말에 이루아즈 바닷가*에서 읽을 책을 챙긴다는 걸

---

* Mer d'Iroise. 프랑스 서부 브르타뉴 반도의 끝에 위치한 피니스테르주(州)에 있다. '피니스테르(Finistère)'는 '땅 끝'을 뜻하는 라틴어 'Finis Terræ'에서 유래한 이름이며, 세계적인 휴양지로 잘 알려져 있다.

깜빡했었거든요……. 저는 책을 단 몇 페이지라도 읽지 않고는 잠들지 못하는 사람이랍니다. 읽는 즐거움을 빼앗기면 곧 심술쟁이가 되어버려요. 그런 제 심술에 애꿎은 남편만 볶일 뻔했는데 당신 덕분에 그럴 필요가 없었답니다.

어쨌든 간에 첫 번째 장이 끝나는 156쪽에 주소가 있기에 이렇게 소포로 보내게 되었습니다. 사실은 오래도록 망설였어요. 남편과 아이들이 쓸데없는 일 좀 하지 말라고 뜯어말렸거든요. 딸 말로는 "머리가 돈 짓"이라던데, 열여섯 살 철부지의 말이라는 걸 감안해서 들어주세요.

남편은 이 원고가 출판사에서 거절당해 서랍에 버려진 채 묵혀 있던 거라고 장담하더군요. 절박한 독자라도 낚여주길 노려왔던 거라고요. 아들은 한술 더 떠서, 옛날 고릿적 타자기로 작성한 걸 보아하니 "천만 년"은 호텔에서 굴러다녔을 거라고, 만약 원고 주인이 조금이라도 맘에 들어 했던 내용이라면 이미 "백 년" 전에 찾아갔을 거랍니다.

가족들이 하는 말에 저도 좀 넘어가긴 했어요. 164쪽을 읽기 직전까지는요. 그런데 그 페이지 여백에 누군가가 이렇게 적어놓았더군요.

어쨌든 무슨 상관인가? 거짓말도 결국에는 진실의 길에 다다르지 않는가? 내 이야기가 진실이든 거짓이든 간에 결말이 다르다고 과연 의미도 다를까? 이야기가 진실이냐 거짓이냐는 상관없다. 어느 쪽이든 내가 과거에 어떤 사람이었고, 지금은 어떤 사람인지에 대해 잘 보여만 준다면. 우리는 때때로 진실을 말하는 자보다 거짓을 말하는 자를 통해 더 분명히 볼 수 있으니까.

이 부분을 읽고 얼마나 놀랐는지 몰라요! 누군가가 써놓은 글을 우연히 발견했는데 그 사람도 제가 최고로 여기는 작가의 숭배자였던 거예요. 이 문장을 읽으면 당신의 글이 지닌 애매모호한 면이 더욱 뚜렷하게 느껴지죠. 그래서 164쪽을 읽을 때부터 제가 읽는 게 소설인지 경험담인지 모르겠더라고요. 당신에게 묻는다면 나지막이 두리뭉실한 대답을 하겠지요…….

그리고 마지막 페이지에서 시를 발견했어요. 연필로 흘려 쓴 글이었는데 지우개로 지웠던 흔적으로 보아 정확한 단어를 고르기 위해 꽤 고심했던 것 같더군요. 정말 꼭 맞는 단어들을 골랐다고 말씀드려도 될까요. 읽는 동안 마치 그 시구들이 오직 우리를 위해 쓴 것만 같아 가벼운 전율까지 느껴졌답니다.

바로 그 순간이었던 것 같아요. 저는 종내 가족들의 충고를 무시하고 누구인지도 모르는 당신에게 이 원고를 보내기로 결심했답니다. 몇몇 충실한 신자들이 가는 곳마다 성경을 들고 다니듯 이 호텔 저 호텔 옮겨 다닐 때마다 원고를 들고 다녔을 당신에게. 여자인지 남자인지, 청소년인지 나이 든 사람인지도 모를 당신에게요.

대답을 얻을 방법은 단 한 가지였어요. 소포를 우체국에 맡기고 수완 좋은 집배원이 당신을 찾아내 배송해주길 바라는 거였죠. (저는 수신처란에 이름은 없이 주소만 적어서 우편물을 보내본 적이 없어요. 박봉에도 호기심 많은 유쾌한 직원이 이 원고의 반환 작업에 애써주길 바랄 뿐입니다.)

혹시나 당신이 소포 수령 여부를 알려주고 싶으실까 봐 봉투 뒷면에 제 연락처를 적어놓았습니다. 즐거운 독서 시간을 선물해주셔서 다시 한 번 감사드립니다. 당신에게 그럴 의도는 없었겠지만 말이에요.

안녕히 계세요.

안느 리즈 브리아르 드림

실베스트르 파메가 안느 리즈 브리아르에게

랭빌앙벡생 레샤예,[*] 2016년 5월 2일

보내주신 편지를 지금 막 열 번이나 읽은 참입니다……. 어떻게 설명을 드려야 할까요? 이 원고에 대해서는…… 할 말이 참 많습니다. 그리고 당신의 편지는…… 오직 저를 위해 손으로 쓴 편지라니, 어릴 적 여름 캠프에서 받은 어머니의 편지가 떠오르더군요. 제 어머니도 흘려 쓰는 필체를 갖고 계셨어요. 마치 집배원이 지나가기 전에 할 말을 몽땅 적으려는 듯 서둘러서 쓰는 글씨 같았죠. 어머니는 손으로 편지 쓰는 걸 좋아하셨지만 쓸 기회가 좀처럼 없었답니다. 주변 사람들도 쓸데없는 짓이라고 혀를 차곤 했죠. 그러니 저의 여름 캠프가 어머니에게는 좋은 구실이 되었던 셈이죠. 어머니도 당신처럼 요즘은 잘 안 써서 거의 사라진 듯한 단어를 쓰곤 했답니다. 만년필로 글을 쓸 때는 일상 어휘 갖고는 만족이 안 된다면서요. 당신이 쓰신 *지체, 멸여, 종내* 같은 단어를 어머니가 보셨다면 얼마나 좋아하셨을지! 요즘

---

[*] Les Chayets, Lainville-en-Vexin. 파리 서쪽 이블린 지역에 있는 시골 마을.

17

이런 단어를 쓰는 사람은 없잖아요. 더욱이 알지도 못하는 사람에게, 상상 속 상자를 가득 채워 넘치게 하듯 도를 넘는 편지를 쓰면서 말이죠…….

아무튼 오늘 저는 그 옛날 캠프에서 맞춤법이 틀리진 않았는지, 어설픈 어휘는 없는지 걱정하며 어머니에게 답장하던 때의 행복과 열의를 다시금 음미하고 있습니다. 당시 캠프가 끝나고 집에 돌아가면 어머니가 즉시 저를 붙들고 편지의 실수를 지적하며 나무라곤 했답니다. 당신은 부디 관대하게 제 편지를 보아주시길 바랍니다. 제가 쓰는 훈련이 부족하다는 걸 기억해주시고요.

저는 어제저녁에야 소포를 받았습니다. 당신이 찾으신 주소는 제 대부님이 사시는 건물 주소였거든요. 대부님이 50년 전부터 같은 곳에 살고 계신 게 다행이었죠…….

한때 뛰어난 요리사였던 대부님은 부엌 불 앞을 떠나 퇴직한다는 사실을 받아들이기 힘들어하셨습니다. 그 때문에 매주 금요일 저녁이면 9층에 있는 대부님의 작은 아파트로 단골들을 초대해 새로운 요리를 맛보게 하십니다. 연세가 아흔둘인 데다 시력도 매우 안 좋은지라 초대에 응하는 것 자체가 용기가 필요한 일이긴 합니다만…….하여튼 이 동네 우편집배원은 맛있고 틀에 박히지 않은 대부님 요리의 열성 팬이어서 대부님이 사시는 건물과 그곳 거주자들까지 잘 알고 있답니다. 그래서 수사를 벌이는 게 쉬웠고, 심지어 즐거웠다고 하네요. 소포를 열고 소설의 첫 부분을 읽은 그는 9층까지 거침없이 주파해 거기 사는 모든 사람에게 질문을 퍼부었고, 결국 고아였던 주소에 수신자를 연결해준 것입니다.

다행히도 대부님은 머나먼 과거에 제가 글을 쓰려고 했던 걸 기억하고 계셨습니다. 그분은 소중한 원고 꾸러미를 찬장에 올려두고 먼지가 쌓이도록 내버려둔 후에야 제게 연락하셨고요.

소포를 열자 요오드 냄새를 머금은 바다 공기가 느껴졌고, 요란하게 부딪치는 파도 소리와 갈매기 울음소리가 들리는 듯했습니다. 이 느낌은 여전히 저를 떠나지 않고 맴돌고 있지요. 그런데 놀랍게도 저는 당신이 원고를 발견했다는 브르타뉴 지역에 가본 적이 없답니다. 저는 바다에 매력을 느껴본 적이 없을뿐더러 여행을 하는 데 따르는 대혼란을 꺼리는 편이죠.

그러니 당신의 발견이 얼마나 기이한지 아시겠지요. 사실 이 원고는 1983년 4월 3일, 제가 몬트리올을 여행하다가 잃어버린 겁니다. 스물세 살, 한창 오만했던 그 시절, 저는 문학 비평으로 유명한 친구에게 그 원고에 대한 조언을 구하려 했죠. 당신이 제게 얼마나 큰 선물을 해주신 건지 알려드리기 위해, 그리고 당신 아드님이 틀렸다는 걸 알려드리기 위해 말씀드리자면, 저는 이 원고를 몇 달 동안이나 찾아 헤맸습니다. 항공사는 물론이고 원고를 발견했을 만한 사람들을 죄다 찾아다니며 물어봤지요. 승무원들과 시설관리 담당자는 물론이고 몬트리올공항 상인들, 여행을 마치고 돌아올 때는 파리공항 상인들까지. 어떤 승객이 원고를 카페에 두고 가지는 않았는지, 누군가 봉투에 적힌 수신인 이름을 보고 저의 평론가 친구에게 보내주지는 않을까 기대하면서요. 하지만 헛수고였습니다! 저는 그렇게 첫 원고에 안녕을 고해야만 했습니다. 그리고 연이은 실패로 그 원고는 제 첫 작품이자 마지막 작품이 되어버렸죠.

그런데 짠! 30여 년이나 뒤늦게 피니스테르에 있는 한 호텔에서, 바다가 보이는 객실 머리맡 탁자에서 제 원고가 나온 겁니다……

　여기서 더 놀라운 사실을 말씀드려야겠네요. 사실 제가 쓴 글은 대부님의 연락처가 있던 156쪽이 끝입니다. 당시에 저는 친구들과 함께 살고 있었는데, 원고가 저한테 반송돼 오면 친구들이 문학에 대한 저의 꿈을 조롱할까 봐 대부님의 주소를 적었던 겁니다.

당신이 만약 이 사실을 알았더라면 157쪽부터 문체가 더 유려하다는 걸 확실히 느끼셨을 겁니다. 제 글 뒤로 이어 쓴 분은 단지 이야기를 마무리하는 데 그치지 않고 그 안에서 자기만의 필력을 발휘한 것 같더군요.

안타깝게도 그 덧붙여진 시구 또한 제가 쓴 게 아니랍니다……. 아마 비행기 좌석 아래에 있던 제 소설 초안을 발견해 이야기를 완성하고는 브르타뉴 끝에 가서 내팽개친 이름 모를 누군가가 쓴 거겠죠. 그 남자(성별에 대한 단서는 없으니 여자일지도)는 그렇게 세심한 사람이 아니었나 봅니다. 조금만 주의를 기울였다면 소설을 완성하고 나서 당신과 같은 방법으로 제게 보내줄 수 있었을 텐데 말이죠.

그 후로 몇 년 동안 저는 원고를 잃어버리지 않았다면 내 인생이 어떻게 됐을까 상상해보곤 했답니다. 운명의 주사위를 다시 던지듯 훌륭하게 끝마친 원고를 편집자에게 들이밀고 문단에서 인정받으며 살아가는 젊은 작가의 모습을 상상하곤 했지요……. 보시다시피 저는 어렸을 때 꾸었던 미완성의 꿈을 여태껏 끌고 온 것 같군요.

미완성이라는 말이 나왔으니 말인데, 당신은 내용에 대해

선 어떤 지적도 안 하셨더군요! 이 침묵을 어떻게 해석해야 합니까? 일면식도 없는 분이 누가 시키지도 않았는데 제 원고를 발견해 돌려주었고, 잘 읽어서 고맙다고 하셨죠. 굳이 말하지 않아도 당신이 문학에 푹 빠진 분이란 걸 알 수 있었답니다. 그런데 어떤 의견도 들려주지 않으시다니…….

아쉽지만 어쩔 수 없죠! 이 유치한 질문은 잊어주시기 바랍니다. 젊은 날의 추억처럼 간직할 수 있도록 원고를 보내주신 데 감사를 드립니다.

실베스트르 파메 드림

P. S. 소포 안에 보리바주 호텔 명함을 넣으셨더군요. 언젠가 발길이 닿게 된다면 잊지 않고 그곳에서 묵겠습니다.

P. P. S. 간혹 주저하는 투로 글을 쓴 부분이 있는데 이해해주세요. 꽤 공들여 쓰긴 했지만 여름 캠프 시절 이후로 훈련이 부족하다는 게 느껴지는군요…….

안느 리즈가 실베스트르에게

실베스트르 씨에게,

뜬금없는 소포에 대해 잘 받았다고 답장해주셔서 고마워
요. 지금에서야 제가 좋은 일을 했다는 게 실감이 나서 기
분이 참 좋네요. 누구라도 그렇겠지요. 당신 어머니처럼 저
도 편지 쓰기에 각별한 애정이 있답니다. 편지지를 사용할
일이 거의 없어진 지 오래지만요. 사람들은 제가 보낸 엽서
에 이메일로, 심하면 휴대폰 문자로 답장을 보내지요. 게다
가 이제 알게 되시겠지만 당신이 적어주신 집 전화번호는
제가 따로 적어놓았답니다. 프랑스 시골의 좋은 내음을 전
해주는 그곳 주소를 더욱 돋보이게 하려고 말이죠.

　원고에 대한 제 감상을 듣고 싶어 하시니 알려드릴게요.
우선 저는 줄거리에 감명을 받았습니다. 유치하게 여겨질
수도 있었는데 그렇지 않았고, 행복감이 흘러넘치는 분위기
도 좋았어요. 화자가 남성이라 그런지 여성의 심리에 대한
묘사에는 오류가 좀 많았지만 참신하게 느껴졌어요. 젊은

작가가 여기저기 심어놓은 향수에 젖은 회고를 보며 절박한 심정도 들었어요. 마치 오늘이 마지막 날일지도 모른다는 걸 인지한 채 새로운 하루를 시작하는 것처럼 말이죠. 지금은 당신이 앞부분만 쓰셨다는 걸 알게 됐으니 착한 척하지 않고 말씀드릴 수 있겠네요. 결말은 실망스러웠습니다.

물론, 당신도 겸손하게 말씀하신 대로 후반부 문체가 유려하긴 했어요. 스타일이 좀 더 강하고 정교하더군요. 묘사 부분이 섬세하게 분배되어 줄거리의 리듬을 망치지 않으면서 시적인 정취까지 안겨줬고요. 초반에선 느끼지 못했던 전문성도 느껴지더군요. 당신 기분을 신경 쓰지 않고 이렇게 다 말씀드릴 수 있는 것은 그런 기교가 사실은 당신의 글에 방해가 되기 때문이에요. 사람이 너무 완벽하면 매력이 안 느껴지듯 저는 뒷부분에서 감동을 잃고 말았답니다. 제가 무슨 말을 하려는지 아실 거예요. 그러니까 앞부분을 쓴 작가가 저를 전율하게 하는 순수함과 감수성을 글에 불어넣었다면, 뒷부분의 작가는 프랑스어 교사에게 기쁨을 선사할 언어적 탁월함을 채워 넣었다고나 할까요.

만약 제가 조언을 해도 된다면(단지 예의상 드리는 말씀이에요. 사실 저는 당신의 허락을 기다리지 않을 거거든요), 이야기를 꼭 마무리하시라고 말씀드리고 싶네요! 당신의 이야기를 계속 이어가서 직접 마무리할 권리를 되찾으세요.

우리의 후반부 작가가 덧붙인 주석만 봐도(아무 관계도 없는 제가 '우리'라고 쓴 걸 양해해주세요) 그자가 당신의 원고를 가로챘다는 걸 알 수 있어요. 원작자의 허락도 없이 끼어들어놓고 감탄을 자아내는 결말을 쓰다니요! 물론 장담컨대 당신이 쓰려고 했던 것과는 동떨어진 결말일 거예요. 이렇게 편지를 쓰는 지금, 저는 이번 만남이 어떠한 결과를 만들어낼지 상상하고 있어요. 상처 난 감수성과 예민함을 지닌 당신과, 적절한 곳에 꼭 맞는 단어를 실수 없이 넣을 줄 아는 탁월한 이야기꾼인 그 사람의 만남. 하지만 어떤 만남은 실현되어서는 안 됩니다. 걸작이 될 수도 있는 작품의 탄생을 방해하고 마니까요…….

실베스트르 씨, 여기까지가 제 독후감입니다. 소설을 마무리하는 데 도움이 됐으면 좋겠네요. 살면서 미완성으로 남겨놓은 것들은 진통제도 듣지 않는 만성 통증처럼 평생 자신을 따라다닌답니다. 당신의 글을 또 읽게 되기를 기대할게요. 출판은 언제라도 가능하니 꼭 마무리하세요.

그럼 안녕히.

안느 리즈 드림

안느 리즈가 마기에게

파리 모리용가, 2016년 5월 6일

마기에게,

'다 큰 어른들'이 파리로 돌아오기 전에 너희 집 정리를 제대로 해놓았길 바라……. 오랜만에 집에 왔는데 물건이 제자리에 없으면 짜증 나잖아. 근처에 머무는 며칠 동안 애들이 어딜 가는지, 누구하고 노는지 최선을 다해 감시했지만, 너도 알지? 애들이 내 눈을 어찌나 잘 피해 다니는지……. 그래서 너희 집에 애들만 두고 나올 때 얼마나 안절부절못했는지 몰라. 고작 사흘간인데도!

어쨌든 애들은 자기네끼리만 지냈던 것에 만족해하며 돌아왔고, 네게 고마워하고 있어. 그런가 하면 우리는 바다 내음은 물론이고 네가 알려준 호텔의 완벽한 서비스를 맘껏 즐기고 왔지. 한 가정의 엄마가 휴가를 즐긴다는 건 흔한 일이 아니잖니!

호텔 얘기가 나왔으니 말인데, 너에게 부탁이 하나 있어. 내가 그곳의 멋진 경치가 보이는 128호실에 머무는 동안, 누군가 협탁에 두고 간 소설 원고를 발견했어. 여기까지만 얘기하면 신기하지만 별 특별한 일은 아니야. 그리고 이 지점에서 내가 그 원고를 주인에게 보내줬다고 해도 너한테는 놀랄 일이 아니지.

재밌는 일은 여기서부터야. 원고의 이야기를 완결 지은 사람은 '원고 주인'이 아니고 익명의 또 다른 누군가였어. 물론 그 누군가는 나보다 먼저 128호실에 머물렀던 손님이겠지. 서로 만난 적도 없는 두 사람의 재능이 만나서 일관성 있는 하나의 작품이 나올 확률은 얼마나 된다고 생각해?

넌 내가 무슨 말을 할지 이미 짐작했겠지……. 그 호텔 지배인이 너랑 친구잖아. 그러니까 나보다 앞서 128호실에 머물렀던 손님들의 연락처를 좀 알아봐주면 안 될까? 물론 호텔 측에선 개인정보 보호 문제 때문에 알려주지 않으려 하겠지만, 그래도 너 말고 누가 설득할 수 있겠니? 아첨이 아니라 나는 네 설득력이 정말 대단하다고 생각하거든.

여름이 되기 전에 볼 수 있었으면 좋겠다. 네가 다녀온 곳들이 어땠는지 하루빨리 여행 얘기를 듣고 싶어.

곧 보자.

사랑을 담아,
너의 친구 리주[*]

P. S. 사무실 상황은 해결이 안 되고 있어. 만약 어디 멀리서, 부검해도 드러나지 않는 맹독을 발견한다면 그 기적의 산물을 큰 통으로 하나 보내줘……. 휴가 다녀오고 나니 내 사촌 바스티앵이 더 싫어졌어. 이제 최후의 행동으로 이 증오심을 끝내야 할 때야!

---

[*] Lisou. '안느 리즈'의 애칭.

이렇게 빨리 답장을 받을 줄은 몰랐지만, 편지로 연락하는 걸 좋아하신다 하니 저도 즉시 답장하고 싶어졌습니다. 사실 저는 2년 전부터 전화벨 소리를 무음으로 해놓고 저장된 메시지만 듣고 있습니다. 끝없는 고요함을 필요로 하는 사람이라서요.

오늘 밤에는 집에 아무도 없습니다. 그래서 저는 혼자 있다는 기분을 좀 더 깊이 음미하고 있지요. 제 아내는 숨 한번 헐떡이지 않고 이리저리 쏘다니는 습성이 있답니다. 지금쯤이면 운동 강습을 받거나, 연극 연습을 하거나, 축제위원회 모임에 참석하거나, 아니면 친구들과 저녁식사를 하고 있을 겁니다. 단언컨대 이러한 열정이 혹시나 받을 수도 있었던 부부상담보다 저희 관계에 더 도움이 되고 있답니다.

당신은 하나밖에 없는 제 소설을 읽으신 분입니다. 그 안에서 고요함과 한가로움이 주는 매력을 느끼셨을 테지요. 아내가 밖에 나가고 없으면 저도 이 두 가지 욕구를 충족시킬 수 있습니다. 제 딸아이는 흔히 말하듯 둥지를 떠나서 혼자 살고 있거든요. 그것도 세상 반대편, 캐나다에 정착해서요……. 제 가족에 대해 질문하신 적은 없지만, 당신 가족에 대해 조금 알고 나니 저도 똑같이 하는 게 좋겠다는 생각이 들어서 알려드렸습니다.

당신의 조언을 따라 며칠 전부터 21세기에 발맞춰 원고를 쓰고 있습니다. 네네, 그렇습니다. 제대로 읽으신 거 맞습니다. 그때 작성했던 원고 초반부는 한 수집가의 다락방에서 은퇴생활을 즐기던 오래된 타자기에 다시 얹어놓았으니까요. 컴퓨터 자판에 손가락을 올려놓고 새 레이아웃에 나타나는 글자를 보고 있자니, 마치 우리의 잠을 헤집어놓은 꿈을 어슴새벽에 다시 떠올리는 것처럼 내용이 생소하게, 아득하게만 느껴지더군요. 소설 속에서 그려진 이미지는 선별된 것입니다. 왜냐하면 이 소박하고도 별 볼 일 없는 작은 연애에는 독자들에게 영향을 주고, 소설이라면 마땅히 있어야 할 거대 서사가 없기 때문입니다. 여태껏 제 생각을 어지럽혀왔던 이 만남에 어떤 경외감을 표현해야 할 것 같았거든요.

그리고 당신이 주신 의견을 지금 다시 보았는데요. '유치한'이라는 표현을 쓰신 건 용서해드리겠습니다. 제가 당시에 이미 성인의 범주에 속하는 나이였는데도 몇몇 부분을 어릿광대가 주인공인 책처럼 썼다는 데 저도 놀랐답니다.

하지만 당신 말이 맞습니다. 이러한 순수함 덕분에 독자들은 한발 떨어져서 이야기를 읽으면서도 공감을 하게 됩니다. 마음속에 완성되지 않은 사랑의 기억을 담은 채, 그 삶을 경험하지는 못하고 그저 그 이후를 상상하며 사는 사람들은 분명히 많을 테니까요.

당신은 제게 글을 계속 쓰라고 조언하셨지요. 그 말씀에 책임을 져야 한다는 건 아시겠죠. 그래서 당신에게 도움을 청하려 합니다. 제가 글을 새로 쓴다면 혹시 읽어주실 수 있는지요? 거절하신다 해도 이해합니다. 당신에 대해 잘 모르긴 하지만, 이 부분을 읽으면서 눈썹을 찌푸리고 뻔뻔한 저를 비난하는 당신의 모습이 벌써 눈에 선하네요. 입장이 바뀌었다면 저도 그렇게 반응했을 겁니다…….

실베스트르 드림

P. S. 여성 심리에 대한 묘사에 오류가 있다니…… 그게 무슨 뜻인가요?

마기가 안느 리즈에게

르콩케 푸앵트데르나르,[*] 2016년 5월 13일

안녕, 내 친구 리주!

너 지금 무슨 일을 벌이고 있는 건지 나도 좀 알면 안 될까? 네 편지를 보니 우리가 열 살 때 에니드 블라이튼[**] 소설 주인공에 빠져서 수사를 벌였던 게 떠오르는데, 이 꺼림칙한 일은 도대체 뭐야?

어쨌든 나는 탐정 모자를 다시 쓰게 된 게 너무 기쁜 나머지 네 편지를 받고 한 시간도 안 돼 아가트*Agathe*한테 갔어. 이름에서 보듯 아가트는 애거사 크리스티의 열성 팬으로, 그 방에 묵었던 숙박객들 이름을 금세 기억해냈지. 나는 그녀에게 그 손님들한테 연락해 질문하는 데 협조해달라고 부탁했어. 나 혼자 나섰다가 호텔 이름에 먹칠하면 안 되니까.

말 나온 김에 즉각 실행에 옮겼지. 네가 묵기 바로 전 손

---

[*] Pointe des Renards, Le Conquet. 브르타뉴 피니스테르주 서부의 해안마을.
[**] Enid Blyton. 미스터리, 판타지, 스쿨 시리즈 등을 쓴 영국의 아동문학가.

님은 약혼한 젊은 남녀로 딱 하룻밤을 묵었어. 그들은 협탁 서랍에 웬 노트가 있는 건 봤지만 그걸 들춰보지는 않았대. 사랑에 빠진 한 쌍의 커플은 은신처 밖으로 나가지도 않았고, 굳이 데스크에 알릴 생각도 못 한 거야……. 노트를 보고도 무심하게 지나쳐버려서 죄송하다고 하더라고. 아가트는 죄송할 거 하나도 없다며 안심을 시켜줬지.

투덜대지 마, 리주. 한다면 하는 내 성격 알잖아……. 그 젊은 커플보다 앞서 묵었던 여성분한테도 전화해봤어. 이분은 호텔에서 일주일간 머물면서 집에서처럼 편하게 지냈는데, 그 방에 원고 같은 건 없었다고 성경(아니면 가죽 표지로 만들어질 만큼 진지한 책이라면 뭐든)에 대고 맹세할 수 있대. 이분도 엄청난 책벌레인가 봐. 챙겨 온 책을 협탁 두 개에 꽉 채울 정도였는데, 입실해서 처음 서랍을 열었을 때는 텅텅 비어 있었다는 거야.

전화를 끊고 여자 셜록 홈스인 아가트는 내게 약속했어. 다음 날 오전에 직원들을 모두 불러 모아 이 일을 알 만한 사람들과 함께 수수께끼를 풀어보겠다고 말이야. 물론 나도 참석하기로 했어. 이제 나는 왓슨이 되는 셈이니까 이 말도 안 되는 사건에 대해 네게 소상히 알려주도록 할게. 지금 당장은 더 이상 해줄 수 있는 말이 없지만, 경계 태세를 갖춘 브르타뉴 탐정들이 이 사건의 진상을 파헤쳐줄 거라는 사실을 잊지 말도록. 잠을 못 자는 한이 있더라도, 노상 하던 일들을 못 하는 한이 있더라도 말이야. 예를 들어 경단고둥을 채집하거나, 소시지 넣은 갈레트 케이크를 먹거나 하는 일들…….

널 아끼는 친구,
마기

P. S. 여행에서 돌아와 보니 집은 완벽한 상태였어. 네 애들과 친구들이 정리를 잘 해놓았더라고. 애들이 거실 탁자에 꽃 다발까지 놓고 간 거 알고 있어? 물론 다 시들었지만 그래도 보기 좋더라!

P. P. S. 바스티앵은 잊어버려! 그 인간 때문에 감옥에 가는 건 아깝잖아. 차라리 조롱하는 건 어때? 갈등 상황에서 긴장을 완화시키는 데 도움이 되는 충고는 너도 알지? 적수가 사람들 앞에서 잘난 체할 때면 그 사람이 완전 나체라고 상상하는 거 말이야. 태초의 아담처럼 발가벗었다고. 더 큰 효과를 위해 거기다 바가지 머리를 더해봐. 스트레스 해소에 좋다는 걸 보장함!

안느 리즈가 실베스트르에게

파리 모리용가, 2016년 5월 14일

실베스트르 씨께,

당신의 편지 덕에 주말을 더욱 즐겁게 보냈답니다……. 솜씨가 아주 좋던데요? 저를 불리하게 몰고 가는 방법이 마음에 들더라고요. 그렇게 속마음을 다 털어놓으신 마당에 제가 어떻게 읽고 읽는 일을 거절할 수 있겠어요?

그러니 이미 아시겠지만 다시 확실히 말씀드릴게요. 저는 당신이 쓰실 새로운 결말을 애타게 기다리고 있고, 그 내용이 궁금해 미칠 지경이랍니다. 그 당시 품었던 꿈을 계속 따라가실 건가요? 아니면 현실에 굳건하게 발을 붙이고 계실 건가요? 아니, 아무 말씀도 하지 마세요……. 저는 당신이 마음속의 방해 군단을 이겨내고 펜이 가는 대로 따라가 결말에 닿게 되기만을 바라며 얌전히 기다릴 테니까요.

그러는 동안 당신의 삶에 대해 질문 좀 할게요. 무슨 일을 하시기에 그렇게 여유 시간이 많은 건가요? (당나귀 앞에 매달아놓은 당근처럼 우리가 다가가면 갈수록 뒤로 밀려나는)

퇴직의 나이에 이른 게 아니라면 말이에요.

저에 대해서 말씀드리자면, 저도 댁의 아내처럼 계속 이곳저곳 분주하게 다닌답니다. 그렇지만 목적지는 재미있는 곳이 아니에요. 사무실에 가고, 늦게까지 업무회의에 참석하고, 아이들을 위해 희망 대학도 찾아다니고, 장을 보러 대형마트도…… 이 정도까지만 하지요.

언제가 되어야 저도 연극 동아리나 운동 강습, 외식의 기쁨을 누리고, 무엇보다 주중에 유유자적한 시간을 보낼 수 있을까요! 물론 이건 당신이 거대 부호 가문의 후계자가 아닌 경우에 한하지만요. 그런 경우라면 이 길은 제게 영원히 닫혀 있으니까요.

아니요, 저는 30년 전 당신이 여성의 행동을 잘못 이해한 부분에 대해서 설명해주지 않을 거예요. 여성심리학 학위 같은 건 없지만, 여자로서 이 나이까지 살다 보면 생기는 확신이 있거든요. 젊은 여성이 사랑을 말하지 않았다고 해서 그게 사랑에 빠지지 않았다는 증거라 생각하는 당신의 순진함에 놀랐을 뿐이에요……. 우리가 강하다고 말하는 그 성별에게는 없는 정절과 순수함이 도대체 왜 여성에게는 후광을 비춰줄 거라고 생각하는 걸까요?

마지막으로 하나 더요. 당신의 원고가 지나온 여정을 보고도 어떻게 그리 침착하실 수 있지요? 당신이 30년도 넘은 과거에 공항 어디에선가 잃어버린 원고를 제가 세상 끝에서 되찾았는데(브르타뉴 사람들에게 거긴 세상 끝이 맞아요) 자신의 원고가 어떤 여정을 겪었는지 궁금하지도 않아요?

분리수거함에 버려지지 않고 바람과 파도에 흩날리며 이 세월을 지나온 것이 놀랍다는 걸 인정하세요. 당신의 글이 버려져야 한다는 말은 아니에요. 하지만 사람들은 대체로 자기 것이 아니면 소홀하게 대하는 경향이 있잖아요…….

당신은 제가 선을 넘었다고 생각하겠죠. 사실 저는 이 미스터리에 여성 특유의 호기심이 있음을 고백합니다. 그래서 브르타뉴 지인들과 함께 계획을 세웠어요. 이 계획을 통해서 두 번째 장을 쓴 작가가 누군지, 어떻게 해서 당신의 원고가 피니스테르까지 가게 됐는지 밝혀졌으면 좋겠네요…….

곧 당신의 답장을 읽게 되기를 바라며, 저는 도시의 회색빛 하늘 아래서 좀 걷다가 우체국에 들러야겠어요.

당신의 경솔한 펜팔,
안느 리즈 드림

실베스트르가 안느 리즈에게

레샤예, 2016년 5월 18일

제 글이 그런 소동을 벌일 만큼 가치가 있습니까? 공동 작가를 찾겠다는 브르타뉴 정신에 놀라고 말았네요……. 저는 꿈에라도 그 사람을 만나게 될 거라 생각해본 적이 없는데, 당신은 당장에라도 그를 찾아내 원치도 않았던 작가로서의 자격을 떠맡기려고 하는 걸 보니 당황스럽군요.

제가 좀 신중하다는 것은(지인들은 비밀스럽다고 하겠지만) 사실입니다. 자주 만나는 사람들 앞에서도 수줍어하는 편이고요. 그러니 저는 감히 당신처럼 상대방을 불편하게 하지 않으면서 어떤 활동을 하는지, 직업이 뭔지 묻지는 못했을 겁니다. 당신 질문에 대한 대답으로, 저는 아직 퇴직하지 않았다는 말씀만 드리지요. 재산 문제로 갈라선 유복한 가문의 돈 많은 상속자도 아닙니다. 아니고말고요. 그저 컴퓨터와 인터넷 덕분에 집에서 일하는 행운을 얻은 사람일 뿐이죠.

만약 제가 낮 시간을 유유자적하게 보내는 것처럼 보였

다면, 그건 동료들이 뉴런을 쉬게 하는 밤 동안 네 시간만 자고 열심히 자판을 두드리기 때문입니다. 그래서 하루 중 가장 좋은 시간에 오솔길을 걷고 안락의자에서 빈둥거리며 지낼 수 있답니다. 손에는 책을 한 권 들고요. 그렇다고 제가 기생충 같은 존재라는 말은 아니니 편지 교환에 겁먹지는 마세요. 직업적 임무는 성실히 수행하고 있으니까요…….

당신이 빠른 속도의 삶에 잘 맞는 분인지(만약 그렇다면 제 아내처럼 설치류에 해당하겠군요. 설치류는 왠지 자기들만이 감지하는 무언가를 쫓으며 설치고 다니는 것 같아서요!), 아니면 반대로 좀 더 관조하는 삶을 열망하거나 소란스러운 일이 생기면 어쩔 수 없이 받아들이며 사는 분인지(그렇다면 저처럼 *나무늘보*에 속하신 겁니다) 저는 알지 못합니다.

아무튼 지난번 이루아즈 해변에서 보낸 시간으로 머리를 좀 비우셨길 바랄 뿐입니다. 그나저나 우리가 마음속에 늘 폭군 같은 존재를 키우고 있다는 걸 느껴본 적 있습니까? 헤매는 것이 마땅한 때에도 헤매도록 내버려두지 않고, 이미 나 있는 곧은길만 따라가라고 명령할 때가 있잖아요?

이렇게 한번 해보세요. 가족들과 떨어져 혼자 지내보는 겁니다. 가족들이 하키 시합이나 가장무도회 등에 갈 때 당신은 두통이 심해서 집에 있어야겠다고 하는 거죠. 그리고 창밖으로 초록이 보이는 창가에 자리를 잡으세요. 만약 안타깝게도 사방이 콘크리트로 둘러싸인 곳이라면 길가에 솟아 있는 나무 한 그루를 고른 다음 편하신 대로 자리를 잡으세요. 긴 의자에 앉거나 가구 위에서 책상다리를 하거나, 발코니 벽에 등을 대고 앉거나……. 그리고 관찰해보세요. 제대로 평가받지 못한 천재 조각가의 작품을 감상하듯 나무 몸통부터 응시하세요. 아주 천천히, 당신 눈에 보이는 가장 높은 잔가지에 이를 때까지 줄기를 따라 천천히 시선을 옮겨보세요.

그러면 어떻게 되냐고요? 이렇게 수련할 때면 제 마음은 완전히 비워집니다. 당신도 이러한 존재의 가벼움을, 다른 어떤 것도 강요되지 않는 순간을 경험하셨으면 좋겠군요.

이만 생각의 나래를 접어야 할 것 같습니다. 혹시라도 당신이 저를 불교나 뭐, 또 다른 정신수양의 추종자로 보면 안 되니까요. 그런 거 아니거든요.

그리고 제가 방금 사회복귀 상담사를 만났는데요. 그곳 상담사들은 사람들이 딴생각을 하지 못하도록 주의를 흩뜨리는 재능이 있더라고요…….

실베스트르 드림

안느 리즈가 실베스트르에게

파리 모리용가, 2016년 5월 21일

실베스트르 씨에게,

제 호기심 때문에 불편하신가요?

맞아요. 나이가 드니 인생에서도, 친구와의 관계에서도 좀 더 편한 길로 가려고 하는 것 같아요. 만약 당신이 스무 살의 저를 보셨다면 조용하고 신중한 성격에 놀라셨을걸요! 그리고 물론이에요. 일방적으로 당신의 삶에 대해 묻거나 원고에 대해 조사하면서 귀찮게 하지 말았어야 했어요.

그런데 그 일은 이미 일어나 버렸고, 저는 사람들이 제게 전해준 세부사항을 당신께 알려드려야 해요. 그리고 생각해보세요. 당신의 원고를 둘러싼 미스터리가 커져가면서, 제가 '128호실의 수수께끼'라고 명명한 이 사건을 해결하기 위해 진짜 에르퀼 푸아로*가 필요하게 될지도 모른다고요.

---

* 애거사 크리스티가 소설 속에서 창조한 명탐정으로 땅딸막한 몸집에 화려한 콧수염이 트레이드마크다. 벨기에 경찰국에서 퇴직한 후 제1차 세계대전을 피해 영국으로 망명, 사립탐정 일을 시작한다.

제게는 브르타뉴의 작은 항구도시에 살고 있는 마기라는 절친이 있어요. 4월에 제가 문제의 주말을 보낸 곳이 바로 거기랍니다. 마기는 당신의 원고를 그곳 호텔에 둔 사람이 누군지 알아보기 위해 현장에 같이 가주기로 했어요(겨우 사흘 묵은 주제에 제가 주인 노릇을 하고 있네요). 오랜 우정이라는 명목에다가 열 살 때부터 우리를 이어준, 말도 안 되는 모험을 좋아한다는 공통 성향 때문이죠. 호텔 직원과의 대화 끝에 우리는 이 범죄 증거물(적절한 표현은 아니지만 조사원들이 얼마나 이 역할에 빠져 있는지 아시겠죠?)이 128호실에 들어온 것은 제 입실 전전날이라는 결론을 내리게 됐어요. 자세한 얘기는 하지 않을게요. 하지만 이상하게도 저는 모든 숙박객을 대상으로 탐문을 확대해야 할 것 같다는 생각이 들었어요.

도대체 왜 이러냐고 물으시겠죠? 저도 그걸 모르겠네요. 하지만 저는 원칙적으로 포기를 거부한 채, 우리를 막다른 골목에서 꺼내줄 만한 프로젝트를 하나 진행했답니다. (혹시 '우리'가 주제넘은 표현이라면 말씀해주세요. 그럼 진행 중인 계획을 다 그만두겠다고 약속할게요.) 호텔 지배인과 공모해 다음과 같은 편지를 작성한 다음 비슷한 날짜에 예약했던 손님 모두에게 발송한 거예요.

안녕하십니까.

손님께서는 ○○일에 보리바주 호텔에 묵으셨습니다. 부디 아름다운 추억을 만드셨기를 바랍니다. 저희는 호텔 숙박객 한 분을 돕기 위해 객실에 남겨졌던 원고의 출처를 찾고자 합니다. 이 원고와 관련해 무엇이든 알고 계시다면 아래의 연락처로 알려주시면 감사하겠습니다. 아무리 사소한 정보라도 좋습니다. (……)

답장이 올 거라는 기대는 거의 안 해요. 하지만 공동 작가를 찾기 위해 할 수 있는 건 다 해보고 싶어요.

프로젝트에 대한 당신의 지지를 기대하며,
당신의 벨기에 형사(수염은 없어요!) 안느 리즈 드림

P. S. 제가 가장무도회나 운동경기를 싫어하는 거 어떻게 아셨어요? 그렇게까지 속 이야기를 털어놓은 기억은 없는데 저를 그만큼 잘 아신다는 게 놀랍기만 하네요……. 제 속이 그렇게 훤히 들여다보이나요?

P. P. S. 물론 저도 *나무늘보*에 속한답니다. 이 요상한 동물의 특징을 좀 더 찾아봐야겠지만요.

나이마 레자가 아는 리즈 브리아르에게

생드니[*] 모리스토레즈가街, 2016년 5월 22일

브리아르 씨께,

콩케에 위치한 보리바주 호텔 지배인이 보낸 우편물을 받고 이 편지를 씁니다. 그 편지에서 거론하신 원고, 그게 어쩌다 그곳에 있게 된 건지 제가 압니다. 그걸 거기에 둔 사람이 바로 저니까요. 128호실을 고른 이유는 저에게 있어 8월 12일[**]이 중요한 날이기 때문이에요.

당신이 그 원고와 무슨 관련이 있는지 모르지만, 숙박객 모두에게 연락하는 걸 보아하니 당신에게 아주 중요한 것인가 봅니다. 당신 것인가요? 아니면 작가가 당신과 아는 사람인가요?

저는 지난 1월 17일, 로스코프[***] 해변에서 그걸 주웠어요.

---

[*] Saint-Denis. 파리 북쪽에 있는 도시.
[**] 프랑스에서는 일, 월, 연도 순으로 날짜를 표기한다. 8월 12일을 이 순서대로 숫자만 나열하면 128이 된다.
[***] 피니스테르 북부에 있는 항구도시.

대강 훑어보니 아무래도 이 세상에 단 한 권뿐인 책을 누군가 잃어버린 것 같았죠. 그래서 그걸 들고 근처 레스토랑 벨뷔Bellevue로 가서 테라스 자리를 정리하던 웨이터에게 물었어요. 그는 고맙다고 하면서 그걸 해변에 둔 게 바로 본인이라고 고백하더군요. 빈둥거리며 산책하는 사람을 낚을 심산으로요. 저더러 가져도 된다고 한 걸 보면 제가 그 묘사에 들어맞았나 봅니다. 웨이터 말로는 그 소설이 자기 인생을 바꾸었다고 하더라고요. 그래서 저도 읽어봤어요.

무려 다섯 번이나요. 맞아요, 단어들이 제 마음에, 그리고 몸 안까지 새겨지는 데는 시간이 걸리더라고요. 2주 후 저는 화장을 하려고 거울 앞에 섰죠. 아마 당신에게는 그다지 특별한 일이 아닐 거예요. 하지만 몇 달이나 추레한 트레이닝복 차림으로 따분한 텔레비전 드라마를 보며 케이크나 먹고 뒹굴던 제가 외모에 관심이 생겼다는 건 기적이나 마찬가지였어요. 하루하루 지나며 변화가 계속됐죠. 파리 쪽으로 돌아온 저는 회사에 다시 나갔고, 동료들은 새로 태어난 제 모습을 보았답니다. 그날 저녁 저는 소파 옆 낮은 탁자에 올려두었던 그 소설에 다시 빠져들었고, 저를 따라다니던 부담감이 조금씩 조금씩 가벼워지는 듯한 기분을 느꼈어요. 결국 그날, 제 아이에게 연락해야겠다고 다짐하게 됐지요.

제 과거를 털어놓을 만큼 당신을 잘 알지는 못하니 여기까지만 할게요. 그런 얘기는 유대감이 있는 사람들끼리 하는 거잖아요.

제가 그걸 왜 호텔에 두고 왔는지 궁금하시죠? 대답은 간단해요. 제가 아들을 처음으로 만난 날 바로 거기에 묵었기 때문이에요. 저는 저를 구원해준 웨이터 생각이 났고 저도 똑같은 이타심을 드러내고 싶었어요. 바다가 보이는 막다른 골목에 위치한 그 호텔이야말로 자신의 남은 생을 변화시키려고 마음먹은 사람들이 드나들 법한 장소라고 생각했지요. 저는 벌써 두 명에게 큰 조언을 해준 소설에게 세 번째 독자를 만날 기회를 만들어주고 싶었답니다.

자, 이 정도면 무슨 일이 일어난 건지 대충 아시겠죠.

진심을 담아,
나이마 레자 드림

안느 리즈가 실베스트르에게

파리 모리용가, 2016년 5월 25일

친애하는 실베스트르,

찾았어요! 당신의 소설을 128호실에 두고 간 사람을 찾았다고요! 당신의 글에 크게 빚진 젊은 여성분이었어요. 숨겨져 있던 삶의 단면이 모습을 드러내는 걸 보면 저는 깊이 감명을 받는답니다. 당신도 똑같을 거라 확신해요. 그분의 편지를 복사해서 첨부할게요.

우정을 담아,

안느 리즈

P. S. 글을 마무리하고 출판사에 보낼 생각은 해보셨나요? 이거 정말 당신 이야기 맞아요? 만약 그렇다면 요즘 당신과 삶을 공유하는 이들에게 이 이야기를 해준 적이 있나요?

P. P. S. 제 호기심은 치유불능이죠. 위 질문들은 그냥 잊으셔도 돼요.

안느 리즈가 나이마에게

파리 모리옹가, 2016년 5월 26일

나이마 씨께,

외람되이 이름으로 부른 걸 용서해주세요. 당신은 저를 모르고 저도 당신에 대해 아는 게 거의 없지만, 그럼에도 불구하고 우리가 커다란 비밀을 나눈 사이처럼 느껴져서요. 당신과 나의 공통점이라고는 결코 손에 넣을 일 없던, 우리에게 올 운명이 아니었던 작품을, 각자의 일상을 흔들어버린 사적이고 섬세한 작품을 읽었다는 것뿐이죠.

저는 개인적으로 그 소설과 관련된 사람은 아니에요. 그저 감동받은 글과 사랑에 빠진 사람일 뿐이죠. 그래서 그글의 작가(두 명이 썼으니 작가들이라고 해야 할까요?)와 만나고 싶었어요. 소설 속의 사랑 이야기가 궁금한 것은 물론이고, 무엇보다 그 불확실한 결말에 이끌려서요……

어쩌면 소설을 다 읽은 후 머릿속에 들러붙은 미스터리 때문일 수도 있어요. 이야기가 중간에서 뚝 끝나며 자아내는, 시간을 초월한 듯한 불완전한 분위기가 좋아서일 수도 있고요.

그래서 중간에 있는 친구의 도움을 받아 당신께 그 아름다운 선물을 해준 웨이터를 찾아가려고 해요. 보시다시피 저의 여행은 계속되고 있어요. 혹시 알아요? 그 웨이터를 통해 또 다른 독자에게 다다를 수 있을지요.

당신의 아이 얘기를 꺼내지 않고는 편지를 마칠 수가 없겠네요(자제하자고 내내 다짐했었답니다). 제가 궁금한 것은 그저 어떻게 해서 이 소설이 당신을 아들에게로 이끌었는지 하는 거예요. (세상에, '그저'라니! 엉망이네요.) 지금 당신이 대면하는 사람이 얼마나 분별없는지 아시겠죠? 제가 원고 하나 가지고 무슨 일을 벌일 수 있는지 보셨으니까 이미 눈치 채셨겠지만요. 원치 않는다면 제 궁금증에 대답하지 않으셔도 됩니다. 어쨌거나 첫 번째로 답장을 보내주신 당신에게 진심으로 감사드립니다.

당신과 아드님께 인사를 전하며,
안느 리즈 드림

P. S. 혹시 보리바주 호텔이 곳의 끝부분에 있어서 거길 고르신 건가요? 막다른 골목 끝에 있다는 게 또 다른 길을 여는 데 도움이 되리라고 생각하신 거예요?

실베스트르가 안느 리즈에게

레샤예, 2016년 5월 28일

맞습니다. 당신이 노크도 없이 제 인생에 들어와 제가 했어야 할 모험을 대신 하신 데 대해 원망스러운 마음이 든 건 사실입니다. 하지만 지난번 보내주신 편지가 모든 원망을 지워버렸습니다. 나이마 씨의 글은 우리 의지와 상관없이 귓가에서 맴돌다가 우리를 우울에서 끄집어내 주는, 설명할 수 없는 효험을 지닌 노래처럼 제 일상에 깊게 스며들었습니다. 이분과 연락을 취해주셔서 감사합니다. 또한 그녀가 제 원고를 만난 덕분에 활력을 얻었다는 사실을 알려주셔서 감사합니다.

바로 이런 일들이 작가에게 자양분이 되고, 백지를 대면할 수 있는 힘을 주는 걸까요? 모험의 끝에서 절망에 빠진 한 사람을 구할 수 있다는 확신을 주는 걸까요? 저는 지금 태풍의 눈 한가운데 자리한 낙엽처럼 고요하고 평화로운 기분입니다. 오직 작가만이 누릴 수 있는 뿌듯함으로 기쁜 한편, 제가 만난 행복을 열 배 혹은 백 배로 늘릴 수 있는 대대적인 출판 기회를 잡지 못했다는 데 아쉬움이 드는 것도 사실입니다.

당신의 호기심이 마뜩지는 않지만 그래도 풀어드리죠. 제 아내는 원고의 존재를 모릅니다. 딸도 마찬가지고요. 맞습니다, 소설을 관통하는 러브 스토리는 제 이야기입니다. 그리고 아니요, 위의 두 가지 이유 때문에 원고를 출판사에 보낼 생각은 없습니다. 보낸다 해도 제일 빠른 우편물 수거 시간에 맞춰 반송될 테지요. 제가 순진하다는 것은 의심할 여지가 없지만, 그렇다고 해서 제 글이 베스트셀러를 찾아 헤매는 집요한 편집자의 눈썹을 움찔하게 만들 거라고 믿을 정도는 아닙니다. 제 원고에는 곧은 소신이나 저항심도 없고, 손톱만큼의 초자연적인 내용이나 하물며 정치적 메시지도 없으니까요……. 게다가 쉰여섯 살이 된 마당에 젊은 시절 로맨스의 흔적을 깊이 간직한 채 살았다는 걸 주변 사람들에게 드러내서 논쟁을 불러일으킬 생각은 추호도 없습니다.

당신은 제 소설을 브르타뉴의 끝으로 가져간 사람이 누군지 밝혀내는 미션을 완수했습니다. 그러니 이제 새로운 프로젝트에 착수하시겠지요. 그런데 제가 우리의 편지 교환에 재미를 붙였다는 말씀을 드려야겠군요. 덕분에 집배원의 얼굴도 익히게 됐고요. 사실 제게 편지를 써주는 사람은 이제 없고, 요즘은 청구서도 모두 온라인으로 받아보잖아요. 그래서 제 딸이 2학년 때 산림파괴에 대한 수업을 듣고 난 후 '전단지 금지'라고 써 붙인, 쓸모도 없는 우편함을 그만 없애야 하나 생각했었거든요……. 당신 덕에 우편함이 잠시나마 다시 유용해졌답니다.

그리고 알아두세요. 당신 덕분에 제가 글쓰기에 대한 열정을 다시 느끼게 됐다는 것을요. 저는 예전에 썼던 소설을 끝내는 일에 열중하고 있으며, 동시에 한밤중까지 저를 깨어 있게 하는 새로운 소설에도 뛰어들었습니다.

당신이 할 일 없는 오십 대 남성을 권태로부터 구해주었다는 걸 기억하시길.

실베스트르 드림

마기가 안느 리즈에게

르콩케 푸앵트데르나르, 2016년 5월 29일

안녕 리즈!

이렇게 말도 안 되는 궤적을 따라가라고 내게 시킬 수 있
는 사람이 너 말고 누가 있을까? 베란다의 식물들은 따스
한 봄 햇살을 만끽하고 있는데, 네가 아니었다면 나는 준비
도 없이 북쪽(맞아, 맞다고. 나한테 로스코프는 북쪽이야)까
지 와서 찬바람을 맞는 일이 없었겠지? 날 이 여정으로 내
몰 수 있는 사람은 오직 너뿐이야! 심지어 아마추어 사진작
가들도 여기까지 왔다가 휘발유가 부족해 피니스테르 진입
을 포기하고 딜러를 둘러싼 마약중독자들처럼 주유소 앞
에 들러붙어 있는 와중에 말이야……

더 나쁜 건 내가 전화로 전달된 명령에 굴복했다는 거야.
너는 네 요구를 용감하게 전달해준 아가트에게 고마워해야
해. 그런데도 난 엄청나게 흥분해서는 일을 처리하고 말았
지. 정오에 로스코프에 도착한 나는 벨뷔 레스토랑에 찾아
가 방문 이유를 말하지도 않은 채 일단 버터로 구운 관자

53

구이를 맛보고(날 끌어들인 건 분명 너야. 네게 청구하려고 계
산서도 챙겨놨어) 2005년산 그로 플랑*을 마셨어. 웨이터의
추천으로 2005년산을 고른 건 탁월한 선택이었지. 게다가
웨이터가 어찌나 귀엽던지!

나는 로메오**(맹세컨대 정말 그 웨이터 이름이야)에게 묻기
전 폭풍 속의 고요를 즐겼어(유급휴가 공식발표 한 달 전 찾
아와주고 자리도 차지하고 있는 손님을 보고 레스토랑 주인이
불평하는 이유는 뭘까!). 내가 해변에서 주운 원고에 대해 말
을 꺼내자마자 그 젊은이의 눈이 감동으로 반짝이더라고.
그러면서 자기 쉬는 시간에 커피 한잔하자는 거야. 여기서
밝혀야 할 건 내가 그때 바람이 불 때마다 이가 덜덜 떨리
는데도 꽃무늬 원피스를 입고 있었고, 게다가 아직까지 완
벽하게 선탠이 된 상태라는 거지.

우리의 로메오(아마 이탈리아 출신 엄마가 지은 이름이겠
지?)가 원고를 습득한 곳은 로스코프 도서관이래. 그는 문
학에 푹 빠진 청년이라 틈 나는 대로 도서관에 가고, 그곳
화실에서 어린 학생들을 돕는 활동도 하고 있대.

나무랄 데 없이 완벽한 청년을 보고 흥분하기 전에 네가

---

* Gros Plant. 프랑스 서부 해안 지역인 낭트에서 생산되는 백포도주.
** Roméo. '로미오'의 프랑스식 발음.

알아야 할 게 있어. 그가 도서관에 자주 드나드는 이유는 도서관 사서에게 반했기 때문이라는 거야. 사람을 독서로 이끄는 계기는 무엇이 됐든 상관없다고 네가 늘 말했었지?

어느 겨울날 로메오가 도서관에서 지역단체 봉사활동을 하며 짝사랑 상대를 몰래 주시하고 있었어. 그때 한 남자가 안내 데스크에 와서 책들을 기증했대. 로메오는 바로 그 책 상자 맨 아래에서, 귀퉁이가 접히고 노르스름해진 십여 권의 소설책에 깔려 있던 원고를 손에 넣었어. 나는 아직 읽지도 않았는데 요즘 내 머릿속을 온통 지배하고 있는 그 원고를 말이야.

원고를 다 읽은 로메오는 고백하지 않은 사랑은 남은 인생 동안 자신을 따라다닐 거라는 결론을 내렸어. 그래서 부끄러움을 무릅쓰고 줄리*(이것도 맹세코 진짜 이름이야. 그녀의 이름이 정말 맞다니까!)라는 사서에게 자신의 불같은 사랑을 고백했지……. 그들은 아직 결혼도 안 했고 아이도 없지만, 그건 단지 시간 문제일 뿐이야. 바라건대 '로메오'와 '줄리'가 선조의 비극을 이겨내고 앞으로 행복하게 살았으면 좋겠어!

내 친구 리주, 이게 다야. 나는 네 덕분에 로스코프에서

---

* Julie. '줄리엣'의 약칭.

멋진 하루를 보냈어. 말이 나왔으니 말인데 올 만한 가치가 있는 곳이었어.

이곳에 도착할 때만 해도 브르타뉴 스타일*을 외면해서 널 애태우게 하고 싶었지만, 난 어디까지나 네 친구잖아! 또 네가 짜증 내느라 습관성 위궤양이 도질까 봐 겁이 나기도 했고. 그래서 곧바로 로메오에게 물어봤지. "책 상자를 가져왔던 남자를 찾을 수 있을까요?"라고.

로메오는 그 남자 이름을 모르지만 알아보고 나서 연락해주겠대. 그래서 네 연락처를 알려줬지. 나한테는 너무 어리니까 너한테 넘겨주는 거야. 정말이지 너무나 귀엽거든…… 아니, 난 내 꽃무늬 원피스의 힘을 의심하지 않아.

왓슨에게 하고 싶은 말 없어? 너 지금 편지 읽으면서 눈부신 미소를 짓고 있지? 다 알아. 그러니 나를 뿌듯해해도 돼. 그 미소 때문에 네 친구들은 너를 대신해 말도 안 되는, 어쩌면 비난받아도 싼 일까지 감행하잖니.

하지만 후회는 없어. 네가 준 자극 덕분에 어린 시절의 영웅들이 했던 모험을 해볼 수 있었으니까. 집으로 돌아가기 전에 내가 여기서 해야 할 일이 있다면 언제든 말해줘…….

---

* 프랑스에서 브르타뉴 사람들은 성격이 급하다는 편견이 있다.

나는 이제 내 일탈 때문에 늦어진 작업을 다시 해야겠다. 내가 준 정보로 이번 주말을 더욱 행복하게 보내길.

너를 사랑하는 너의 왓슨,
마기

P. S. 그거 알아? 우리의 로메오는 빨간색과 흰색 줄무늬 티셔츠를 입은 데다 안경까지 쓰고 있어서 월리가 떠오르더라고.『월리를 찾아라』알지? 영국에서 나온 그림책 시리즈인데 독자는 그림 속에서 줄무늬 티셔츠에 비니를 쓴 월리를 찾아야 해. 네가 두 번째 작가를 찾는 게 이거랑 완전 똑같다는 생각이 들었어. 페이지를 넘길 때마다 나오는 새로운 배경 속에서 너만의 월리를 찾고 있으니까!

P. P. S. 방금 전 복어 관련 기사를 읽었어. 커다란 머리, 거추장스럽게 큰 눈에 짤막한 몸통을 가진 물고기야. 몸을 부풀려서 포식자에게 겁을 주고, 장기에는 인간에게 치명적인 독이 들어 있대. 이 모습에 부드러운 피부만 더하면 네가 아는 사람 중에 꼭 닮은 사람이 하나 있지. 바스티앵하고 아주 찰떡궁합인 반려동물 아니니?

안느 리즈가 마기에게

파리 모리옹가, 2016년 6월 2일

친구 마기에게,

넌 정말 모든 사람이 원하는 멋진 친구라니까! 최근에 일어
난 일을 당장 알려줄게. 네가 말한 젊은 웨이터가 책 상자
를 가져왔던 남자에게 전화해서 내 전화번호를 알려줬어.
(예의 바르게도 전화번호를 알려준 것에 대해 양해를 구한다는
메시지까지 보냈지 뭐야. 네 말이 맞아. 그 청년 아주 매력적이더
라고.) 그리고 좀 전에 그 남자한테서 전화가 왔었어. 이름
은 어쩌고 클레데르였고, 파리 서쪽 외곽에 산다더라고. 일
하는 곳이 여기서 별로 멀지 않은 곳이라 내일 정오에 점심
을 함께하기로 했지.

　마기, 그 소설은 그 누구의 마음도 무장해제시키는 힘이
있는 게 분명해. 128호실에서 처음 등장한 이후 우리는 독
자를 따라서 계속 거슬러 올라가고 있잖아. 그런데 우리가
그 소설을 거론할 때마다 문이 열리고 사람들의 얼굴에서
빛이 나.

30여 년 전 우리가 이 주제에 관해 한참 대화 나눴던 거 기억해? 대학 시절에도 우리는 '그 소설'을 찾아다녔잖아. 상처 입은 사람들의 분노를 누그러뜨리고, 낯선 이에게 느끼는 증오를 산산이 부수고, 한창 어린 얼굴에 성급하게 주름을 만드는 불안을 내쫓는, 사람들이 잊지 못할 기적 같은 만남을 일으키는 소설을 우린 꿈꿔왔잖아.

어이없다는 듯 눈 치켜뜰 거 없어! 나는 그동안 30년 넘게 이 환상을 버리고 살았는데, 실베스트르의 소설을 읽은 사람들과 연락하다 보니 어느새 독서에 대한 열정이 되살아나고 글의 힘을 다시금 믿게 됐거든.

자, 여기까지야. 네가 비웃는다 해도 바뀌는 건 없어. 좋은 내용이니까 너한테도 한 부 복사해서 보내줄게. 그래, 맞아! 나 알잖아. 참을 수가 없어서 원고를 돌려주기 전에 스캔을 떠놨거든. 물론 네가 현대사회에 발을 담그고 네 동굴에 인터넷을 깔아뒀다면 시간이 훨씬 절약됐겠지만. 나의 '월리'가 될 수도 있는 클레데르 씨를 만난다니, 엄청 두근두근하네!

계속 소식 전해줄게.

볼뽀뽀를 날리며,
리주

P. S. 한 회사에 두 명의 리더를 앉힌다는 개념은 없어져야 해. 무엇보다 그 둘이 핏줄로 연결된 사이라면. 오늘 아침에는 바스티앵이 주간회의 시간을 이용해 또다시 내 작업에 딴지를 걸더라고. 나는 아무 말도 안 했어. 최고로 아름다운 미소만 보여줬지. 근데 있지, 이렇게 반응하니까 글쎄 그가 입을 다물더라고. 평소에 내가 하던 질책을 다 모은 것보다 훨씬 더 효과적이었다니까! 너도 알겠지? 우리의 '수사'가 내 일터에도 모종의 도움을 주고 있다는 걸……. 그래도 네가 말한 물고기 이름은 일단 적어놓았어. 두 블록만 내려가면 나한테 신세를 진 일본인 요식업자가 있거든…….

안느 리즈가 실베스트르에게

파리 모리용가, 2016년 6월 5일

친애하는 실베스트르 씨,

아무것도 끝난 건 없어요! 혹시 제가 브르타뉴의 끝에서
그만둘 거라고 믿고 계신 건가요? 그렇다면 절 잘못 아신
거예요. 윌리의 발자취를 찾는 제 여정은 계속되고 있거든
요. (아니요, 그 사람 이름은 아직 몰라요. 윌리는 제 친구 마기
가 말해준 마틴 핸드포드의 어린이 그림책에 나오는 캐릭터예
요. 독자는 다채로운 색상의 군중 속에서 줄무늬 옷을 입은 윌
리를 찾아야 하는데요, 저는 마지막 페이지에 이르기 전에 꼭 찾
아낼 거랍니다.) 저는 날마다 더해가는 열정으로 매일매일
집에서 진행 상황에 대해 얘기한답니다. 남편 줄리앙과 아
이들이 주고받는 조롱의 눈짓을 눈살 한 번 찌푸리지 않고
견디면서요. 독서에 대한 제 열정을 가족들이 어떻게 이해할
수 있겠어요? 그들은 다른 사람의 삶에 살짝 발을 들이는
것만으로도 자신의 삶에 소홀해지게 된다고 믿는 사람들
이거든요.

짐작하시겠지만, 가족들은 식사 때 대체로 제 말을 한 귀로 듣고 한 귀로 흘려버리며 제 취미활동을 유쾌하고 너그럽게 받아 넘기죠. 그럼에도 불구하고 어제저녁에는 제가 브뤼셀로 떠나겠다고 선포하자(이 얘기는 나중에 해드릴게요) 세 명이 동시에 저작활동을 멈추더라고요. 줄리앙은 눈을 치켜뜨며 고개를 절레절레 저었고요. 입에 음식을 가득 문 채 고개를 젓다가 미친 듯이 기침하고 말았답니다. 자업자득이죠!

저는 거의 두 달 동안 당신의 소설과 독자들이 보인 독특한 결과에 대해 깊이 생각해봤어요. 짐작건대 제 남편은 제가 과장하고 있다고 여길 거예요. 책에 대한 저의 애정을 오래전부터 알고 있으면서도 책이 제 일상까지 침범해 들어오는 걸 좋아하지 않는 사람이거든요. 간혹 어떤 작가에게 빠져들어 몽상에 잠겨 있는 저와 시선이 마주치면, 남편은 마치 옷장에 숨어 있던 제 애인이라도 발견한 듯 반응한다니까요. 제가 신나게 침대로 미끄러져 들어가 침대 옆 탁자에 펼쳐진 소설을 집어 들고 있으면 남편이 내쉬는 한숨 소리가 들릴 때도 있죠. 물론 네덜란드어라서 도시 이름도 제대로 발음하기 힘든 곳으로 여행을 떠난다는 게 그에게는 전혀 매혹적으로 느껴지지 않겠지요.

제가 왜 벨기에로 떠나는지 (드디어) 알려드리려면 먼저 당신 소설을 로스코프 도서관에 두고 온 남자에 대해 얘기해야 해요. 그 남자를 만난 건 지난 금요일이에요. 이름은 빅토르 클레데르, 유럽연합에서 파견 나온 공무원이에요. 정확히 무슨 일을 하는 사람이냐고는 묻지 마세요. 조급한 나머지 그에 대해선 하나도 묻지 못하고 바로 본론으로 들어갔거든요.

저는 다만 빅토르 씨가 파리와 브뤼셀을 오가며 살고 있으며, 양쪽 도시에서 인간관계를 늘려가고 있다는 것만 알아요. 벨기에로 가면 친구 부부가 홀덴베르흐에 마련해준 원룸에 머문다는군요. 당신 원고는 벨기에에 머물던 어느 날 아들의 축구 훈련을 따라갔다가 우연히 발견했답니다. 스포츠광이 아니었던 그는 마침 누군가 대기실 의자에 두고 간 소설을 읽으며 시간을 때웠대요. 시합이 끝날 때까지 다 못 읽자 그는 소설을 파리에 가져가서 결말을 확인하기로 했어요. 주인이 있는 원고인지 아닌지 알아보지도 않고요. 그가 할머니의 상속 문제를 해결하려고 로스코프에 갈 때쯤에는 열 페이지 정도 남은 상태였어요. 우리의 친구는 책을 느리게 읽거나, 혹은 일이 너무 많아서 한 달에 세 번만 책을 읽나 봐요.

그런데 그가 소설을 다 읽고 나서 뭘 했는지 아세요? 자,

맞혀보세요.

빅토르 씨는 직업을 바꾸기로 결심했답니다! 그는 이 작은 혁명이 아주 오래전부터 예견된 일이라 단언했지만…….
하지만 인정하자고요. 유럽 곳곳을 오가며 쉼 없이 질주하기를 그만둔 건 바로 당신의 소설을 읽고 난 직후니까요!
그는 여섯 달 후면 자신의 이런저런 임무에 작별을 고하고 안식년에 들어갈 거예요.

당신이 아셔야 하는 게 하나 있어요. 빅토르 씨는 독서광도 아니고, 책에 어떤 효력이 있다고 믿는 사람도 분명코 아니에요. 게다가 가문이 모아놓은 총서들을 처분하면서 브르타뉴의 유산을 탕진한 사람이라고요. 제게 정보를 주지 않았다면 저는 마땅히 그를 '천박한 인간'으로 취급했을걸요. 심지어 그는 책을 담은 종이 상자에 당신의 원고를 끼워 넣은 걸 기억도 못 하더라고요. 우리 둘 다 그의 행동을 무의식적 과실의 범주에 포함시킬 수 있을 것 같네요.
하지만 우리는(어쨌든 저는) 알고 있죠. 이러한 발견이 없었다면 그는 앞으로도 일에 시달리며 자신의 꿈과 업무 사이에서 이러지도 저러지도 못한 채 영영 살아갈 거라는 사실을요.

그래서 저는 당신의 벨기에 독자들과 대면하고 그곳에서

월리를 찾을 준비가 되었답니다! 저를 탓하지 마시길…….
결승점이 이만큼이나 가까운데 어떻게 포기하겠어요?

우정을 담아,
안느 리즈 드림

P. S. 당신이 사는 곳과 멀지 않은 곳에 물난리가 났다고 하던데, 집배원 아저씨 업무에 별 지장이 없었으면 좋겠네요. 노를 저어 배를 타고 가서라도 임무를 완수하겠다는 고집이 있는 분이라면 얘기가 다르지만요!

실베스트르가 안느 리즈에게

레샤예, 2016년 6월 8일

지금 장난하시는 건 아니죠?

첫 번째 편지를 읽었을 때만 해도 저는 당신이 십 대 자녀 둘을 키우며 집안 살림에 충실한 한편 늘 업무에 쫓기는 커리어우먼이라고 느꼈습니다. 늦은 시간까지 업무회의를 한다고 하셨잖아요. 그런데 가정과 업무를 소홀히 할 태세로, 당신과 전혀 관계도 없는 이야기의 결말을 쓴 작가를 찾아나서겠다고 하다니요!

30여 년이나 지난 일인데 이제 와서 그 작가를 찾겠다는 이유가 뭡니까? 당신의 월리라는 사람이 이 원고를 지독하게 비웃을 거라고 생각하지는 않습니까? 아니면 당신을 사로잡은 부분이 사실은 소설 후반부라서, 알고 보니 그 사람이 검증된 저명한 작가이기를 기대하는 건 아닌가요? 당신도 결국 유명인 사인이나 셀카 사진을 모으는 그런 광팬이란 말입니까?

이런! 또다시 공격적으로 대하고 말았네요. 시골로 내려와 대화 상대라고는 정원의 두더지와 다락방 거미들뿐인 은둔의 삶을 살게 된 후로는 예의범절 같은 건 죄다 무시하게 되더라고요. 당신은 제 독자들이 느낀 감정을 전달해주셨고, 그 덕에 저는 존재하는 줄도 몰랐던 아주 기막힌 감정을 느끼게 되었죠. 그 점에 대해서는 정말 감사한 마음입니다. 하지만 당신이 제 원고 때문에 가족과 본업을 팽개치고 세계를 탐험하겠다는 듯이 나오니, 제가 어떻게 받아들여야 할까요?

무분별한 일이니 당장 그만두세요. 제가 여행 공포증을 극복하는 날이 온다면 직접 브뤼셀에 가서 당신이 멈추신 곳에서 실마리를 찾아 나서겠다고 약속하겠습니다. 그러면 당신은 제게 매혹적인 도시에 갈 또 다른 이유를 주시는 셈입니다.

그러니 친구들과 당신 모두, 30년이나 묵은 원고에 집착하지 마세요. 말도 안 되는 일입니다. 혹시 윌리의 발자취를 따라가는 진짜 이유가 따로 있다면 그냥 저에게 말해주세요. 그래야 당신이 제가 일으킨 실수에 갇히는 걸 볼까 봐 두려움에 떨지 않을 테니까요.

당신의 답장을 기다리며,
실베스트르 드림

P. S. 제 답장을 보면 아시겠지만 집배원은 길로 잘 다니고 있습니다. 지나가는 소나기도 방수복에 장화를 신은 그의 집념을 막지 못하더군요. 아무래도 그는 자신의 직업에 대해 자부심이 상당한 것 같습니다. 혹시라도 악천후가 지속되면 정말 작은 배를 타고서라도 다닐 것 같습니다.

친구 마기에게,

몇 년 전에 내가 브뤼셀에 같이 가자고 했던 거 기억해? 그러니까 우리, 그 얘기 좀 다시 해보자. 여기 끝내주게 멋지거든. 누구도 그랑플라스*의 매력 앞에서 무덤덤할 순 없을걸. 기념품과 초콜릿이 넘쳐나는 작은 상점들도 그렇고⋯⋯. 우리 어렸을 때 친구들이랑 누가 최고로 조악한 선물을 하는지 내기하곤 했잖아. 그 게임을 여기서 한다면 내가 신기록을 세울 거라 확신해! 너희 집 거실 선반을 눈부시게 장식해줄 작은 선물도 하나 샀어⋯⋯.

오늘 밤 나는 이틀 밤을 예약한 호텔방에서 이 편지를 쓰고 있어. 초콜릿 박물관과 가까운 곳이지. 동네는 근사하

---

* La Grand-Place. 브뤼셀 도심에 있는 유명한 광장으로 17세기 후반의 건축물로 둘러싸여 있다.

고, 나는 이 짧은 여정 속에서도 엄청 잘 먹었어. 지금 이 시각 빼꼼 열린 창문 사이로 불어오는 미풍에 커튼이 너울거리고, 거리에서 올라오는 대화의 조각들이 내 귀에 닿고 있어. 나는 편지지에 눈을 고정한 채 내 잠재의식에 끼어드는 누군가의 삶의 단편을 감상하는 중이야.

나는 혼자 있어. 도대체 얼마 만에 혼자 있는 거지? 우리는 다른 이들을 쳐다보고, 그들을 알아가고, 그들의 눈에 들기 위해 애쓰느라 자기 자신을 잊어버리고 말지. 그래서 그들과 멀어지면 자신이 누구인지 더 이상 알 수 없게 되고. 여기 있으니 일부러 스스로를 고립시키고 생활하는 네가 떠올랐고 부러워졌어, 조금은.

내일 다른 데는 몰라도 자크 브렐* 박물관은 꼭 들렀다가 파리로 돌아갈 예정이야. 다른 곳은 네가 시간이 나면 같이 가도록 하자. 아이들은 남편에게 맡길 거야. 한 번 그런다고 해서 큰일 나는 건 아니니까. 그리고 이제 파스타 정도는 알아서 익혀 먹을 수 있는 나이잖아, 안 그래? 게다가 장을 보고, 음식을 만들고, 까다로운 십 대 아이들의 부탁에 (미소를 지으며) 응대해야 하는 줄리앙을 떠올리니 주말이 더 즐겁더라고. 나, 엄마 자격이 없는 건가?

* Jacques Brel. 상송 발전에 기여한 벨기에의 가수이자 배우.

이제 네가 궁금해하는 이야기를 해줄게. 나는 홀덴베르흐에 도착하자마자 탐정 역할을 수행하기 위해 그 남자가 말한 축구 클럽으로 갔어. 거기서 하녀 얀선 씨라는 나이 든 여성분을 만났는데, 프랑스어로 의사소통이 가능한 사랑스러운 분이었어. 처음엔 억양 때문에 네덜란드어를 하시는 줄 알았지만 다행히 곧 그분의 억양에 익숙해졌어. 우리는 축구장 근처에 있는 얀선 씨의 작은 집에서 단둘이 차를 마셨지. 그분은 시에서 주택을 공급받은 대가로 클럽 주변 숙소들을 청소하고 시합을 보러 오가는 사람들을 위해 도우미 역할을 하신대.

나는 얀선 씨에게 그 원고와 관련해 일어난 일을 모두 말씀드렸어. 대화를 하면 할수록 멋진 분이라는 생각이 들더라! 차를 홀짝홀짝 마시며 귀 기울이던 그분은 갑자기 눈을 반짝이며 선언했어. 내 수사가 자기 집 문 앞에서 끝나는 건 결코 용납할 수 없다고! 그리고 원고를 대기실 의자에 놓고 간 사람을 찾아내겠다고 약속하셨어. 이번 여행은 매 단계 행운이 따랐기에, 바로 다음 날부터 시합이 열리고 단골들이 모두 올 거라는 말에도 난 놀라지 않았지.

그리고 오늘 오후 늦게 다시 얀선 씨의 집을 찾아갔어. 갔더니 웬 십 대 여자아이가 같이 있었는데, 아주 뿌루퉁해 있더라고. 그런 표정이라면 내 딸 카티아의 얼굴에서 매일 보니까 내가 잘 알지. 알고 보니 아이는 그 소설 때문에 엄마한테 2주간 외출금지령을 받았대. 엄마가 시킨 심부름을 제대로 못해서 말이야. 옛날 파리에 살았던 엄마의 친구가 소설을 읽고 싶어 하니 건네드리고 파리에서 156쪽에 있는 주소까지 가는 법을 여쭤볼 것. 하지만 십 대답게 그 애는 축구 클럽에 갔다가 소설을 흘리고 와버렸고, 그대로 원고를 잃어버린 거야.

아이 엄마는 지금 파리에서 연수를 받고 있는데(우연이라고 말하지 마), 그녀가 브뤼셀로 돌아오기 전에 한번 만나자고 얘기가 돼서 2주 후에 만날 거야. 후딱 만나보고 싶다. 아니, 솔직히 말할게. 나는 이 새로운 만남을 생각하는 것만으로도 안달이 나 죽을 지경이라고!

기다림의 시간을 견디기 위해 나는 우리가 갈 만한 관광지 정보를 그러모아 산처럼 쌓아놓았어. 우린 곧 벨기에의 수도로 여행을 떠날 거니까…….

돌아가는 대로 우리의 일탈을 준비할 테니 날짜 비워놓길!

볼뽀뽀를 보내며,
리주

엘런 안톤이 안느 리즈 브리아르에게

파리 북역, 2016년 6월 15일

브리아르 씨에게,

파리에서 만나기로 한 약속을 지킬 수 없어 얼마나 안타까운지요! 실은 오늘 오후 남편이 탈장 때문에 브뤼셀에 있는 병원에 입원했다는 소식을 들었습니다. 곧 괜찮아지리란 건 알지만, 남자들이 어떤지 아시잖아요. (프랑스 남자도 아플 때는 벨기에 남자와 비슷하겠지요?) 제 남편은 자기가 브뤼셀에서 죽어가는 동안 저는 파리에 있을 거라는 사실에 목구멍에 뭐라도 걸린 듯 캑캑댈 거랍니다!

당신도 저만큼이나 그 소설에 감동받으셨으니 어떻게 그걸 손에 넣은 건지 시간 끌지 않고 말씀드릴게요. 실은 저희 독서 모임 선생님이 한번 읽어보라며 원고를 전해주셨어요. 제가 그 선생님에게 연락해둘 테니 직접 물어보시겠어요? 그분이 저보다 설명을 더 잘해주실 겁니다. 어쨌거나 당신이 원고를 주인에게 돌려줬다는 걸 알게 된 것만으로도 기분이 좋네요. 그 작가에게 알려주세요. 벨기에 사람들이 그분 소설을 꿋꿋하게 기다리고 있고, 아무도 모르게 중얼거리는 버릇은 전혀 좋지 않다고요.

저희 독서 모임 회원은 스무 명인데 모두 그 소설을 즐겁게 읽었답니다. 원고를 만나게 된 건 저희가 막 글쓰기 교실을 열었을 때였어요. 시 창작 수업 선생님이 우리에게 원고를 가져다주셨죠. 제가 그 선생님께 당신 연락처를 드렸고요, 이다음 얘기는 그분이 해주실 거예요. 저는 이제 나가봐야 해요. 끙끙 앓는 남편이 얼마나 운이 좋은지, 전설 같은 파업에도 불구하고 오후 5시 49분 TGV는 예정대로 출발하는군요…….

도움이 필요하면 언제든 연락 주세요.

엘런 안톤 드림

P. S. 다음번에 벨기에에 오실 때 같이 볼가스*Volle Gas* 레스토랑에 가면 너무 좋을 것 같아요. 저도 당신의 도시가 참 좋았답니다. 비록 파리 사람들은 유머가 부족하긴 하지만요. (우리 벨기에 사람을 놀릴 때 빼고요.)

윌리엄 그랜트가 안느 리즈 브리아르에게

런던 그레이트피터가街, 2016년 6월 19일

브리아르 씨께,

우리 둘 다 아는 친구인 엘런 안톤의 요청으로 당신께 편지를 드립니다. 제가 몇 달 전에 가지고 있던 소설 원고에 대해 관심이 있다고 들었습니다. 그 소설은 제가 쓴 게 아니고, 저는 작가가 누군지도 모릅니다. 하지만 그 소설에 감명을 받았기에 한동안 들고 다니다가 브뤼셀의 독서 모임 회원들에게 넘겨줬던 겁니다. 저는 직업상 이동이 잦은 탓에 거론된 그 모임에서 전임지도를 맡고 있지는 않습니다. 하지만 거기 참여하는 모든 분들께 각별히 감사한 마음을 갖고 있어서 브뤼셀에 갈 때마다 빼놓지 않고 모임을 도와드리고 있지요.

사실 저는 런던에서 거주 중이며, 제 가족 몇몇이 이 지역에 사는 관계로 한동안 여기 머물 예정입니다. 저희 어머니는 프랑스와 벨기에의 혈통을 물려받았고 할머니는 프랑스 분이라, 제가 어렸을 때는 당신의 아름다운 나라 남쪽 지방에서 방학을 보내곤 했답니다. 그곳 집은 여전히 제가 소유하고 있고요. 뻐기는 듯해 죄송합니다만, 그저 그 덕에 프랑스에 자주 간다는 말씀을 드리고 싶었습니다. 만약 원하신다면 다음번 방문 때 함께 만나서 그 소설에 대해 대화를 나눌 수 있을 것 같군요.

그리고 소설 마지막 페이지에 제가 몇 줄을 덧붙였습니다. 제 다음으로 읽는 독자들이 그 글에 이어 공동 창작을 하기를 바라는 마음으로요……. 작가의 재능 덕분에 즐거운 한때를 보내긴 했지만, 마음대로 글을 덧붙인 점에 대해선 정말 죄송하군요. 작가한테 사과를 드린다고 전해주시면 감사하겠습니다.

호의를 담아서,
윌리엄 그랜트 드림

실베스트르가 안느 리즈에게

레샤예, 2016년 6월 22일

2주가 넘도록 소식이 없군요. 저의 조언은 다 무시하고, 가지 말라고 했는데도 벨기에로 가신 것이라 여겨지는군요. 제 생각은 해보셨습니까? 제가 앞부분에서 불어넣지 못한 매력을 선사하고 작품을 마무리한 사람을 만나게 되면, 그게 저를 불쾌하게 만들 거라는 생각은 안 드시나요?

그렇습니다. 오늘 아침 저는 안느 리즈라는 사람에게 화가 납니다. 원고를 불태워 당신의 일탈에 종지부를 찍었어야 했다는 생각이 들 정도로요. 당신이 왜 이러는지 이해를 못 하겠습니다. 우리는 서로 모르는 사이고, 이 이야기는 당신 것이 아니잖습니까!

제가 이렇게 격분하는 게 당신 책임만은 아닙니다. 저는 6월이 되면 극도로 흥분 상태가 되어 잘못된 결정을 내리곤 하거든요. 다른 사람들도 저처럼 특별히 언짢은 달이 있지 않나요? 매해 그 달이 되면 피해를 줄여보겠다고 숨을 참으며 하루하루를 살아가게 되죠. 이제 당신은 제가 어느 시기에 이러는지 알게 된 겁니다. 그나마 다행인 것은 6월은 30일까지밖에 없어서 제가 불쾌감을 느끼는 기간이 인구의 절반에 비해 약 3퍼센트 적다는 겁니다. 하지만 안타깝게도 2월을 싫어하는 운 좋은 사람들에 비하면 7퍼센트 가까이 증가하지요!

제 기분이 이래서 저에게 연락하지 않은 거라고 변명하지는 마세요. 당신의 경솔함을 인정하시고, 새로 알게 된 사실이 있다면 좀 알려주시길!

실베스트르 드림

P. S. 원고는 7월에 불태울까 합니다. 그러면 저주받은 달의 영향을 받아 결정한 거라고 떠넘기지는 못할 테니까요. 며칠 전부터 파리에서 올라오는 묵직한 열기 때문에 제 신경은 더욱 날카로워지고 있습니다. 상상력이 부족한 기자들은 날마다 '폭염*canicule*'에 관해 틀에 박힌 말만 되풀이하는군요. 마치 이 여덟 개 철자가 8시 저녁 뉴스로 들어가기 위한 '열려라 참깨' 주문이라도 되는 듯 말이죠. 벨기에 날씨도 똑같은가요?

나이마가 안느 리즈에게

샌드니 모리스토레즈가, 2016년 6월 27일

안느 리즈 씨께,

안녕하세요? 당신에게 답신할 날을 기다려왔습니다. 제 삶을 정리하고 다시 자리를 잡기 위해 시간이 필요했거든요. 한 달 전 당신께 편지를 보냈을 때 저는 막 제 아이를 보고 온 참이었습니다. '제 아이'는 사실 과장된 말입니다. 제가 낳자마자 포기했던 아이거든요. 당시 저는 열여섯 살도 채 안 됐었어요. 나이를 내세워 면죄부를 얻으려는 건 아니에요. 이 사실로 제 잘못된 행동의 심각성이 바뀌지도 않고요.

가족들에게는 그 사람이 고등학교 남자친구고, 그 일이 일어난 건 생일 파티였다고 말씀드렸습니다. 정말 수치스러웠어요. 약속을 잡고 만난 남자가 강간범이었다는 사실을 누구한테 얘기할 수 있었겠어요? 어쨌거나 그 후 저는 다 잊었어요. 그날의 폭행에 대해 떠올릴 때면 마치 그게 제가 아닌 다른 누군가에게 일어났던 일인 것처럼, 아니면 그냥 누군가에게 들은 얘기라거나 텔레비전 드라마에서 봤던 장면처럼 느껴졌어요. 그때의 공포를 마주할 때면 저는 제 자신과 분리되는 것만 같았죠. 그래서 제가 회색빛 벽을 가득 채우던 수많은 낙서와 창을 통해 보이던 하늘의 색깔, 쓰레기통의 악취, 조금 열린 문 사이로 스며들던 상한 생선 냄새에 대해 얘기했더라도 아무도 믿어주지 않았을 거예요. 그러니 공원을 뛰노는 아이의 해맑은 목소리로 가득한 행복한 배경음악을 어떻게 이렇게 혐오스러운 영화에 집어넣을 수 있었겠어요? 제 목에 칼자국을 낸 칼날조차도 고통스러운 기억을 남기지 않았어요. 그저 턱 아래쪽에 작은 삼각형 모양으로 새빨간 상처가 남아서 며칠 동안 파운데이션으로 가리고 다니면 그만이었죠.

열다섯 살 때 저는 강간당했다는 사실을 꼭꼭 숨긴 나머지 제게 주어진 경고 신호를 보지 못했답니다. 현실을 받아들였을 때는 이미 늦어버렸어요. 부모님은 저에게 실망이 컸겠지만 제 곁을 지켜주셨어요. 아이도 돌봐주겠다고 하셨지만 제가 거절했답니다.

어쨌든 아이를 낳았죠. 인생은 다시 흘러가더라고요. 그게 제가 원하던 바였어요. 모든 게 예전과 같아지는 것, 동네의 다른 집 딸들처럼 사는 것, 무리 지어 놀러 다니는 것, 동네 얼간이들을 피해 다니다가도 순순히 항복하는 친구

들을 뻔뻔하게 놀리는 것, 학교 갈 때 치마를 안 입겠다고
고집부리는 것, 사춘기 애들 특유의 패기를 드러내고 경솔
함의 경계에 다다르는 것……

하지만 저는 그사이 제가 엄마가 됐다는 사실을 제대로
깨닫지 못했던 거예요. 아이면서도 엄마, 자식도 없는 엄마,
원하는 대로 저를 부르실 수 있겠네요.

그런데 정말 아무것도 아닌 작은 일로 모든 게 시작됐어
요. 계단에서 들리는 비명에 소스라친다거나, 아기가 나오
는 광고를 볼 때면 극심한 복통을 느끼곤 했죠. 제가 눈물
을 흘리는 일이 잦아지자 부모님은 끝내 입양기관에 전화
를 거셨어요. 그렇지만 또다시 너무 늦어버렸어요. 아이는
이미 어떤 가정에 입양되어서 제가 할 수 있는 게 아무것도
없었지요.

그 후로 마주치는 모든 아기들을 뚫어지게 보기 시작했
어요. 집착에 빠진 저는 제 아이를 입양한 부모를 찾겠다며
사람을 고용할 정도였죠. 마침내 양부모의 이름을 알아내
긴 했지만, 저희 부모님이 이 사실을 알고는 제가 출산할 때
상담을 맡았던 정신과 의사에게 저를 다시 보내셨어요. 그
의사는 제 임신과 관련해 일어났던 일을 사실대로 아는 단
한 사람이었죠. 그는 저에게 아이를 보러 가지도 말고 거리
를 두라고 충고했어요. 저는 사는 곳이 바뀌면 잊을 수 있

으리란 생각에 파리 지역에 사는 친척 집으로 갔어요. 하지만 생각처럼 되지 않더군요. 8년 동안 저는 죄책감, 그리고 '상반되는 감정들'을 제 뒤에 달고 살았어요. 그런 저에게 의사는 마음에 상처가 있다고 말했죠. 하지만 틀렸어요. 이건 감정의 문제가 아니에요. 저는 시골 병원에 제 일부를 남겨 놓은 채 불완전한 상태로 살아왔던 거예요.

로스코프 해변에서 원고를 손에 넣은 날, 저는 우울증으로 휴가를 받아 잠시 부모님 집에 온 상태였어요. 물론 소설 속 얘기는 저와는 아무 상관이 없어요. 하지만 소설 덕분에 우리 존재가 얼마나 보잘것없는지를 깨닫게 됐답니다. 별난 방법으로 인생의 맛을 다시 찾았다고 생각하실 수도 있겠죠! 하지만 그 정도까지는 아니에요. 왜냐면 이 땅에서의 여정이 보잘것없고 순간적일수록 우리가 내리는 결정은 무시해도 좋을 만큼, 혹은 용서받을 수 있을 정도로 작아지니까요…….

이런 생각으로 제 아들에게 연락을 하게 된 거예요. 아이 이름은 로맹이에요. 굉장히 좋은 가정에서 살고 있고, 그 애를 좋아해주는 여동생도 둘이나 있어요. 양부모님은 아이에게 입양 사실에 대해 모든 걸 얘기해줬고, 지난 4월 14일에는 제가 아이를 만나는 걸 허락해주셨죠. 그래서 로맹을 만났어요. 그리고 마침내 제가 어떤 사람이었는지 알게 됐어요. 당신도 아이가 있다면 아마 잘 아실 테죠……. 하지만 저에게 그날은 충격적이었어요. 듣도 보도 못한, 짐승 같은 강렬한 감정을 느꼈죠. 제 마음 깊은 곳에서부터 한 엄마를 성녀 혹은 범죄자로 만들 수도 있는 어떤 힘이 솟아난 거예요. 자신이 불러일으키는 사랑을 알지도 못한 채 내 앞에 서 있는 이 존재를 위해서라면, 앞으로 누굴 죽이거나 제 자신을 사라지게 할 수도 있겠다는 생각이 들었죠. 아이가 행복해진다는 확신만 있으면 평생 그늘 속에서 숨어 지낼 수도 있다는 생각이 들었어요. 평생 기다릴 수도 있고요. 아이에게서 작은 신호라도 오길 바라면서요.

　지금 아이의 삶은 저와 멀리 떨어진 곳에서 계속되고 있지만, 로맹의 양엄마는 제게 약속해줬어요. 아이가 저를 필요로 할 때마다 만날 수 있게 해주겠다고요.

아이와 브레스트*에서 만난 후 저는 피니스테르의 막다른 지역에서 며칠을 묵었어요. 그리고 그곳 호텔에서 결심했죠. 살아 있는 사람들의 세상으로 돌아가 내 인생에 다시 한 번

* 피니스테르 서부에 있는 항구도시.

83

기회를 주자고요. 이렇게 해서 저는 두 달 동안 저를 지탱해 주었던 소설을 128호실에 두고 온 거예요. 그 후에 당신이 그걸 발견했고요.

이제 모든 걸 아시겠죠. 혹시 그 소설을 쓴 이들이 누구 인지 알아내셨나요? 그렇다면 제게도 연락처를 알려주실 수 있을까요? 그분들이 제 인생에 어떤 영향을 주었는지 본 인들도 아셔야 할 것 같아서요.

깊은 애정을 담아,
나이마 드림

P. S. 지난번에 말씀하시길 '우리에게 올 운명이 아니었던 사 적이고 섬세한 작품'을 읽은 게 우리의 공통점이라고 하셨 죠. 아직도 그렇게 생각하시나요? 그런데 저는 알고 있답니 다. 이 작품이 저를 기다리고 있었다는 걸. 그 소설은 제가 다시 길을 되찾고 좀 더 멀리까지 나아갈 수 있게 해주려고 그 해변까지 온 거예요. 때때로 서로 만날 수밖에 없는 책과 독자가 존재하잖아요. 그건 절대 우연일 리가 없어요.

헬로 리주!

나 여기 왔어! 네 말이 맞아. 런던은 정말 대단해! 어제는 템스강 가에서 밤 11시까지 걸어다녔다니까. 먼 바다에서 건너와 내 얼굴을 쓰다듬는 공기를 일정한 간격을 두고 들이마셨어. 마치 우리 집에서부터 여기까지 나를 따라온 것 같더라고. 서늘한 냉기가 몸을 파고드는데도 열 사람 정도가 잿빛 물결이 요동치는 강가에서 공상에 잠겨 있었지. 내 평생 해온 해안가 산책을 다 모은 것보다 이날의 산책이 더 많은 영감을 불어넣어준 것 같아.

내 주위를 떠도는 말들을 알아들을 수는 없지만(어쩌면 바로 그 이유 때문에) 나는 집에 있는 것처럼 느껴져. 너도 이곳을 여행할 때 그런 느낌이었어? 한 번도 발을 들인 적 없는 곳에 있으면서 제자리에 있는 느낌이라니, 매력적이면서 동시에 당황스럽네!

오늘 아침에는 강물의 향기를 먼 곳으로 보내려는 듯 갈림길 이곳저곳으로 스며드는 바람을 따라 한가로이 거닐었어. 거리를 걸으면서 모르는 단어가 들릴 때면 말하는 사람의 표정만 보고 뜻을 알아맞히는 놀이를 하며 미소를 지었지. 그러고 나니 구름 사이로 한줄기 햇살이 쏟아지더라고. 나는 햇빛 속에서 돌담에 자리를 잡고 앉아 지나가는 사람들을 구경했어. 영국이라는 나라를 바라보고 있었던 거야. 기상천외한 옷차림을 보며 감탄에 찬 눈과 피시앤칩스* 냄새로 간질간질한 코와 예기치 못한 억양에 매혹된 귀로······.

나는 식사 시간에 맞춰서 네가 말한 윌리엄 그랜트 씨에게 연락했어. 다행히 나만큼이나 프랑스어를 잘하더라고. (나 돌아가자마자 영어 공부 시작하겠다고 맹세함.) 윌리엄 씨는 오늘은 시간이 안 된다고 하더니, 내가 런던에 처음 왔다는 걸 알고는 가봐야 할 곳들을 추천해주더라고. 그리고 내일 펍에서 같이 점심식사를 하기로 약속했어.

너 지금 나한테 무슨 일을 저지른 건지 알겠지?

나만의 소굴에서 떠나기 싫어했던 내가, 언어도 모르는

---

* Fish and Chips. 흰살생선 튀김과 감자 튀김을 함께 먹는 영국의 대표 음식.

이 도시에 와서 낯선 사람과의 만남을 주도하고 있다니! 게다가 네 말마따나 너도 전혀 모르는 사람이잖아! 혹시 그 사람이 잭 더 리퍼*의 자손일지 누가 알겠어? 즉 나는 지금 너를 위해 목숨을 걸고 있다는 사실, 알고는 있는 거지?

내일 너의 윌리엄 씨께서 추천해준 곳을 다 가보려면 이제 그만 자야겠다.

볼뽀뽀를 보내며 굿나잇,

마기

P. S. 너의 영국인이 국제 정세에 문외한이라 브렉시트**에 대한 토론 같은 건 제발 하지 않기를! 혹시라도 했다간 난 그 문제에 대해선 아무런 의견이 없다고 말해야 해. 우리 사건에 관한 귀중한 단서를 갖고 있을지도 모르는 사람을 화나게 하면 안 되니까. 내가 보여주는 이 외교술을 잘 기록해놓으라고!

* Jack the Ripper. 1888년에 극도로 잔인한 방법으로 다섯 명 이상의 여성을 살해한 영국의 연쇄살인범.
** Brexit. 'Britain'과 'exit'의 합성어로 영국의 유럽연합 탈퇴를 뜻하는 신조어.

안느 리즈가 마기에게

파리 모리용가, 2016년 7월 2일

나의 친구 마기에게,

네가 목요일에 런던공항에서 보낸 편지 두 통을 방금 받았어. 거기서 무슨 일이 일어난 거니? 나의 윌리엄 그랜트가 너한테 무슨 짓을 한 거야? 네 정신을 사로잡은 게 런던이야, 아니면 그 남자야? 정말 이 글이 내 가장 친한 친구가 쓴 거 맞니?

안으로 들어서자마자 한 남자가 내 눈을 잡아끌더라고. 혼자서 펍 구석에 앉아 있었어. 그는 밖을 내다보고 있었는데, 마치 행복했던 지난날을 회상하는 듯 입가에 가벼운 미소를 머금고 있었어. 그의 옆모습은 부드러우면서도 동시에 단호한 느낌이었어. 나는 온 힘을 다해 그 사람이 그랜트 씨이기를 바랐지. 그는 내 쪽으로 고개를 돌리자마자 매력적이면서도 완전히 영국 느낌이 가득한 어색함을 드러내며 의자에서 일어났어. 그리고 내 외투를 받아줬지. 우리는 내가 갔던 관광지에 대해 얘기를 나눴어. 나는 그 남자의 회색빛 눈을 피하느라 초인적인 힘을 발휘해야 했어. 벽에 붙은 장식물에 온 정신을 집중하며 최대한 자연스럽게 시시콜콜한 얘기를 했지. 저항할 수 없는 눈빛을 지닌 매혹적인 남성과 함께하는 자리가 별거 아니라는 듯 보이기 위해서 말이야.

마기, 너한테 그 남자 주소랑 핸드폰 번호 없다고 말해줘. 부탁이야! 네가 영국-프랑스-벨기에계 남자에게 반해서 좋을 게 뭐가 있겠어? 게다가 포커 게임 하러 다니며 시간을 축내는 사람이라며? 그에 대한 정보 하나 없이 너를 그곳에 보내서 미안해. 어쨌든 그가 카지노에서 탕진하거나 여자를 꾀거나 하며 살아가는 건달이라는 것만은 확실해! 하지만 둘이 함께 한나절을 보냈는데도 네가 비행기에 올라타 그 유혹자와 멀어지고 정신 나간 모험을 잊게 해줄 집으로 무사히 돌아왔으니 그나마 안심이다. 그리고 영어를 배우겠다는 엉뚱한 생각은 그만둬. 영어는 위험한 언어야. 그러지 말고 그냥 브르타뉴어를 시작해서 괜찮은 선원 한 명 잡는 게 어때? 선원은 어차피 바다에서 지낼 테니까 네가 피니스테르에서 찾으려고 했던 자유와 고독이 보장되잖아.

그럼에도 불구하고 너의 무모한 일탈이 헛된 건 아니었네. 윌리엄 씨가 그 원고를 부모님 댁에서 발견해 10년 동안이나 갖고 있었다는 걸 알게 됐으니까. 하지만 아버지는 돌아가셨고 어머니는 알츠하이머를 앓고 계시다고 하니, 그 소설이 로제르*의 부모님 댁에 가게 된 경위는 누가 설명해줄 수 있을까?

참 이상하지. 모든 게 여기서 끝난다고 생각하니 눈물이 나. 줄리앙이 지금 집에 없어서 너무 다행이다. 그가 곁에 있었다면 언쟁을 벌였을 테니까. 이 모험이 내 삶에서 과하게 큰 자리를 차지했다는 건 나도 알아. 하지만 이건 8년 전에 나에게 있었던 일과는 아무 상관 없어. 너도 기억하지? 그 당시 나는 막 엄마를 잃었고 감정적인 연애에 뛰어들었잖아. 그저 절망에 빠져 저지른 행동이자 전기충격처럼 심장박동을 되돌려놓으려는 시도에 불과했지. 그때의 그 글쟁이는 나에게 중요한 사람도 아니었고, 글은 따분하기만 했는데. 만약 네가 이유를 알고 있다면, 내가 한 시간 늦게 귀가할 때마다 줄리앙이 왜 나를 불신의 눈으로 바라보는지 설명 좀 해줘. 나는 모든 게 우리와 멀리 떨어져 있는 것 같고, 우리 부부가 의혹의 시기를 지나온 게 아닌가 싶어.

실베스트르에 대해 말하자면, 내 호기심은 순수하게 문학적

* Lozère. 프랑스 남부 옥시타니에 있는 지역으로 천혜의 자연 경관을 자랑한다.

이야. 이 사람의 소설은 일반적이지 않다는 생각이 머릿속에서 떠나지 않아. 미결로 남은 이야기가 단순해서일까, 그의 시선이 순진해서일까, 아니면 스무 살의 젊은이가 전달하는 소박한 행복의 비결 때문일까? 서로 모르는 두 사람이 썼다는 게 사실일까? 마기, 나는 아무것도 모르겠어. 하지만 난 동네에서 하는 산책의 경이로움을, 하루가 끝날 때 보여주는 버스 운전사의 미소를, 이른 아침 조르주 브라상* 공원을 지날 때 느껴지는 들풀의 향기를 잠시나마 재발견할 수 있었어…….

자, 이제 우리가 처한 곤경을 실베스트르에게 알려야겠지?

볼뽀뽀를 보내며,
리주

P. S. 너에게 정신 나간 모험을 하게 만든 거 다시 한 번 사과할게. 매혹의 도시는 이제 잊고 브뤼셀에서 감행할 일탈에 대해 집중하도록. 거기서 회색빛 눈동자를 지닌 남자는 모두 피해 다니겠다고 약속할게.

---

* Georges Brassens(1921~1981), 프랑스의 샹송 가수.

안느 리즈가 실베스트르에게

파리 모리용가, 2016년 7월 3일

친애하는 실베스트르 씨께,

당신에게 답장을 보내기 위해 7월이 되기만을 기다렸다는 걸 알아주세요. 당신의 입에서 나왔든, 우리 가족의 입에서 나왔든 당신 소설에 대한 질책은 충분히 들었어요. 하지만 오늘은 당신이 소중한 것을 되찾은 날, 그리고 우리가 『월리를 찾아라』를 다시 덮는 날로 새기셔도 될 것 같네요.

제 장점 중 하나인 솔직함으로 확실히 말씀드리자면, 당신이 화를 내서 이런 결정을 내린 거 아니에요. 제가 싫증이 났기 때문도 아니고요. (제 장점 중에는 참을성도 포함되어 있거든요.) 자세히 말씀드리자면, 벨기에로 당신의 소설을 가져가신 분은 윌리엄 그랜트라는 영국인인데, 바로 그분이 원고 끝에 몇 줄을 적어 넣으신 거였어요. 그래서 저는 친구 마기를 런던으로 보냈어요. 마기가 (결국은 거의) 무사하게 돌아와서 하늘에 감사하고 있답니다. 마기가 런던에서 그랜트 씨를 만나 물어보니, 2006년에 그랜트 씨가 어머니의 소지품에서 당신의 원고를 발견했고, 그 후로도 몇 년 동안이나 간직하고 있었대요. 하지만 안타깝게도 그랜트 씨의 어머니가 치매에 걸리셨기 때문에 원고가 어떻게 어머니한테 오게 된 것인지는 더 이상 알아낼 수가 없었어요.

실베스트르 씨, 제가 당신 원고에 몰두해 가족들에게 걱정을 끼치고 있는 건 사실이에요. 제 남편과 아이들은 제가 단지 작가에게 빠져 있는 것은 아닌지, 문학을 좋아하는 척하며 떳떳하지 못한 사랑을 숨기고 있는 건 아닌지 걱정하고 있어요. 그래서 저는 이제 알츠하이머 환자의 사라진 기억과 대면하는 것은 포기하고 당신에게 그분 아들의 연락처를 넘깁니다. 당신이 직접 뛰어들고 싶어 할 경우를 대비해서요. 만약 아직도 당신의 가족에게 아무 얘기 안 하셨다면, 이번엔 당신이 여행 갈 구실을 만들 차례군요.

여기까지가 지금 상황이에요. 우리의 편지 교환이 뜸해질 수도 있으니, 저는 물론이고 당신 소설을 읽은 모든 독자를 대신해 미리 감사의 말씀을 전합니다. 이렇게 아름다운 이야기를 써서 우리가 읽을 수 있도록, 우리 삶에 놀라운 변화까지 일으킬 수 있도록 해주셔서 고마워요. 당신은 시간을 초월해 주변에 행복의 조각을 퍼트리는 글을 쓰신 거예요. 덕분에 사람들의 삶에서 새로운 만남과 변화가 생겨 났답니다. 위대한 작품들이 내세우는 그런 일을 당신의 소설이 해낸 거예요.

깊은 감사를 전하며, 안녕히,
안느 리즈 드림

P. S. 지난 두 달간 저를 도와준 사람들의 연락처를 혼자만 간직하면 안 되겠죠. 그들 모두가 당신의 소설을 읽었답니다. 혹시 모르니 그분들의 주소를 첨부할게요. 편지를 쓰게 된다면 당신도 제가 느낀 만큼의 만족감을 얻길 바랍니다.

윌리엄이 안느 리즈에게

런던 그레이트피터가, 2016년 7월 7일

친애하는 브리아르 씨께,

제 예상과는 달리 향후 몇 주간은 파리에 들를 수 없게 됐습니다. 이런 말씀 죄송합니다만, 제가 피니스테르에 초대를 받았는데요, 한 번도 안 가본 곳인 데다가 그곳에 가는 일이 시급하게 느껴졌습니다.

그렇지만 그곳에서 바로 로제르로 가겠습니다. 이번만큼은 10년 전, 그러니까 당신 친구의 원고를 발견했던 당시에 놓쳤던 단서를 추적하려고 합니다. 이전에는 본가의 물건들을 정리할 때마다 추억에 빠져드는 바람에 결국 정리는 도중에 그만두곤 했거든요. 아시겠지만 오래된 물건들은 우리가 잊고 지냈던 수많은 추억을 불러일으키는 재주가 있잖아요. 마치 그동안 추억을 간직해왔다가 누군가 손만 대면 토해내듯 말입니다. 그래서 다락방과 지하실, 어머니의 옛 서재는 정리를 포기한 상태였답니다.

하지만 이번에는 그곳을 공략해서 당신의 추적에 힘을
보태줄 새로운 단서를 찾으려고 합니다.

다음에 파리에 갈 일이 생기면 잊지 않고 연락드리겠습니다.
함께 만날 기회가 생겼으면 좋겠네요.

당신의 은혜에 빚진,
윌리엄 그랜트 드림

윌리엄이 마기에게

런던 그레이트피터가, 2016년 7월 7일

마기 씨, 헬로!

제가 누군지 기억하나요? 그렇다고 대답해주세요. 왜냐하면 제가 당신의 초대를 아주 진지하게 받아들이고 있으니까요. 원래는 벨기에 친구네 집으로 가기 전에 파리부터 들러야 했습니다만, 당신의 열의에 설득당하고 나니 죽기 전에 피니스테르는 꼭 가봐야 할 것 같았습니다. (저승사자와 약속이 잡힌 상태라는 말은 아니고요. 저는 이국적인 곳에 갈 기회가 생기면 결코 내일로 미루지 않는 성향이라서요.)

내일 오후 2시 15분, 브레스트공항에 도착할 예정입니다. 현재 제 결심은 확고하며, 이번 여행은 당신이 저를 다시 보기를 원하는지의 여부와 상관없이 강행할 것입니다. 이 점에 있어서 당신에게는 다양한 선택지가 있습니다. 만약 바쁘시다면 저 혼자 이곳저곳 돌아보겠습니다. 혹시 저를 초대하신 걸 후회하신다면 혼자 다니는 것은 물론이고 더 이상 당신을 귀찮게 하지 않겠습니다. 그렇지만 당신이 딱히

할 일이 없어서 거의 모르는 사람을 위해 브르타뉴 해안 관광을 안내해주실 가능성도 있겠죠. 그런 행운을 기대하며 저는 오후 4시까지 브레스트공항에서 당신을 기다리겠습니다.

장담하건대 당신은 이 편지를 제가 그곳에 도착하는 날 받으실 테고, 그게 바로 제가 원하는 바입니다. 그러면 당신에겐 고민할 시간이 얼마 없을 테죠. 그리고 사람은 대체로 시급한 상황에서 가장 나은 결정을 내리곤 하죠. 제 전문분야가 포커이기는 하지만, 저는 제 인생을 운에 맡기는 습관이 있습니다. 이런 방식으로 인생을 대하고 나니 삶이 더욱 단순해지더라고요. 그래서 저는 이 결정을 한 번도 후회한 적이 없습니다.

다시 한 번 행운의 날이 오기를 기대하며,

×××[*]

윌리엄 드림

---

[*] 편지 끝에 친근한 인사의 표시로 ○×○×, ××× 등을 붙이는데 ×는 키스를, ○는 포옹을 의미한다.

실베스트르가 안느 리즈에게

레샤예, 2016년 7월 8일

6월에는 편지를 쓰지 말았어야 했습니다. 제가 드렸던 마지막 편지는 버리세요. 당신이 정기적으로 보내주신 경과보고 덕에 저는 그동안 저녁 시간을 즐겁게 보냈습니다. 그리고 몇 달 전부터는 다시 글을 쓰기 시작했습니다. 처음에는 재활이라도 하듯 조금씩 조금씩 천천히 쓰다가 차츰 쓰는 빈도가 잦아졌고, 급기야는 그토록 오랜 시간 제 안에 고여 있던 것을 내보내는 일이 무엇보다도 중요하다는 걸 깨닫게 되었습니다. 저는 예전 원고는 던져버리고 자전적인 글이 아닌, 그렇지만 살짝은 제 얘기인 새로운 글을 쓰고 있습니다. 이 모든 게 당신 덕분이며, 그 가치가 얼마나 큰지 잘 알고 있습니다.

만약 제 원고가 로제르의 어느 다락방에서 편안히 쉬고 있고, 독자들을 만나 시간을 함께하며 때로는 그들을 위로할 준비가 되어 있다는 걸 2006년에 알았더라면, 지난 10년간의 시간은 분명히 지금과 달랐을 겁니다……

스무 살 때만 해도 인생은 호의적으로 보였습니다. 삶의 여정에 극복해야 할 장애물이 놓인다 해도 저는 대양의 습격과 하늘이 보내는 돌풍, 대도시의 무자비한 분노에 맞설 준비가 되어 있다고 생각했죠. 하지만 30년이 지나서 보니 인생이란 그렇게 호락호락하지 않더군요.

　여름날의 폭풍우는 전진을 더디게 할 물웅덩이를 남깁니다. 그러면 우리는 뒤를 돌아보며 준비를 제대로 하지 못했다고, 조상으로부터 남들보다 못한 유전적 결함을 물려받았다고 생각하죠. 자기가 너무 일찍, 혹은 너무 늦게 태어난 거라고 생각하기도 하죠. 이러한 격차는 이미 정해진 거라고, 혹은 잘못된 표지판 때문에 교차로에서 길을 놓친 거라고요. 무엇보다 공항과 기차역은 타자기로 친 몇 장의 원고보다 더 많은 것을 빼앗아간다고 생각합니다. 아무려면 어떻습니까!

　오늘 저는 제 실수를 좀 더 차분한 시선으로 바라보았고, 마치 마트료시카*를 하나하나 꺼내면서 재밌어하듯 제 원고의 여정을 관찰했습니다. 각각의 여정마다 새로운 인물이 나타나고, 그 인물은 또 다른 인물을 숨겨놓고 있으니

---

*　하나의 목각인형 안에 똑같은 인형들이 점점 작은 순으로 들어 있는 러시아 전통 인형.

까요.

그래서 저는 그 윌리라는 사람에게 감사하게 되네요. 공항 좌석에서 제 원고를 그러모아 자신의 집으로 소중하게 가져가는 그분의 모습이 머릿속에 그려집니다. 그가 만들어낸 결말은 제가 선택하고자 했던 것과는 전혀 다르지만, 그분이 쓴 결말이 제 이야기에 더 큰 가치를 부여했다는 생각이 듭니다. 만약 다행히 당신이 제 무례한 행동에도 크게 실망하지 않으셔서 계속 연락하고 지내게 된다면, 숙련된 독자인 당신에게 곧 도움을 청하고 싶습니다. 당신은 제 소원을 들어주실까요, 아니면 저를 연락처에서 지우실까요?

저는 당신 가족들의 염려를 이해하고, 그 부분에 있어서 죄송하게 생각합니다. 어떻게 해서라도 가족들을 안심시키세요. 필요하다면 제 이미지와 평판을 훼손하셔도 됩니다. 당신의 가정을 지키기 위해서라면 모든 게 괜찮습니다. 하지만 우리의 우정 어린 편지 교환만은 포기하지 말아주십시오.

그리고 당신의 회신을 기다리는 게 저 혼자만은 아니라는 걸 알아주세요. 우리가 여기서 편지 교환을 멈추면 집배원이 어쩔 수 없이 길을 에돌아 가야 합니다. 그는 요즘 색바랜 우리 집 우편함을 지나 대문을 열고 마당을 가로질러 사유도로로 편하게 다니고 있거든요. 그의 소중한 배송 시간을 몇 분이라도 절약할 수 있게 된 셈이죠. 그가 밟고 다닌 땅은 이미 길이 나 있답니다. 당신이 급작스럽게 편지 쓰기를 중단하실 때 일어날 수 있는 결과에 대해 고려하시라고 드리는 말씀입니다.

아름다운 초여름을 맞으시길,
실베스트르 드림

P. S. 뜨거운 햇살 아래의 휴가를 준비해야 하는 7월에 시간을 내 편지를 써주셔서 감사합니다. 이제 우리는 6주 동안 유급휴가의 기쁨이나, 운 좋은 사람들의 완벽한 휴가에 대해 보도하는 텔레비전 뉴스를 견뎌야 합니다. 그러니까 고속도로에 열을 지어 선 차들이나(우리 어린 시절에 있었던 교통정보 방송은 어디로 갔죠?) 지중해 해안 캠핑장에 자리 잡은 캠핑카들, 공중화장실이 훤히 보이는 테라스에서 식사하는 사람들과 시끌벅적한 해변에 기름칠하고 누워 창백하게 늘어진 뱃살을 전시하는 군중들의 모습까지……

마기가 안느 리즈에게

르콩케 푸앵트데르나르, 2016년 7월 9일

친구 리주에게,

문제의 원고 복사본은 잘 받았어. 네가 말한 모든 걸 확인해봤는데 솔직히 처음엔 실망스러웠어. 나는 숨이 멎을 정도로 놀란다거나, 주인공에 공감하며 전율하고, 결말에 더 빨리 닿기 위해 잠도 줄일 준비가 되어 있었는데……. 그런 건 하나도 못 느꼈어. 이야기가 너무 평범해서 네가 어느 부분에서 마음을 빼앗겼는지 궁금하더라고.

그런데 다음 날 한밤중이 되자 단어들이 길을 만들기 시작했고, 네 말을 이해하게 됐어. 마지막 페이지를 넘길 때는 내 안에 아름다움이 스며드는 걸 느낄 수 있었지. 평소와는 다르게 사람들을 호의적으로 대하게 되었고, 이러한 관용이나 자신에게까지 확장되는 것 같았어. 결국 나는 이 소설이 독자를 미소 짓게 하고, 일상을 짓누르는 별것도 아닌 일들을 좀 가볍게 여기는 데 도움이 된다는 걸 인정하게 됐어.

여기까지가 내가 오늘 아침에 일어나면서 느낀 점인데,

신기하게도 바로 그때 내 마음을 흔드는 편지 한 통을 받았어. 내용에 대해서는 자세히 얘기 안 할게. 다만 내 친구 리주, 나는 앞으로 몇 시간 안에 결정을 하나 내려야 한다는 것만 알려줄게. 그 생각만으로도 이미 몸이 떨리는 것 같아. 어쨌든 네가 이 편지를 읽을 때쯤이면 내 결정과 그에 따른 결과는 이미 지난 일이 되겠지. 그러니 안 해야 하는 이유를 리스트로 만들어서 너에게 보여주는 건 소용없는 짓이야. 너는 질문공세를 퍼붓거나, 아니면 안 된다고 할 테니까.

걱정은 하지 마. 며칠 후에 모조리 말해줄게. 여기까지 하고 이제 나가서 뛰어야겠다. 이 말은 내 결정이 확고하다는 의미야. 도와줘서 고마워. 비록 너는 의도하지 않았겠지만.

오늘만큼 나한테 메일 주소도 핸드폰도 없다는 사실이 만족스러웠던 적이 없어. 안 그랬다면 네가 이 편지를 읽자마자 모든 수단을 통해 나를 공격했을 테니까…….

볼뽀뽀를 강하게 날리며,
연락이 잘 안 되는 너의 친구,
마기

P. S. 오늘 아침 브르타뉴의 하늘은 다시 구름으로 가득 찼어. 아름다운 경치를 감춘 잿빛 하루 덕에 나는 아주 즐거워졌어. 남부지역에나 어울리는 강렬하고 어색한 빛의 대비로 우리 눈을 부시게 하는 이곳의 파란 하늘이 나는 언제나 사기꾼 같다는 생각이 들었거든. 하지만 적어도 오늘만큼은 모든 것이 은은하게 보일 테고, 나는 그 생각만으로도 벌써 황홀해져.

P. P. S. 어떤 남자도 여성의 섬세함을 깊이 이해할 수는 없어. 하지만 너의 줄리앙은 달라. 정말이야. 그의 솔직한 성격은 진짜 축복받은 거라니까. 너는 늘 그 사람이 무슨 생각을 하는지 알고, 그는 너한테 하늘이 무너지는 일이 생겼을 때도 끝까지 곁을 지켜줬잖아. 그러니 남자들은 우리를 결코 이해하지 못한다는 사실이 줄곧 확인된 이 마당에, 우리가 그들한테서 더 이상 뭘 기대할 수 있겠어?

안느 리즈가 마기에게

파리 모리용가, 2016년 7월 11일

비밀투성이 친구!

네가 알쏭달쏭하게 구는 이유를 알아. 이유는 네가 아니지! 너 지금 무슨 일에 뛰어든 거야? 그랜트 씨와 무슨 밀거래 라도 하는 거야? 나 때문에 그 남자랑 가까워졌다고는 말 하지 마. 왜냐면 나는 몽땅 부인할 테니까! 나는 여성에게 부여된 속박과 사람들로부터 벗어나 홀로 산책하고 싶어 하는 네 열망에 대해 현대적 페미니즘과 연결 지어 생각했었 는데! 너 부끄럽지도 않니?

그러니 되도록 빨리 "저항할 수 없는 눈빛을 지닌 매혹적 인 남성"(네가 한 말이야!)께서 피니스테르에서 한 일이 무엇 인지 알려주기를 명령하는 바야. 얘기를 지어낼 생각일랑 하 지 마. 왜냐면 나는 곧 그 양반을 만날 예정이고, 직접 그의 입을 열게 할 거니까. 하지만 적어도 네가 은신처를 박차고 나온 이유가 그의 회색빛 눈동자 때문인지, 감미로운 억양 때문인지, 아니면 다락방 깊은 곳에서 꺼낸 원고 말미에 몇 줄을 적어 넣을 무절제한 재능 때문인지는 알려줄 수 있지 않을까?

자, 비난은 여기까지만 하고 너의 입장 표명을 기다릴게. 부디 덮어놓고 사람을 믿지 말고, 네 앞에 있는 그 남자는 허풍을 기본 패로 가진 노름꾼이라는 사실을 기억해.

글은 이렇게 썼지만, 나 또한 몇 년 동안이나 은둔하던 내 가장 친한 친구를 유배지에서 나오게 해준 남자를 만나고 싶어 근질근질하구나.

곧 만나자. 짜게 굴지 말고 자세히 다 얘기해줘.

너를 생각하는 너의 친구,
리주

P. S. 여성을 이해하지 못하는 것은 영국 남자도 매한가지라는 사실을 염두에 두도록!

마기가 안느 리즈에게

르콩케 푸앵트데르나르, 2016년 7월 13일

안녕 리주!

경고의 말은 안 하고 다 꿀꺽 삼켜버린 거야? 하긴 해봤자 쓸모없었을 거야. 나 방금 윌리엄이 여기 머무는 사흘 동안 가이드해주기로 했거든. 물론 순수한 의도야. 네가 나를 런던에 뚝 떨어뜨렸을 때 그도 나에게 똑같이 해줬으니까!

게다가 내가 새벽빛을 받으며 해안을 따라 난 오솔길을 달리는 걸 좋아하잖니. 그런데 내 손님 역시 대자연이 깨어나는 순간을 좋아한다는 사실이 밝혀졌지 뭐야. 우리는 많은 대화를 나눴어. 나는 네가 최근에 집착하고 있는 일에 대해 자세히 들려줬지. 그는 이 모험에 심취한 나머지 로스코프에서 수사를 돕고 싶다고 했고, 우리는 그곳에서 그 웨이터와 애인을 다시 찾아냈어. 그리고 일요일 저녁, 넷이서 만나 같이 식사를 했어.

난 너를 떠올렸지. 네가 개입하지 않았다면 절대 만나지 못했을 다양한 사람들의 만남을 너는 참 좋아했을 텐데.

네가 치명적인 매력을 지닌 영국-프랑스-벨기에 혈통 남자와 나의 관계에 대해 아무리 집요하게 엉터리 농담을 해대도, 나는 네 덕분에 아름다운 만남을 갖게 되어 고마워하고 있어. 윌리엄은 너와의 약속을 지키지 못한 것에 대해 미안해하더라. 그러니까 그는 파리에 들르지 않을 거라는 뜻이야. 작가에 대한 수사를 하겠다며 바로 로제르로 떠났어. 그 뒤 벨기에에 갔다가 미국에서 열리는 포커 시합에 참여한대.

그는 너만큼이나 수수께끼를 푸는 데 열심이야. 그런데 원고 끝에 덧붙인 그의 시에 대해 말을 꺼내자 조개처럼 입을 딱 다물더라. 그 사람 말로는 자신이 시에 푹 빠졌을 때라 그랬다는데, 말투가 어쩌나 어설프던지 내가 만났던 사람 중 거짓말을 가장 못하는 사람 같다는 생각이 들 정도였어! (포커는 내가 했어야 했나?)

자, 나의 친구 리주, 여기까지가 네가 기다려온 자초지종이야. 거의 모르는 사람에게 은신처를 개방하기 전까지 망설였던 건 사실이야. 하지만 결국 나는 내 경계심에 맞서기로 결심했고, 그 점에 대해서는 후회 없어. 우리는 사흘 동안 달콤한 시간을 보냈거든. 내 손님은 줄곧 세심하게 날 배려해줬어. 적절하게 거리를 유지하는 법을 잘 알더라고. 여기서 만난 사람 중에 윌리엄만큼 나를 귀찮게 하지 않은 사람이 있었나 싶어.

첫날 저녁 그는 내 곁에서 요리도 해줬어. 그날 우리는 아동문학에 대해 대화를 나눴지. 나는 그에게 내 작업물을 보여줬고 『월리를 찾아라』에 대해서도 알려줬어. 적어도 한 시간 동안 우리는 작고 빨간 사람을 찾으며 놀았단다. 마틴 핸드포드가 누구인지 모르는 영국인은 윌리엄밖에 없을 거야. 아마 벨기에 핏줄 때문이겠지? 그래서 내가 제대로 바로잡아 줬어. 대신에 그는 다른 영국 작가들에 대해서는 척척박사더라.

그는 떠나기 전 커피가 담긴 보온병과 크레페를 가지고 곳에 가서 아침을 먹자고 했어. 우리는 일출을 보았지. 시시각각 변하는 풍경 앞에 단둘이 앉아 어스름하고 음산한 바다를 바라보았어. 커피 한 잔을 마시고 나자 바다는 금빛 잔물결로 뒤덮였고, 우리가 그곳을 떠날 때는 강철 같은 보호막으로 덮여 있었는데, 그게 그렇게 잘 어울리더라고.

네 덕분에 독특한 사람을 한 명 알게 된 거네. 근데 아무리 그래도 포커 선수라니! 참 이상하지? 이 사람과는 앞으로 몇 달 동안 연락하고 지낼 거라는 예감이 들어. 그러니 소설 같은 너의 프로젝트는 그쯤에서 그만두고, 아래에 적은 날짜 중에서 언제가 가능한지나 봐줘. 네가 선물로 준

병맥주 뚜껑으로 만든 조각상 덕분에 브뤼셀에 가겠다는 의지가 열 배는 강해졌거든.

곧 만나자.

여전히 싱글인 너의 친구,

마기

P. S. 바스티앵에게 55센티미터나 되는 오줌싸개 동상을 사다 줬다는 게 사실이야? 회의 중에 준 거야, 아니면 커피 타임을 틈타 그의 사무실에 던져놓고 온 거야?

안느 리즈가 실베스트르에게

파리 모리용가, 2016년 7월 14일

친애하는 실베스트르 씨,

당신의 첫 번째 독자가 되어달라는 요청을 기쁜 마음으로 수락합니다. 우리 사이가 틀어지지 않았다는 걸 알게 되어 마음이 놓이네요.

곧 휴가를 좀 받아서 친구와 브뤼셀에 갈까 생각 중이에요. 자리를 너무 오래 비울 수는 없으니 당신이 실제보다 더 미화해서 표현하신 남부의 해변은 포기하고 8월 초에 사무실로 돌아올 예정이에요. 그러고 나서 3주 후에는 아들이 학생 아파트로 이사 들어가는 걸 봐주러 갈 거예요. 그러니까 그달 말에는 페인트칠을 하고(벽에만 하겠다고 자제 중이에요), 삐뚤어진 유머 감각을 지닌 북유럽의 조립식 가구를 조립하며 보내게 되겠죠…….

진행하던 수사는 현재 중단된 상태예요. 그래도 그랜트 씨는 집에서 나름대로 수사를 이어가겠다고 약속하셨어요. 당신의 소설은 정말 사람들을 연결시키는 위력이 있어요. 이

점에 대해서는 추호도 의심하지 않아요. 그러니 당신은 책임 감을 갖고 사셔야 해요. 그래서 궁금해지는데, 다음 소설의 주제는 무엇인가요? 제가 그 소설을 손에 쥘 때까지 인내심을 발휘할 수 있도록 몇 마디 먼저 해주시면 안 되나요?

제가 지금 편지를 쓰고 있는 여기에 서 있으면(사무실 제작은 책상 위로 영감을 주는 아침의 햇살이 비스듬히 비치고 있어요) 아름다운 나무 한 그루가 있는 파리의 공원이 한눈에 내려다보여요. 몇 주 전부터 저 나무를 볼 때마다 당신이 알려주신 대로 명상을 하지 않고는 못 배기는 상태가 되었답니다. (그러라고 나무가 있는 거니까요. 안 그래요?) 그리고 고백하자면, 그때마다 저는 행복과 위안을 느낀답니다. 이게 당신의 비결인가요? 당신이라는 *나무늘보*가 온 정신을 다 해 수련에 몰두하며 자신을 둘러싼 세계를 느릿느릿 이해하고 있는 건가요? 그리고 무엇보다도 아래의 글을 쓴 게 30 여 년 전이라 말씀하셨으니, 당신이 이 수련의 선구자란 말인가요?

나는 그녀 뒤로 걸어가며 그녀를 관찰한다. 아주 평온하게. 내가 그녀를 가졌다는 것을 과시하거나 "이 여인은 내 사람이다"라고 세상에 외치고 싶은 욕구는 전혀 없다, 없고말고. 아침이면 햇살 아래서, 저녁이면 그윽하게 내려앉은 황혼 가운데서 하루 종일 그녀를 바라보고, 매 순간 그녀가 만들어내는 뜻밖의 몸짓으로 다시 나에게 낯선 존재가 되는 모습을 재발견하는 것만으로도 충분하다.

언젠가 이 사랑 이야기의 결말을 들려주시길! 윌리가 만들어낸 얘기보다 실제 이야기가 덜 흥미롭다고 암시하신 것 때문에 저는 더욱 감질이 난 상태거든요. 하지만 질문은 여기까지만 할게요. 당신이 또 우리 사이에 거리를 두지나 않을까 걱정이 되고, 그쪽 집배원의 행복만큼 저에게 중요한 건 없거든요.

우정을 담아,
안느 리즈 드림

P. S. 얼마나 외딴 곳에 사시기에 그곳 집배원은 차량도 쓰지 않고 고객의 땅에 불법침입해가며 배달해야 하죠? 사람들이 연락수단으로 이메일을 선택하는 이유가 있었네요!
P. P. S. 가족들과의 긴장감은 거의 가라앉은 상태예요. 당신의 소설에 대해 생각은 자주 할지언정 집안에서는 입도 뻥긋 안 하거든요.

윌리엄이 안느 리즈에게

제놀라크 벨포엘, 2016년 7월 14일

친애하는 안느 리즈,

호칭이 무례한 듯하지만, 당신이 마기와 함께했던 어린 시절 얘기를 하도 많이 듣고 나니 격식을 차리기가 어렵군요. 저는 지금 로제르의 시골집에 머물고 있어요. 만약 당신이 지금 이곳에 있다면 거미줄을 뒤집어쓰고, 몹시 지저분하고, 전에 없이 남루한 행색을 한 저를 보실 수 있을 겁니다. 지난 사흘 동안 지하실부터 다락방까지 온 집을 뒤집어엎으며 서랍과 상자를 정리했기 때문이죠. 저희 어머니는 무엇이든 절대 버리지 않는다는 규칙을 20년 내내 지키신 분입니다. 이는 제가 따라야 하는 임무 중 극히 일부분이었고요.

12년 전 아버지가 돌아가신 뒤 저는 어머니께 런던의 제 집에서 같이 살자고 설득했습니다(그때 저는 런던에서 비교적 안정적인 직업을 갖고 있었죠). 하지만 어머니는 영국이 집처럼 느껴진 적이 한 번도 없다고, 차라리 벨기에에 사는 가족 곁으로 가는 게 낫겠다고 하시더군요.

그래서 브뤼셀에 아파트를 하나 구해드렸죠. 당신이 머물렀던 장소에서 멀지 않은 곳이었어요. 자세한 내용은 생략할게요. 중요한 건 바로 그때가 소설이 나타난 시기라는 겁니다. 집안의 물건을 정리하다가 발견했거든요. 한동안은 아버지가 그 글을 쓰셨을 수도 있다고 생각했지만, 집에서 타자기를 본 적이 없으니 아무래도 그런 것 같지는 않았습니다.

소설에 대해 어머니께 여쭈기도 전에 어머니의 정신을 좀먹던 병이 심해졌고, 그 병은 어머니를 세상으로부터 완전히 격리시켰습니다. 정신이 온전했을 때 어머니는 아버지와 함께 살던 로제르의 집으로 돌아가고 싶다고 자주 말씀하셨어요. 그래서 제가 이곳으로 다시 모셔왔고, 어머니가 잘 지내시는지 보려고 자주 찾아 뵈었죠. 그리고 이곳에 올 때마다(장담하건대 이곳은 촌구석입니다. 마기조차도 이곳을 본다면 분명 촌구석이라고 할 거예요) 그 소설을 즐겨 읽으며 잠들기 전에는 몇 줄씩 휘갈겨 쓰곤 했답니다.

안타깝게도 어머니가 우리 세상에 더 이상 발을 붙이지 않게 된 건 7년쯤 됐고, 지금은 시골집에서 30분 거리에 있는 시설에 계십니다. 제가 어머니를 돌봐드리기 힘든 상황이 되면 근처에 사시는 이웃들이 매주 어머니를 찾아가지요.

제가 왜 이렇게 집안 얘기를 늘어놓는지 의아하시죠? 거의 다 왔습니다. 저는 이번에 종이 뭉치들을 정리하다가 1996

년 식사 모임 때 찍은 사진들을 발견했습니다. 부모님이 친구분들과 함께 무언가를 축하하며 찍은 사진이었는데, 그중 한 사진에 그 소설이 찍혀 있었답니다. 정원 탁자 위에 늘어져 있는 유리잔 한가운데 소설이 놓여 있었지요. 저는 이 상황에 대해 알아보려고 이웃들을 찾아다녔습니다. 그러던 중 어머니 친구분인 베르나데트가 사진을 보더니 오열을 하시더군요. 깜짝 놀랐습니다. 그러자 그분 남편이 아내가 지금 얘기할 상태가 아니라며 저에게 그만 가달라고 하더군요. 저도 그 정도는 눈치챌 수 있었습니다. 그분들은 저를 심리학의 기본도 모르는 사람으로 보는 듯했지만.

그러니까 결론을 말씀드리자면, 시간이 되는 대로 당신이 로제르에 오셨으면 좋겠다는 겁니다. 베르나데트의 고통스러운 침묵 속에는 그 소설과 관련된 무언가가 있다는 생각이 듭니다. 이웃분들은 제 가족에 대한 얘기라면 대화를 거절하실 겁니다. 마기가 자랑하기를 당신은 인간관계에 능하고 무슨 얘기든 상대방이 고백하게 만드는 재주가 있다고 하더군요. 그러니 저보다는 당신이 그분들의 속내 이야기를 더 잘 끌어내리라는 생각이 듭니다.

  물론 집은 아주 편안한 상태로 당신을 맞을 준비가 되어 있습니다. 방도 많고 욕실은 세 개나 있으니 온 가족이 함께 오셔도 되고요. 저는 미국에 계약을 이행하러 가야 해서 열흘 동안은 이곳에 없을 예정이지만, 베르나데트가 열쇠를 하나 갖고 있으니 오셔서 당신의 집처럼 편하게 지내시면 됩니다. 이곳에 관해서는 마기와도 얘기한 적이 있는데, 그녀는 자기 동네만큼 이곳에서도 고요하게 지낼 수 있을 거라고 확신합니다. 그럼에도 그녀의 거절을 마주하게 될까 봐 두렵군요. 그러니 친애하는 안느 리즈, 당신께 도움을 청합니다. 마기를 설득해서 같이 와주셨으면 좋겠네요.

저는 지금 당신이 진행하는 수사가 범상치 않은 일이라는 걸 잘 압니다. 또 저는 잘 알지도 못하는 사람을 선뜻 집에 들이는 사람도 아닙니다. 저의 제안이 좀 엉뚱해 보이겠지만, 솔직히 우리가 만나게 된 계기도 만만치 않잖아요. 저는 아주 오래전부터 이치를 따지지 않고 솔직한 감정을 그대로 드러내는 습성이 있었는데요, 오늘 제 본능은 저에게 이렇게 해야 한다고 말하고 있네요.

당신이 저를 따라 이곳까지 와주시길, 그래서 당신의 수사 대상이 그토록 오랜 기간 머물렀던 집에서 마침내 우리 또한 만날 수 있게 되기를 바랍니다.

당신의 은혜에 빚진,
윌리엄 그랜트 드림

나의 친구 마기에게,

캐리어에 넣을 의상 목록을 당장 수정하도록! 내가 우리 피서지를 마음대로 바꿔버렸거든. 우리는 브뤼셀에 가지 않을 거야. 우리 둘 다 로제르로 초대받았거든! 그러니 초콜릿 대신 케자크*의 물로 만든 맥주와 밤톨을 가져오게 될 거야.

　여기서도 너의 비명과 탄식이 들리는구나. 편지지에 여백을 좀 만들어줄 테니 마음껏 나를 탓해봐.

좀 나아? 이제 설명해도 되겠지?

---

* Quézac. 로제르 지역에 있는 마을. 미네랄이 풍부한 수질로 유명하다.

어제 아침, 너의 매력적인 손님이 보낸 편지를 받았어. 그는 자기 부모님 집으로 원고를 가져온 게 누군지 알아낼 실마리를 찾아냈어. 너도 알다시피 그는 곧 미국으로 가잖니. 하지만 우리가 현장에 가서 조사할 수 있도록 이웃집에 열쇠를 맡겨줬어. 거기 정말 멋진 곳 같더라고. 그래서 난 방학 동안 뭘 할지 몰라 하는 카테아를 데리고 갈 거야. (낭군님께서 딸을 내 보호자처럼 이용하는 게 아닐까 싶어. 말은 그렇게 안 해도 소설과 연관된 이 왕래에 대해 여전히 걱정하고 있거든. 그래서 모든 의혹을 씻어줄 수 있도록 딸과의 동행을 기쁘게 받아들였지.)

더군다나 내가 마음대로 실베스트르까지 초대해버렸어. 초반에는 우리끼리 지낼 거고, 주말이 되면 윌리엄이 합류할 거야. 그의 회색빛 눈동자가 여자들에게 어떤 위력을 발산하는지 내 눈으로 직접 확인하고 싶어 미치겠어! 윌리엄이 너를 데리고 오라고 어찌나 간청하던지, 그걸 보면 너희 둘 사이가 네가 주장한 것처럼 별거 아닌 건 아니라는 거겠지. 우리를 거기로 오게 하려는 구실로 도움을 청하는 척한다는 기분이 들지만, 그럼에도 그는 사람들로부터 자신이 원하는 걸 얻어내는 재주가 있어 보이는구나.

그러니 질질 끌지 말고 알려줘. 같이 가려면 네가 언제 파리

에 도착하는지 알아야 하니까. 혹시 로제르까지 혼자 가고
싶다면 그렇게 하고.

답장 빨리 줘.

볼뽀뽀를 날리며,
리주

P. S. 성질 내지 마. 난 이번 여행이 정말 멋질 거라는 사실을
알고 있으니까!

P. P. S. 네 마지막 편지에, 그리고 편지의 중요 사안에 대해
내가 아무 지적도 하지 않았다는 걸 기억하도록. 나는 오히
려 내 친구가 원래 그렇다는 듯이 대응했지. 이미 천 번은 본
일출에 새삼스레 경탄하고, 아침 풍경을 묘사하겠다며 사춘
기 애들이나 쓰는 단어를 쓴 것들까지……. 너는 로제르의
일출도 그만큼 아름다울 거라고 생각하고 있겠지?

안느 리즈가 실베스트르에게

파리 모리용가, 2016년 7월 18일

친애하는 실베스트르,

제가 응답기에 세 번이나 메시지를 남겼잖아요! 전화기가 고장 난 건가요? 파리에서 온 연락은 다 삭제하라고 설정이라도 해두셨나요? 아니면 그저 혼자서든 아니든 로제르에는 안 가시겠다는 의미인가요?

아내분에게 아직 아무 말씀도 안 하신 건 아니겠죠!

우리는 7월 25일 수요일에 출발할 예정인데, 저희 차로 같이 이동하실 건지 다시 여쭤봅니다. 일곱 시간 동안 차에 갇힌 채 여자 세 명이 잡담하는 걸 견디지 못할 수도 있으니, 만일을 생각해서 우리가 일주일 정도 머물 곳의 주소를 첨부할게요. 윌리엄 그랜트 씨가 집이 아주 크다고 말씀하셔서요. 저는 오빠가 휴가를 떠난 뒤로 상처받은 영혼처럼 집 안을 서성이는 제 딸을 데려갈 거예요. 그곳은 언덕 중턱에 위치한 전형적인 세벤느 지역 시골집이래요. 백 년도 넘은 나무들이 둘러싸고 있어서 가을이면 로제르에서 가장 잘 여문 밤들을 주워 담을 수 있다는군요!

저희에게 합류하세요. 신속 정확한 당신의 집배원에게 의지하지 않고도 대화할 수 있는 기쁨을 누려보자고요.
　곧 만나요.

당신의 진실한 벗,
안느 리즈

P. S. 아리송하게 보일까 봐 덧붙입니다. 혹시나 당신이 행간의 의미를 읽을 줄 모르는 남자일 수도 있으니까요. 이번에도 응답하지 않으시면 저는 매우 유감스러울 거라는 사실을 밝혀둡니다……．

안느 리즈가 윌리엄에게

파리 모리용가, 2016년 7월 19일

친애하는 윌리엄,

초대해주셔서 고마워요. 당신이 그 소설에 애착을 느끼고 있다는 걸 마기가 말해줘서 알고는 있었지만, 그래도 뭐라 말할지 모를 만큼 감동받았어요. 파리의 기온은 견디기 힘들 정도가 되어서 로제르 여행이 그 어떤 때보다 매력적으로 느껴지네요.

저와 방학을 맞은 열여섯 살 딸아이는 꼭 갈 거예요. 믿으셔도 됩니다. 혹시 저희 아이가 막무가내로 굴면 당신이 회색빛 눈동자로 마법을 걸어 설득해주셨으면 좋겠어요. 저희 애는 요즘 반항심에 가득 차서 제 취미활동과 친구들까지 폄하하고 있거든요. 혹시라도 이 말은 마기에게 전하지 말아주세요. 마기가 알았다간 제 눈을 뽑아버릴 테니까요. 비록 갈색이지만 저에겐 소중한 눈이랍니다. 솔직히 털어놓자면, 낯선 사람들에게 둘러싸여 지내다 보면 딸아이의 성질이 좀 누그러지지 않을까 하는 바람이에요. 또한 자기보다 나이 많은 어른들의 관심을 좀 더 너그러이 받아들이게 되기를 바라는 마음입니다.

우리의 친구에 대해 얘기하자면, 마기도 같이 간다는 걸 확실히 말씀드릴 수 있어요. 자존심을 지키겠다고 잠시 싫은 내색을 하긴 했지만요. 알고 계시겠지만 마기는 남자가 자기 쪽으로 한걸음 다가오면 내빼는 경향이 있답니다. 다만 세계를 누비고 다니며 다국어를 구사하는 포커 애호가에게는 좀 약한 것 같더라고요. 무슨 말인지 아시겠죠! 물론 이건 우리끼리의 비밀이에요. 당신 또한 영어를 몇 마디 못하는 은둔자에게 애정이 있을 경우에만 관심이 생기겠지만요.

제가 실베스트르 파메 씨도 초대했다는 사실을 알려드려야겠네요. 아직 대답은 못 들은 상태지만요. 부디 그가 자기 소설을 부당한 방법으로 차례차례 손에 넣은 사람들과 독자들을 만나보고 싶어 해야 할 텐데요.

가족과 친구를 멋대로 당신의 로제르 집으로 초대한 저를 당신은 분명 뻔뻔하다고 여기실 테지만, 저는 이 얘기에 너무 깊이 빠져서 예의고 뭐고 다 잊어버린 것 같아요. 그러니 마침내 우리가 만나게 될 때에는 저에 대한 이 판단을 재고해주세요.

여행 준비가 끝나는 대로 도착 날짜와 시간을 알려드리

겠습니다. 당신도 이웃분께 미리 알려야 할 테니까요.

여행의 기회를 주신 당신에게 감사드리며,
당신의 진실한 벗,
안느 리즈

P. S. 이 편지는 당신이 알려주신 호텔 주소로 보내겠지만, 미국인들도 그렇고 대서양 저편으로 편지를 보내는 것도 그렇고 신뢰가 별로 안 가서요, 도착하면 전화로 다시 알려드리지요.

마기가 안느 리즈에게

르콩케 푸앵트데르나르, 2016년 7월 20일

안녕 리주!

네가 지난번 편지에 남긴 여백은 내 분노를 담기에 충분하지 않았어. 도대체 너 왜 그러는 거야? 낯선 사람들에게 둘러싸인 휴가라니 어떨 것 같니? 친구와 함께할 둘만의 대화를 기다려온 사람에게 어설프게 흉내 낸 클럽메드*를 들이밀다니! 나는 클럽메드의 직원 역할은 맡지 않을 거고, 분위기가 견디기 힘들어지면 주저 않고 널 버리고 돌아올 거야. 그런 이유로 나는 '내' 차를 타고 가겠어. 기회 봐서 도망가야 하니까. 그리고 만약 윌리엄이 내가 오기를 고대하고 있다면, 나한테 직접 물어보지 않은 이유는 뭘까? 네가 이 모임에 대해서 작가와 네 딸에게 한 얘기랑 나한테 한 얘기가 다를 것 같아서 불안하다. 우리를 초대한 사람이 이번 침략

---

* Club Med. 다양한 레저시설을 이용할 수 있는 최상의 휴양지 개념으로 설립된 호텔·리조트 브랜드.

에 대해 어떻게 생각하겠니?

생각해보니까 나는 그냥 여기서 바다를 비추는 햇살을 바라보고 있는 게 나을 것 같아. 케자크의 물보다 시드르*를 마시는 게 훨씬 더 즐거울 것 같고 말이야. 만약 내가 가야겠다고 마음먹는다면, 그건 단지 네 딸을 보호하기 위해서야. 태어나서 한 번도 본 적 없는 사람을 만나겠다며 앞뒤 생각도 없이 낯선 곳에 딸을 데려가겠다니…….

너는 작가라는 사람들이 대체로 특이한 데다 불안정한 존재고, 그들과 일상을 공유하는 것보다 그들이 쓴 책을 읽는 게 낫다는 걸 잘 알잖아. 꼭 더 낫다는 건 아니지만, 그래도 독서는 시간도 덜 걸리고 위험하지도 않은 일이잖아!

그리고 줄리앙은? 설명도 없이 먼 지방으로 떠난다는데 남편이 동의하던? 네 의도를 감추기 위해 나를 데리고 가는 건 아니겠지…….

리주, 나는 다시 열다섯 살로 되돌아가 네가 롤랑을 만나러 카페에 갈 수 있도록 너희 부모님께 거짓말해주는 기분이야! 게다가 그 일이 어떻게 끝났는지 떠올려봐. 데이트라고 생각했던 그 약속은 그저 볼링 시합이었고, 너는 꼴찌를 해서 굴욕감으로 분노에 차 집에 돌아왔잖아!

---

* Cidre. 사과를 원료로 만든 발효주.

윌리엄에 대해 얘기하자면, 너는 그가 한 말을 정확히 알려주지 않았고, 나는 내 삶에 남자가 끼어들 자리가 없다는 걸 잘 아는 네가 중개인 노릇 하는 걸 원치 않아. 그리고 생각해보니까 그 사람의 회색빛 눈동자에 대해 내가 과장해서 말한 것 같아. 로제르의 밤톨을 배경으로 그의 눈을 본다면 해변에서 본 것보다 덜 멋질 거야. 그러니 그에 대한 어떠한 언급도 참아주길 바라는 바야.

출발 전에 내게 알려줘야 할 새로운 소식이 생길 경우를 대비해 말해주는 건데, 나는 토요일 저녁에 아가트한테 갈 거야. 생일 만찬을 차리는 걸 도와주기로 했거든. (걱정 마. 요리는 안 할 거니까.) 그러니 거기서 해야 할 우리의 임무가 무엇인지, 어떤 실마리가 생겼기에 세벤느 지역 숲까지 가야 하는지 얘기해주려면 호텔로 연락해.

토요일에 만나자.

네가 한 짓에도 불구하고 볼뽀뽀를 날리며,
마기

P. S. 충고 하나 할게. 볼링장 가서 연습 좀 해봐. 혹시 모르잖아……

실베스트르가 안느 리즈에게

레샤예, 2016년 7월 21일

소일거리 없는 오십 대 남성의 일상이 너무 평온하니 뒤죽박죽 들쑤시라는 장난꾸러기 요정의 지시라도 받으신 건가요? 우편함에 편지 한 통이 있는 걸 발견했을 때(집 안에서도 우편함에 무엇이 들어 있는지 보인답니다. 북풍 때문에 우편함 문짝이 날아갔는데 그대로 두었기 때문이죠) 이번에는 또 무슨 내용일까 생각하니 조금 두렵기까지 하더군요.

그리고 두둥, 제가 로제르에 가야 한다니요! 전혀 모르는 사람의 집으로 가서 낯선 사람들을 만나야 한다니, 게다가 그들은 제가 30년 전에 쓴 글을 읽으며 제 사생활 깊숙이 침투한 사람들이잖아요!

저는 안 갑니다.

당신의 계속되는 연락에 침묵으로 대응한 게 충분히 노골적이었다고 생각했는데 그렇지 않았나 보군요. 안느 리즈, 이제 당신이 저에 대해 알아야 할 때가 된 것 같습니다. 저는 피레네 산악 지방에서 태어났습니다. 그곳은 산이 모든 걸 지배하는 곳이죠. 집, 나무, 사람들까지 모두 다. 거기 사는 사람들은 체념할 수밖에 없습니다. 산이 그들의 출생부터 죽음에 이르기까지 전부를 지켜보기 때문이죠. 산이란 우리에게 불멸의 존재입니다. 그곳을 떠나는 사람들은 바위의 단단함과 숲의 속삭임을 지니고 갑니다. 도시로 들어가면 이러한 자연을 억눌러놓고 살지만, 밤이 되면 돌격이 시작되곤 하죠. 꼭대기에서부터 휘몰아쳐오는 광풍, 골짜기까지 진흙을 떠밀고 내려오는 물의 위력, 힘없는 산골 주민들을 떨게 만드는 자들과 수호신에 관한 이야기, 이 모든 게 꿈으로 스며드는 겁니다.

저희 부모님은 자식이 둘 있었는데 큰아이 이름은 피에르, 작은아이는 실베스트르라고 불렀죠. 이름*만 봐도 아시겠죠. 제 형은 그곳에 남아 있을 만큼 똑똑했습니다. 산의 보호를 받으며 자란 사람에게 지하철 같은 장소는 매우 불편하니까요. 물론 애써 견디고 적응하며 살아가지만, 몸이 버티지 못해 탈이 나는 날이 오고 말죠. 저에게 그 일은 쉰 살에 일어났습니다. 피레네역과 벨빌역** 사이에서 기절을 한 거예요. 저는 태어나서 처음으로 입원이란 걸 했습니

* '피에르(Pierre)'는 프랑스어로 '돌'을 뜻하고, '실베스트르(Sylvestre)'는 '숲'을 뜻하는 라틴어 'Silva'에서 파생된 이름이다.
** 파리 지하철 11호선으로, 피레네역과 벨빌역은 한 정거장 차이다.

다. 빡빡한 일정에 오랜 시간 대중교통을 이용하다 보니 피로가 누적된 거라고 하더군요. 두 번째로 기절하자 사람들은 제게 자가용을 이용하라고 권했습니다. 교통체증을 겪는 것보다는 편하니까요. 세 번째가 되자 회사에서 심리전문가를 투입해주더군요. 그래서 저는 이른 아침의 상쾌함을 느끼며 회색빛 돌이 내다보이는 집에서 재택근무를 하게 됐습니다. 아내가 파리에서 일하고 있어 피레네산맥으로 돌아가지는 못하고, 파리에서 얼마쯤 떨어진 북쪽으로 일보 후퇴를 하게 됐습니다.

그곳에서 지평선이 내다보이는 낡은 집을 한 채 샀습니다. 땅값이 아주 저렴하고 낡은 집 몇 채가 군데군데 흩어져 있는 작은 마을로, 저와 같은 사람들의 피난처 같은 곳이었죠. 이를테면 초고속 인터넷으로 세상의 끈을 놓지 않은 채 우울증을 동반하고 온 도시인이나, 돈이 부족해 최소 경비로 노후를 꾸려가는 가난한 퇴직자들 말입니다.

그렇게 자연에 파묻혀 은신하고 나니 기절하는 일은 점차 뜸해졌지만, 대인관계 능력은 확실히 소진되고 말더군요. 더 이상 사람들을 감당할 수가 없었습니다. 한동안은 가족들에게 이 장애를 감추며 만성피로라는 핑계로 밖에 나가지 않았습니다. 그러다 결국엔 집에만 틀어박혀 지내게 되었고, 그렇게 저를 둘러싼 경계는 좁아졌지요.

제가 두문불출하자 아내와 딸은 숨이 막힌다며 집을 떠났습니다. 둘 다 자신을 구조해준 남성의 팔짱을 끼고서 말이죠. 병마는 시나브로 제 몸에 자리를 잡았고, 저는 끝내 가정이 파괴된 후에야 제 병을 직시할 수 있었습니다.

저는 한계를 깨뜨려야 했습니다. 혼자서요. 그래서 2년 전부터 다시 문명 쪽으로 다가가고 있습니다. 이웃과 두세 마디 대화를 나누고, 대도시와 사람과의 접촉을 피하는 조건으로 다시 차를 운전하기 시작했습니다. 그러니까 저는 흔히 말하는 사회부적응자입니다.

로제르에 함께 갈 수 있다면 좋겠지요. 정말입니다. 하지만 간다고 해도 혼자 돌아오고 말 겁니다. 부부생활을 하던 때에도 아내에게 이 부분에 대해 얘기한 적은 한 번도 없습니다. 당신 입장에선 다 큰 성인이 참 애같이 군다 하실지 모르겠지만, 저의 이러한 태도는 확신을 토대로 한 것입니다. 배우자가 청춘 시절의 사랑을 되찾을 거라는 희망을 잃었기 때문에 자신을 선택했다는 걸 알고 싶어 하는 여자는(남자도 마찬가지라는 걸 확실히 말씀드리지요) 아무도 없을 거라는 확신 말입니다.

저를 나쁘게 보지는 마세요. 제가 아내 그리고 딸과 함께했던 시간과 행복까지 부정한다는 말은 아니니까요. 다만 제가 묘사한 사랑, 당신을 감동시킨 그런 사랑은 그 글을 쓴 그때 이후로는 더 이상 나타나지 않았다는 점을 인정한다는 말입니다. 제 아내는 통찰력이 있으니 제가 그 글을 손에 쥐여줬다면 단번에 알아챘을 겁니다. 하지만 그런 일이 일어날 확률은 전혀 없습니다. 우리는 4년 전부터 별거 중이거든요…….

이 부분에 대해서 명확히 말씀드리지 않았다는 걸 잘 알고 있고, 가족과 함께 산다는 듯 거짓 암시의 씨앗을 뿌린 것도 부정하지 않습니다. 사실 저는 당신의 첫 번째 편지를 받고 나서 이런 생각이 들었습니다. 당신이 외로운 홀아비와 편지 교환을 하는 것이 아니라, 가족과 함께 안정된 생활을 하는 남성과 문학적 논쟁을 하는 거라고 여기는 편이 나을 거라고요. 당신과의 교류를 오해의 여지 없이 이어가고 싶었기 때문에 제 상황에 대해 침묵한 겁니다. 제 병과 고립생활에 대해 입을 다문 것도 같은 이유 때문이고요.

저는 특별한 제약 없이 제 나름의 속도로 직업적 임무를 다하고 있습니다. 그렇지만 제가 회사에 보낸 보고서는 몇 주가 지나도록 아무도 읽지 않으니, 아무래도 제 업무는 더 이상 이용 가치가 없는가 보다, 라는 결론이 나더군요. 고장 난 사람 하나를 위해 인사부에서 한직을 찾아준 것 같다는 거죠. 씁쓸해하지 않으셔도 됩니다. 언젠가는 신발의

짝을 맞추듯 문제가 있으면 해결을 하고, 일개 사원이 아무리 변칙적인 상황을 만든다고 해도 개개인 모두를 행정 관리에 포함시키는, 제대로 조직된 회사에서 한없이 감탄할 날이 올 수도 있으니까요…….

자, 이게 제가 로제르에 가지 못하는 이유입니다. 마음만은 그곳에서 함께하겠습니다만, 그 이상은 안 되겠습니다.

실베스트르

안느 리즈가 실베스트르에게

파리 모리용가, 2016년 7월 23일

친애하는 실베스트르,

저를 믿고 편지 보내주셔서 감사드려요. 읽으면서 적이 놀랐지만, 그 와중에도 당신은 저를 미소 짓게 하시네요…….

사람들은 늘 자신의 뿌리를 지배하고 있다고 생각하죠. 하지만 그렇지 않아요. 뿌리라는 건 우리가 태어나자마자 안에 가득 퍼지는 거라서 그걸 감추려고 할수록 오히려 그무엇도 얻기가 힘들어지게 마련이지요.

하지만 당신이 이제는 그걸 받아들이신 만큼 앞으로 나아갈 수 있지 않을까요? 과거를 끌고 가야 하는 한이 있더라도요. 바람 소리를 듣고 자연의 힘을 느끼기 위해 계속 틀어박혀 있을 이유는 없잖아요? 설사 그렇다고 해도 로제르로 오세요! 저는 윌리엄에게 전화해 다시 확인받았어요. 우리가 머물 작은 마을에는 집이 오직 네 채뿐인데, 하루 종일 사람이 있는 곳은 단 한 집이래요. 우리를 맞아줄 농가는 아주 크고, 삐쭉빼쭉한 피레네산맥만큼이나 경사가

급한 언덕에 있대요. 한쪽 동 전체를 당신을 위해 빼줄 수 있으니, 우리의 수다를 못 견디겠다면 거기로 가시면 되고요. 여기는 당신을 위한 곳이에요. 그러니 인간 혐오증을 챙겨 오셔서 곰처럼 행동하신다 해도 전혀 문제되지 않아요. 그러다가 길 끝에서 이상한 사람들과 마주칠 수도 있겠죠. 당신에게는 보잘것없겠지만 진짜 상처를 지닌 사람들이랍니다. 인생을 살면서 마음의 상처 하나 없는 사람은 없어요. 와서 우리를 보세요. 그러면 고통 속에 있는 게 당신 혼자가 아니라는 걸 느끼실 거예요.

만약 차를 갖고 오신다면 듬성듬성 마을이 들어선, 파리 사람들은 있는 줄도 모르는 고요한 지역을 지나게 되는데요. 일요일이면 오샹*으로 장보러 가고, 휴가는 남부 해안으로 떠나는 또 다른 프랑스가 그곳에 존재한다는 걸 알게 될 거예요. 이 사실을 알고 나니 조금 들뜨지 않나요…….

당신이 머물 방을 준비할게요. 다음 주에 만나요.

당신의 친구,

안느 리즈

---

* Auchan. 프랑스에 본사를 둔 대형 할인마트.

윌리엄이 안느 리즈에게

뉴욕 플러싱 블로섭애비뉴, 2016년 7월 24일

친애하는 안느 리즈,

로제르에서의 만남을 준비해주셔서 무척 기쁩니다. 저도 가능한 한 빨리 일을 처리하고 가겠습니다. 책을 좋아하는 사람들과 함께 시간을 보낸다니 무척 설레는군요……. 이웃 아주머니에게 이 사실을 알렸더니 무척 좋아하시더군요. 며칠 동안 누군가 가까이에 있을 거라는 사실만으로도 행복해하며 저희 어머니가 외출 허가를 받을 수 있도록 도와주신답니다. 저는 매번 그 집에 갈 때마다 어머니의 기억 속에서 무언가 번뜩이는 것이 생기기를, 그래서 적어도 몇 시간만이라도 어머니를 되찾을 수 있기를 꿈꿔왔습니다. 지금까지는 한 번도 그런 적이 없지만요.

　마기가 당신에게 제 얘기를 했다니 물론 기쁩니다. 그런데 이런! 제가 스무 살 즈음에는 회색빛 눈동자 덕에 몇 번 성공한 적이 있지만 여성들의 관심을 보장할 만큼은 아니랍니다. 저는 제 눈동자 색깔보다는 마음과 상냥함으로 눈에 띄는 사람이 되기를 바라고요.

정말이지 며칠 전부터 제가 멀리 떨어져 있는 영어 불가능자들을 특별하게 여기고 있다는 걸 깨달았습니다. 그걸 깨닫기까지 너무 오래 걸렸다는 게 놀라울 뿐입니다. 제 발언이 그분 귀에 들어가지 않게 해주리라 믿어도 되겠죠. 그분이라면 이 말을 듣고 겁을 먹을 수도 있으니까요.

곧 만나겠습니다.

윌리엄

P. S. 보시다시피 편지는 바람을 거슬러 대서양 위를 잘 날아왔고, 제가 로제르에 박혀 있을 때보다 오히려 더 빨리 받았다고 생각합니다! 저는 벨포엘에서 편지를 쓰며 당신을 미국인들과 깨끗이 화해시키기 위한 시도를 했습니다. 미국인들은 프랑스인들이 생각하는 그런 사람들이 아니고, 솔직히 말하자고요, 프랑스인들은 역사가 몇백 년 짧은 나라를 대할 때마다 대대로 내려오는 우월감을 느끼잖아요…….

안느 리즈가 줄리앙에게

벨포엘, 2016년 7월 30일

나의 줄리앙에게,

이곳에 머무는 거 어찌나 좋은지 모르겠어!

내 시선을 벗어났다고 생각할 때마다 핸드폰을 손에서 놓지 않는 카티아한테서 매일 소식을 듣고 있다는 거 알고 있어. 그리고 정말이지, 같이 왔으면 당신도 좋아했을 거야. 68혁명 정신공동체 같은 로제르의 농가에서 지낸 지도 벌써 사흘이 되었어. (걱정은 마. 난교 파티도 마약도 없으니까!)

윌리엄은 매력적인 사람이야. 예정보다 이틀 일찍 와서 그저께 저녁에 도착했어. 그는 모든 면에서 우리가 상상했던 그대로였어. 아주 잘생겼고 매끈한 얼굴에 손도 깔끔했지. 우리 프랑스 사람들이 생각하는 영국 귀족 같은 자연스러운 기품을 지녔어. 그는 우리 모두를 세심히 챙겼는데, 솔직히 말해서 낭만주의자라면 그의 맑은 눈빛에 마음이 흔들리지 않을 수 없겠더라고. 내가 그렇다는 말은 아니니까 안심하도록!

내기는 당신이 이겼어. 어제 아침 실베스트르가 왔거든. 그렇지만 외모에 관해서는 우리 둘 다 틀렸어. 윌리엄이 밝은 사람이라면, 그는 어두운 사람이더라. 그렇지만 우리의 상상과는 달랐어. 우리는 실베스트르가 밤에만 다니고 낮에는 집에 틀어박혀 지내는 창백하고 병약한 사람일 거라 생각했잖아. 근데 햇볕에 그을린 피부에 수염이 거뭇거뭇한 건장한 남자가 나타난 거야. 야외에서 몸을 쓰는 노동자 같은 체격이었지만, 우리가 기대하는 고요한 강인함은 보이지 않았어. 아마도 그의 더부룩한 갈색 머리나 속을 알 수 없는 커다란 눈, 그리고 그 안에 담긴 불안한 시선 때문에 그렇게 느낀 것 같아. 처음 몇 시간 동안 그는 뒤로 물러나 잠자코 사람들을 관찰했어. 그러다 우리는 함께 소설의 마지막을 읽었고, 두 번째 작가의 정체에 대해 횡설수설 잡담하면서 오후를 보냈지.

그 후 윌리엄은 우리에게 1996년 날짜가 찍힌 사진들을 보여줬어. 그중 한 사진에 정말 실베스트르의 소설이 찍혀 있더라고. 마치 누군가가 들고 있다가 식전주를 마시려고 잠시 내려놓은 것처럼 탁자 위에 펼쳐져 있었어. 나는 진상을 명백하게 밝히기 위해 작은 꽃다발을 하나 만들어서 이웃들을 저녁식사에 초대했어. 그날 저녁 식탁에 앉은 사람은 총 여덟 명. 알레스Alès에서 도서관 사서로 일한다는 이웃분의 딸 앨리스도 왔거든. 나는 앨리스와 금방 친해져서 이 모든 일들에 대해 귓속말로 다 얘기해줬어.

앨리스가 밤새 소설을 다 읽고 아침식사 시간에 맞춰 내게 와서 돌려줬다는 말은 굳이 하지 않아도 짐작할 수 있겠지? 우리는 둘 다 외투로 온몸을 감싼 채 밖에서 커피를 마셨어. 이런 높은 지대에서는 아침이 쌀쌀하거든. 자연이 깨어나고 자욱했던 안개가 걷히는 걸 보며 앨리스는 내게 어제저녁 어머니인 베르나데트와 나눈 얘기를 들려줬어.

그 사진이 찍힌 날 소설을 가져왔던 분은 앨리스의 외삼촌이래. 베르나데트는 어제저녁 딸에게 마침내 자신의 남동생에 대해 털어놓게 되어 후련해하며 이야기를 해주셨대. 그때까지 베르나데트는 온 가족이 부르던 '가여운 다비드'라는 남동생의 별명을 입에 올리는 것만으로도 너무 가슴 아파서 대화를 그만둘 정도였거든. 집에서 막둥이를 언급하는 건 금기였고, 어린 세대들은 잘못된 길로 들어선 삼촌에 대해 말하기를 주저했대.

베르나데트는 일곱 남매 중 장녀였고, 다비드는 막내로 어렸을 때부터 재능이 참 많았어. 형제들과도 잘 지내고 학교 성적에서도 두각을 나타냈지. 열한 살 때는 학교 선생님이 부모를 찾아와서 다비드를 알레스의 기숙학교에 보내면 수학부터 문학까지 모조리 일등할 거라고 말했을 정도였대. 집안에서 대학 입학 자격을 얻은 첫 번째 사람이라서 다들 막내가 변호사가 될 거라고 생각했어. 다비드는 결국 법학 공부를 위해 마르세유로 떠났는데, 그곳에서 경비를 절약하기 위해 친구 집에 들어가 살게 됐어. 돈을 좀 모으기 위해 항구에서 하선 작업을 할 때 만난 친구래. 전도유망했던 청년은 그때부터 고급 빌라를 터는 룸메이트와 그의 친구들 무리에 합류하고 말았어. 그런 일을 하는 게 좀 더 쏠쏠해 보였던 거지. 다비드는 몇 번이나 체포되었지만 법 지식 덕분에 엄중한 판결은 피할 수 있었고, 초반에 받은 선고는 결코 일 년을 넘지 않았어. 어느 날 경찰들이 벨포엘에 쳐들어와 은행털이 모의 혐의를 들이밀며 그를 체포해가기 전까지는……

베르나데트가 받은 충격은 그 누구보다 컸어. 다비드를 가장 끔찍이 여겼던 가족이 그녀였거든. 그러니 다비드가 10년 형을 받았다는 소식을 들었을 때 그녀의 마음이 어땠을까……

하지만 다비드는 감옥에서 8년을 보내고 출소한 후에도 범법행위를 계속했어. 교훈이란 걸 얻지 못한 거지. 결국 다시 체포되었는데 그게 바로 일 년 전의 일이야. (어쩌나 일관성 있는 사람인지 도무지 직업을 바꿀 수가 없나 봐!) 지금은 빌뇌브레마글론*Villeneuve-lès-Maguelone* 교도소에서 수감 중이고, 형기는 몇 달 더 남은 상태야.

내가 당신에게 이런 독특한 사람들, 그러니까 포커 선수에 이어 지금은 은행 강도에 대해 얘기하고 있다니!

어쨌거나 막내아들이 떠들썩하게 체포된 날 이후로 식사 모임은 더 이상 없었대. 베르나데트가 기억하기론 다비드가 윌리엄의 어머니에게 그 소설을 준 게 마지막 식사 모임 때였대. 그 둘은 문학을 좋아한다는 공통점이 있어서 식사 준비 중에도 둘만의 대화를 나누곤 했대. 물론 베르나데트는 그것 말고는 모든 걸 잊어버렸고 다비드에게 물어본 적도 없었어. 그래서 다비드가 어떻게 해서 소설을 손에 넣었는지는 알 수 없는 상태야.

어제는 윌리엄의 어머니와 함께 시간을 보냈어. 그녀의 눈동자는 아들과 똑같은 색이었는데, 눈에 초점도 없고 생기도 없었지만 상냥한 분이었어. 그분은 오랫동안 로제르산이 보이는 창가에 앉아 반쯤 미소를 머금고 계셨는데, 문득문득 정체 모를 공포 때문인지 미소가 사라지곤 했지.

함께 있는 동안 그분은 내내 아무 말이 없었어. 마치 비밀이라도 새어 나갈까 봐 두려워 굳게 입을 다물고 있는 것처럼 말이지. 그런데 실베스트르가 소설 원고를 꺼내 탁자에 올려놓자 처음으로 활기를 보이셨어. 그리고 그때 놀라운 일이 일어났지. 그분이 안락의자에서 몸을 일으키더니 소설을 집어 들고 오랫동안 뚫어지게 쳐다보는 거야. 그러다 다비드의 이름을 읊조리며 소설의 표지를 쓰다듬기 시작했어. 넓은 방에 있던 우리 모두는 대화를 멈췄고, 다들 어리둥절한 눈으로 기력을 되찾은 그분을 보았지. 기억을 잃은 사람의 안개 낀 의식 속으로 어떻게 추억 하나가 끼어들게 된 것일까?

월리엄이 조심스럽게 어머니의 손에서 소설을 거두자 그분은 마지막으로 미소를 한 번 짓더니 다시 무기력 상태로 돌아갔어. 이 순간 소설의 역사는 먼 얘기가 되어버렸지. 우리는 질병이라는 것이 우리 또한 삼킬 태세로 길모퉁이에 몰래 숨어 있다는 생각에 그분처럼 망연자실한 채 두려움에 사로잡혔어. 기억을 갉아먹는 암 덩어리만큼 비열한 게 또 있을까? 매일매일 우리의 과거를 지워버리잖아. 그렇게 우리는 조금씩 사라지다가 더 이상 존재하지 않게 되는 거야.

실베스트르가 원고를 잃어버린 건 1983년이고, 우리가 따라잡은 여정은 1996년까지야. 어려운 상황 속에서도 얼마나 진전을 보이고 있는지 당신도 알겠지? 보다시피 우리의 결의는 빈틈없이 확고해. 그러니 확신을 갖고 시간을 거슬러 올라가려고 해. 겁낼 거 없어. 내가 빌뇌브레마글론 교도소에 갈 일은 없으니까. 이 임무는 윌리엄이 맡았어. 그는 브뤼셀에 돌아가는 대로(수요일 저녁에 떠난다니 대단한 여행꾼이지?) 방문이 가능한지 알아본다고 약속했어.

원고의 여정 자체가 소설 소재가 될 만큼 파란만장하다는 거, 당신도 느끼고 있지?

우리의 가장 소중한 딸을 통해 이미 들었겠지만, 우리는 주말의 교통체증을 피해 수요일 오전에 출발할 거야. 카티아는 이곳에 도착한 이후로 계속 나와 함께 잘 지냈어. 이곳 분위기가 꽤 맘에 들었나 봐. 그 애가 어렸을 때 보여주곤 했던 미소를 다시 봤다는 기쁨 하나만으로도 난 로제르로 여행 온 것을 후회하지 않아.

당신이 우리를 위해 맛있는 저녁을 준비해줄 수 있을까? 여기 온 이래로 잘 먹는 습관이 들었지 뭐야? 맞아, 맞다고. 심지어 카티아도 그렇다니까!

키스를 날리며,
당신의 리주

윌리엄이 안느 리즈에게

브뤼셀 쇼세 생피에르, 2016년 8월 3일

친애하는 안느 리즈,

어제 제가 엄청난 소식을 하나 들어서 당신께 꼭 알려드리고 싶었습니다.

당신이 파리로 돌아가고 나서 저는 벨포엘을 떠나 벨기에로 와서 친척 일라나와 대화를 나눴습니다. 일라나는 저희 어머니와 돈독한 사이였기에 어머니가 그 소설에 보이신 놀라운 반응에 대해 믿고 얘기할 수 있었습니다. 그런데 일라나가 고개를 숙이고 얼굴을 붉히더라고요. 그녀는 내막을 알고 있었던 겁니다. 저는 얘기를 좀 해달라고 한 시간 가까이 졸라야만 했답니다!

일라나와 저는 동갑으로 어린 시절 방학이 되면 외할머니 댁에 가서 함께 지내곤 했습니다. 비록 서로 멀리 떨어져 살았지만 해마다 여름이 되면 만나서 즐거운 시간을 보냈죠. 저는 그녀에게 말 못 할 비밀이 없을 정도였습니다. 그런데 일라나는 남의 얘기는 잘 들어주면서 자기 얘기는 결코 하지 않으려 했기에 그녀도 저와 똑같은 마음이었다고는 말할 수 없군요. 일라나는 수녀가 될 수도 있었지만 결국 청소년 심리상담사가 되었답니다. 일에만 푹 빠져서 결혼도 하지 않고 지내고 있죠. 그렇다고 오해는 마세요. 일라나는 제가 아는 사람들 중에서 가장 유쾌한 사람이며 늘 친구와 지인들에 둘러싸여 있으니까요. 그녀에게 가장 큰 행복은 사람들을 도와주는 일입니다.

아버지가 돌아가신 후 자연스럽게 일라나가 제 어머니를 도와드리게 되었습니다. 둘은 같은 거리에 살았기에 매일 만났고, 일라나 덕분에 저도 안심할 수 있었습니다. 어머니는 건강이 나빠지시기 전까지 일라나에게 속마음을 털어놓으며 인생에서 있었던 일들을 얘기하셨다고 합니다. 그런데 저는 어머니께 추억 얘기를 해달라고 한 적이 여태 한 번도 없었답니다. 아직 시간이 충분하다고 생각해서요…….

  일라나가 해준 얘기를 듣고 제가 혼란에 빠졌다는 말씀을 드려야겠군요. 어머니께 그 원고를 준 사람은 다비드가 맞지만, 단순히 문학적인 교류는 아니었습니다. 다비드는 사랑에 빠져 있었고, 그 감정은 혼자만의 것이 아니었어요……. 다비드가 감옥에 들어가 둘이 헤어졌을 당시 그는 마흔여섯, 제 어머니는 쉰다섯 살이었습니다. 일라나에 의하면 그들의 순정적인 사랑은 아마도 헤어지기 일 년 반 전, 베르나데트의 집에서 함께했던 식사 모임에서 시작된 것 같다고 하더군요. 그들은 한눈에 반했고, 어머니가 병에 굴복하시기 전까지 오랫동안 서로 편지를 주고받았다고 합니다. 만약 어머니가 편찮으시기 전에 로제르에 와서 살기를 바랐다면, 그건 사랑하는 이의 편지가 상자에 담긴 채 그곳에 남아 있었기 때문일 거라고 말하더군요.

저는 집에서 그런 상자를 본 적이 없지만, 다음 주에 바로 가서 확실하게 확인하려고 합니다. 저는 지금 제가 하는 짓이 정말 싫습니다, 안느 리즈. 정말이에요. 하지만 애매모호한 상태로 있고 싶지 않고, 우리가 목격했던 그 장면이 일라나가 해준 얘기를 뒷받침한다는 생각이 듭니다.

마기에게는 이 일에 대해서 말하지 않았습니다. 그녀는 제 경솔함에 격분할 테니까요. 그리고 벨포엘에 있을 때 저는 그녀와 거리를 두려고 노력했습니다. 거기에 진력을 다하느라 그녀가 제게 보여주는 매력적이고도 냉담한 태도를 해석하는 데 실패하고 말았지요……. 만약 이에 대해 당신이 뭐라도 알고 있다면 제발 제게 알려주길 바랍니다.

저도 앞으로 뭔가를 발견하면 소식을 전하겠습니다. ('상자'라는 게 다락방에 처박힌 낡은 나무 상자 가운데 하나일 수도 있어요!)

제가 지금 당신이 하는 문학적 모험에서 점점 멀어지고 있다는 건 알고 있습니다. 제대로 관리되지 않고 방치된 집에서 떨어져 나오는 잔해처럼 제 과거의 한 부분이 바스러지는 이때, 비밀 이야기를 털어놓을 상대로 당신을 택한 것을 원망하지 말아주세요.

깊은 우정을 담아,
윌리엄

P. S. 이곳에서는 3일 정도만 더 머무를 예정이라 답장은 로제르로 보내주세요. 너무도 많은 의혹이 저를 다시 프랑스로 향하게 하는군요.
P. P. S. 당신의 사촌은요? 아직도 살아 있나요?

안느 리즈가 마기에게

파리 모리용가, 2016년 8월 6일

나의 친구 마기에게,

집에는 잘 갔어? 사람들과 어울려서 재밌게 지내다가 혼자 떨어져 있는 건 견딜 만하니?

목요일 아침에는 나도 힘들더라. 사무실에 남겨두고 온 하다 만 프로젝트를 완성해서 13일 전까지 사촌 바스티앵에게 제출해야 하거든. 그런데 복도에서 그를 마주치고도 눈알을 뽑아버리고 싶다는 생각이 안 들더라? 이런 마음이 든 건 거의 2년 만에 처음이야.

하지만 바스티앵은 변한 게 없어. 귀밑머리가 잿빛이 된 주제에 활력 넘치는 젊은 지휘관처럼 늘상 핸드폰 두 대를 손에 들고, 맥북까지 챙겨 다니지. 질문을 받을 때마다 맥북 안에서 적당한 답을 찾는다는 듯이 말이야. 관련 트윗 개수로 자신이 얼마나 성공했는지 가늠하고, SNS 말고 다른 데서는 아무것도 알아내지 못하는 주제에…… 네가 이 사람을 좋아할 거라는 데에는 한 톨의 의심도 없으니 원하면 언제든지 소개해줄게.

다행스럽게도 이 불쾌감은 딸아이의 변신으로 벌충이 됐어.
너도 인정했잖아. 로제르 여행이 카티아에게 얼마나 이로운
영향을 줬는지 말이야. 딸아이의 변화된 모습은 파리에서도
지속되고 있어. 또 다른 카티아가 되어 돌아온 거야. 요즘
은 글쎄, 미소를 머금고 지낸다니까. 집안일하는 건 여전히
수치스럽게 생각하지만, 그래도 이제는 내가 하는 일이나
내 친구들에 대해 관심을 보이기 시작했어. 게다가 실베스
트르와 윌리엄이 가족이라도 된다는 듯 그들에 대해 쉬지
않고 떠들어대더라고. 특히 윌리엄이 카티아에게 강한 인상
을 남겼나 봐. 겨울에 눈 덮인 로제르를 봐야 한다며 거기
에 꼭 다시 가고 싶어 하더라고…… 나도 네 말에 동의해.
윌리엄의 눈에는 분명 마력 같은 힘이 있어. 안 그러면 반항
심 가득했던 내 딸이 어떻게 공손한 사춘기 소녀로 거듭날
수 있었겠어?

　때마침 윌리엄의 편지를 받았으니 잊지 않고 감사 인사를
써야겠다. 그가 보내온 편지 내용에 대해서는 발설하지 않
을 거야. 다만 그가 놀라운 발견을 했고, 그 발견이 소설의
서사를 점점 더 별나게 만들고 있다고만 말해줄게.

　지금 일어나는 일들로 인해 그가 평정심을 잃었다는 것

만은 분명해. 그러니 만약 그에게 편지를 쓸 거라면 농담처럼 하는 빈정거림은 삼가도록 해.

곧 만나자, 나의 친구 마기.

바닷바람을 즐기길 바라며, 사랑을 담아,
너의 리주

P. S. 방금 바스티앵에게서 우리가 공동으로 진행 중인 일에 대한 메시지를 하나 받았어. 지금은 토요일 밤 11시 50분인데! 이 인간은 잠도 안 자나? 이렇게 도에 넘치는 활동력은 아마 그의 모계 쪽 유전자에 새겨진 걸 거야. 우리 쪽은 최소한 여덟 시간은 자야 하는 데다가 아주 사소한 작업에 착수하는 데도 커피를 2리터는 마셔야 하거든.

마기가 안느 리즈에게

르콩케 푸앵트데르나르, 2016년 8월 10일

나의 친구 리주에게,

네 말이 맞더라. 며칠간의 일탈이 큰 도움이 되었거든. 그래서 '크로코의 모험' 2권 『자신의 섬을 떠난 크로코』 작업을 마무리할 수 있었어. 이제 삽화 두 개만 더 그리면 돼. 23쪽에서 네가 웃음을 터트릴 거라는 거 안 봐도 뻔해. 열 살 때 우리가 네 이웃을 놓고 벌이던 수사가 떠오를 테니까. 너도 기억나지? 이웃분들이 테라스 바닥 밑에 시체를 숨겨놨을 거라며 너랑 나랑 쌍안경(확대 기능 따윈 없었지. 너희 부모님이 주유소에서 받아온 사은품이 아니었을까 싶어)으로 그들을 염탐하곤 했잖아!

그건 그렇고 네 지난번 편지에서는 미완성의 맛이 느껴지는구나. 이 새로운 미스터리는 또 뭐고, 왜 제대로 설명도 안 해주는 거야? 너의 암시에도 불구하고, 내가 피니스테르에 돌아온 이후로 윌리엄에게서는 아무 소식도 없었어. 우리의 포커 선수께서 너에게는 친히 편지 쓸 시간을 내주셨네. 거봐, 이제 그 사람에 대해 더 많이 아는 건 내가 아니라 너잖아…….

결국 네가 그 남자가 나를 좋아한다는 근거 없는 헛소리를 했다는 결론이 내려졌구나. 그 사실에 제일 먼저 마음을 놓을 사람은 바로 나야. 머리를 복잡하게 만드는 생각 따위 안 해도 되니까. 그 남자는 도깨비불이고, 나는 도깨비불을 찾겠다고 브르타뉴 한복판을 다니다가 고통에 잠식된 영혼을 만나 사라지고 싶지 않거든……. 적어도 너는 지금 그가 어디에 있는지는 알고 있잖니? 그렇게 이동이 잦은 사람인데 나는 그가 로제르로 다시 갔는지, 아니면 런던으로 갔는지 모르고 있어. 그 와중에 나는 다음번 프로젝트 파일을 그의 시골집에 놓고 왔지 뭐야. 그러니 연락이 되면 나한테 파일을 보내주면 고맙겠다고 좀 전해줄래?

네 딸이 집에 돌아가서도 착하게 지내고 있다니까 좋구나. 같이 지낼 때도 무척 사랑스러웠어. 그리고 내 생각엔 네가 카티아의 집안일 공포증을 좀 과장하는 것 같아. 내가 기억하기론 매번 식사 준비를 도와줬거든. 또 실베스트르 씨와 진지하게 토론하는 모습도 몇 번이나 봤어. 카티아가 우리보다 먼저 그의 경계심을 허문 거지. 네 딸이 없었다면 그가 자신의 이야기를 고백하기까지 오랜 시간이 걸렸을 거야.

실베스트르 씨, 알고 보니 참 좋은 사람이더라고. 혼자 있기를 원하는 그의 취향에 대해 내가 뭐라고 평가할 입장도 아니고 말이야. 그가 자신의 힘든 점에 대해서 솔직히 얘기하는 모습에 감동받았어. 모든 걸 털어놓진 않았지만 말이야.

네가 겨울 휴가에 대해 구상을 시작한 것 같으니 말인데, 브뤼셀로 여행 가기 전에 시간을 좀 가져야 하는 거 아니야? 네 가족한테서 너를 빼앗고 싶지 않아서 그래. 물론 3년 전부터 꿈만 꿔오던 우리 둘만의 일탈을 실행하게 된다면 정말 멋지긴 할 거야……. 우리 둘 다 10월생이니까 그걸 핑계로 근사한 파티를 벌이는 거야.

나는 이제 삽화를 그리러 가야겠다. 아이들과 줄리앙에게 나의 사랑이 담긴 인사를 전해줘.

물감으로 뒤덮여서 오늘은 볼뽀뽀를 생략하며,
마기

P. S. 바람이 불기 시작하더니 빗줄기가 유리창을 때리고 있어. 이런 날씨에는 이유 없이 웃고 싶어져. 이렇게 말하면 나

이상한 거지?

P. P. S. 사촌을 너그럽게 대할 수 있는 지혜를 얻은 것에 축하를 보낸다. 한편으론 네가 좀 더 호전적이었던 때가 그립기도 하지만. 네가 사촌에게 가하고 싶어 하는 온갖 '고문'의 종류가 나열된 편지를 읽으며 즐거워하던 때 말이야. 혹시나 네 생각이 바뀔 수도 있으니까, 연쇄살인범의 광기가 제대로 묘사된 범죄소설을 읽다가 괜찮은 고문 방법이 나오면 따로 적어놓도록 할게.

안느 리즈가 실베스트르에게

파리 모리용가, 2016년 8월 11일

친애하는 실베스트르,

저는 일주일 전부터 업무에 복귀했고, 8월에 일하는 걸 늘 좋아했다는 사실을 깨달았어요. 8월에 도시에 남아 일하는 사람들은 순수한 기쁨을 느낀다는 특징이 있지요. 당신은 이 기분을 아시나요? 투피스 정장 차림으로 파리의 거리를 거닐며 시간을 벗어났다고 느끼고, 반바지 차림의 관광객 앞에서 우월감에 젖어 입술을 비죽이는 거예요. 그리고 자신의 영지에서 사진 찍는 그들을 너그러이 봐주고 문까지 친히 배웅해주는 성의 주인인 양 거만함을 드러내 보이죠. 방황하는 여행객에게 언제든 길을 알려줄 수 있으면서도 미소 뒤에는 바쁜 사람들의 날렵한 눈빛을 장착하고 연신 핸드폰을 들여다보죠. 이런 태도를 통해 우리는 이 시기에만 가능한 권위를 누리게 돼요. 이런 별난 버릇을 참회하며 고백하다니 양해해주세요.

　이제 최근 소식을 전해드릴게요.

윌리엄에게 다비드 면회를 요청하는 건 더 이상 못 할 것 같아요. 당신 원고의 여정을 따라가던 와중에 뒤엉킨 가정사를 알아버렸거든요. 그래서 우리의 수사와 관련해서는 잠시 후퇴해야 할 것 같아요. 대신에 제가 뛰어들었으니 저와 같이 빌뇌브레마글론 교도소에 같이 가 주시길 부탁드립니다.

지금 당신이 고개를 절레절레 젓고 있으리라는 거 다 알아요. 그러면서도 관대한 미소를 지으실 거라는 것도 알고요. 네, 맞아요. 저는 며칠 동안 로제르에서 머물며 당신을 유심히 관찰했고, 그 결과 제 첫 번째 편지를 열어본 이후로 당신이 예전과는 다른 사람이 되었다는 걸 느꼈답니다. 당신에게선 그 며칠 동안 우리와 함께 지내는 걸 힘들어하는 모습이 보이지 않았어요. 굳이 그럴 필요가 없는데도 당신의 병에 대해 털어놓으셨고요. 마지막 날에는 우리와 함께 대화하며 행복감을 느낀다고 말씀하셨죠.

자신의 글을 되찾은 후에 삶의 의욕까지 되찾은 남자……. 당신도 알고 있듯 그 어떤 것도 하찮지 않아요. 그리고 저는 느낄 수 있어요. 당신이 원고가 30년 넘게 어디에 어떻게 있었는지 온 힘을 다해 밝혀낼 준비가 돼 있다는 걸.

그래서 저는 당신이 저와 함께 빌뇌브레마글론 교도소의 문턱을 넘어주기를 바라고 있어요. 당신이라면 충분히 새로운 도전에 맞설 수 있을 거예요. 제가 확신해요!

이제 남은 일은 남편 줄리앙에게 이 일을 알리는 거예요. 그 전에 저와 함께 면회 가는 것에 대한 당신의 답변부터 들어야겠죠. 그러고 나면 이해 못 하겠다는 남편과 한 번 더 충돌하게 될 거예요. 이틀 전에는 남편이 백 번은 족히 했던 질문을 또 하더군요. 왜 사촌에게 회사 지분을 넘기지 않느냐고요. (아주 작은 회사니 환상일랑 품지 마시길.) 지분을 판 돈이면 두 아이에게 얼마나 많은 걸 해줄 수 있겠느냐면서요! 저는 26년간 같이 산 이 남자가 아직도 제 결정과 고집을 몰라주는 데 종종 당혹감을 느낀답니다. 커플들은 늘 이렇게 잘 안 맞나요? 아니면 20여 년의 세월 동안 같이 살면서 아직도 서로에 대해 완벽하게 오해하고 있는 걸까요?

친애하는 실베스트르, 부디 저를 저버리지 마시고, 당신의 친구가 처음으로 '교도소'에 갈 생각에 혼자 불안에 떨지 않도록 남쪽으로 떠날 준비를 해주세요.

> 당신 도움으로 이 고난을 넘을 수 있을 것에
> 미리 감사드리며, 당신의 공동 수감자,
> 안느 리즈

안느 리즈가 윌리엄에게

파리 모리용가, 2016년 8월 12일

친애하는 윌리엄,

오늘 아침 마기의 편지를 받았는데 글에서 약간 쓴맛이 느껴지더라고요. 가능한 한 빨리 마기에게 편지를 보내주시는 게 좋을 것 같아요. 왜 그렇게 안 하시는 거죠? 마기는 자기보다 제가 먼저 당신 소식을 받는 것에 화나 있고, 저는 터무니없는 질투로 저희 우정이 흔들리는 걸 원치 않아요. 그리고 윌리엄, 우리끼리 마기에 대해 했던 얘기는 절대 발설하지 마세요. 주위를 돌아보니 저는 이제 한 명을 쉽게 포기할 만큼 친구가 많지 않더라고요. 설령 친구를 포기할 만한 더 나은 이유가 있다고 해도요.

윌리엄, 어머니에게 일생일대의 사랑이 존재했다는 걸 알게 됐을 때 아들로서 어떤 감정이 들었을지 저는 그저 상상만 할 뿐이에요. 짐작도 못 했던 일이잖아요. 그 사실을 받아들이는 것도 힘든데, 너무 늦게 알게 된 탓에 어머니한테서 어떤 설명도 들을 수 없다는 것도 안타까운 점이죠. 하지만 그건 당신 어머니 개인의 문제고, 우리는 사랑하는 사람의 방황을 용서해줘야 해요. 그런 방황이라면 누구나 해본 적이 있고, 혹은 하는 중일 테니까요. 그리고 윌리엄, 잠자는 심장을 깨울 수만 있다면 그 무엇이든 해볼 만하다는 걸 잊으시면 안 돼요. 무슨 뜻인지 아시리라 믿어요…….

원래라면 마기나 실베스트르에게 이걸 다 얘기했겠지만, 이번은 그러지 않을게요. 당신 부모님과 관련해 알게 된 사실을 그들에게 알리는 것(혹은 알리지 않는 것)은 당신이 결정할 일이니까요.

당신의 소식을 애타게 기다린다는 것, 잊지 마세요.

당신의 친구,
안느 리즈

P. S. 제 사촌은 여전히 잘 살아 있답니다. 놀랍지 않나요? 저는 '백업 파일'이라고 제목을 단 빨간색 파일에다 아무도 몰래 사람을 제거하는 방법을 죄다 모아놓고 있어요. 그러니 사회면 뉴스를 주시하세요! 앞으로 한 번만 더 부딪친다면 그때는 파리 신문 일면을 장식할 테니까요.

윌리엄이 안느 리즈에게

벨포엘, 2016년 8월 16일

친애하는 안느 리즈,

찾았습니다! 집 안을 샅샅이 뒤지고 상자처럼 보이는 거라면 뭐든 다 뒤집어봐도 눈에 띄지 않아서 낙심했었는데요, 모든 물건에 어머니의 숨겨진 인생을 들춰낼 능력이 있다고 생각하면서 방방마다 살펴보니, 낡은 가죽 의자 옆에 놓인 어머니의 반짇고리가 눈에 들어오더라고요. 저희 할머니께서 물려주신 건데, 아마 당신도 여기 머물 때 봤을 수도 있어요. 짙은 색 나무 상자를 열면 삼 단으로 된 공간이 펼쳐지면서 보석처럼 알록달록한 실이며 갖가지 크기의 바늘, 긴 세월 동안 낡지도 않은 골무 등등이 모습을 드러내죠.

　저는 어렸을 때 그걸 보물 상자라 불렀어요. 할머니가 난롯가에 앉아 뜨개질을 하고 있으면 저는 보물 상자에서 단추를 꺼내 분류하며 시간을 보내곤 했지요.

　오늘 아침 상자를 열어보니 줄자 밑으로 비죽 나온 편지 봉투가 눈에 띄었습니다. 그걸 꺼내 들었더니 봉투가 한 묶

음이더라고요. 편지는 총 열세 통이었죠. 발신인은 다 그 사람이었습니다.

제가 그 편지들을 읽으며 울었다고 하면 믿어주실 건가요? 물론 믿으시겠죠. 다비드 씨가 마지막에 보낸 편지는 이렇습니다.

내 사랑에게,

친구들에게 그만두겠다고 말했습니다. 먹고살기 위해 하루에 여덟 시간 바닥 청소를 하거나 시멘트 벽돌을 쌓아올리더라도 이 생활을 완전히 정리할 것이고, 무슨 일이 있어도 생각을 바꾸지 않을 거라고 선포했답니다. 우리가 함께 늙어간다는 확신만 있다면 그 어느 것도 중요하지 않습니다. 당신이 저를 받아주신 이후로 저는 더 이상 잠도 못 자고, 먹지도 못하고 있습니다. 이건 도무지 사는 게 아니에요……. 당신만을 기다릴 뿐입니다.

저는 당신이 아는 곳에 우리만의 거처를 마련했고, 거기에 제 짐과 우리의 생활을 위한 돈을 얼마쯤 갖다놨습니다. 정정당당하게 벌어서 모은 돈이니 아무 걱정 마세요. 집도 제 돈으로 구입했으니 앞으로는 거기서 행복하게 지낼 수 있을 거예요. 열쇠는 우체통에 넣어놓을 것이고, 집 문서는 당신 이름으로

되어 있으니 아드님께 말하고 곧바로 오시면 됩니다. 당신 집
처럼 편하게 지내세요. 일요일 식사 모임 때 만나면 제가 당신
에게 느낀 감정이 너무나 잘 표현된 그 놀라운 소설을 드릴게
요…….

곧 만나요,
다비드

이 편지는 그가 체포되기 닷새 전에 쓴 겁니다. 저희 어머니
가 이 편지에 답장을 하셨는지는 모르겠지만, 어머니가 그
와 함께 떠나기로 했고 탈출을 위한 모든 준비가 돼 있었
다는 건 확실합니다. 제 아버지에 대한 얘기는 없어요. 아버
지는 뭔가 알고 계셨을까요, 아니면 곧 기정사실에 대면할
처지였던 걸까요? 가출한 그들을 기다리고 있던 집은 어떻
게 된 걸까요? 그가 감옥에서 나와 팔아버린 걸까요? 어머
니는 잃어버린 사랑에 눈물을 흘리며 그 집에 혼자 계셨던
걸까요? 어쨌거나 거론된 소설은 실베스트르의 원고가 분
명합니다. 그렇죠? 어제저녁부터 이 모든 질문이 부두교*의
주술처럼 끊임없이 제 마음을 괴롭히고 있답니다.

---

* Voodoo. 서인도제도 아이티에서 주로 믿는 애니미즘적 민간신앙.

하지만 염려는 마세요. 저는 다 큰 성인이고, 조금 충격을 받은 건 맞지만 지금은 필요한 만큼 약간의 거리를 두고 있습니다. 제가 힘들어하는 건 다비드가 체포되었을 때 어머니가 겪었을 고통 때문입니다. 당신도 느끼겠지만 연인이 수년 동안 감옥에 갇혀 있어야 할 상황에서 어머니가 감당해야 했던 절망은 짐작할 수 없을 정도입니다……. 저는 그 시기에 있었던 집안의 변화를 지금에야 깨닫고 있습니다. 당시 저는 슬픔이 저희 집을 덮쳤다는 걸 눈치챘지만, 스스로에 대해서만 걱정하느라 별로 신경 쓰지 않았던 겁니다.

안느 리즈, 당신은 저를 로제르에서 만났던 꿈이 가득한 눈빛의 여행자와는 거리가 먼 이기주의자라고 생각하시겠죠. 과거가 저를 덮치고 말았습니다. 그래서 누구에게도 의지할 틈을 주지 않는 사람, 고통 가운데에 있는 가족을 저버리고 도망갈 준비가 된 저라는 사람의 정체가 당신 앞에 드러난 겁니다. 제가 후회하고 있다는 건 믿으셔도 됩니다.

마기에게 편지하지 않는 이유를 말씀드리죠. 저는 유쾌한 도박꾼이라는 페르소나 뒤에 떳떳하지 못한 기억을 숨겨놓은 사람인데, 평온함과 진솔함을 추구하는 분에게 그걸 알릴 마음이 전혀 없기 때문입니다.

그래서 저는 다시 런던으로 가 겨울까지 몇 달을 그곳에서 지내다가 일본에서 할 일이 좀 있어서 그쪽으로 넘어갈까 합니다. 당신이 원한다면 언제라도 로제르로 와서 피난처 삼아 지내셔도 됩니다. 열쇠는 이웃집에 있어요. 당신 집이라고 편히 생각하세요…….

제 얘기만 한 것 같지만, 실베스트르를 잊지 않았습니다. 그의 소설이 제 가족사와 얽혀버리는 바람에 당분간은 당신과 동행해 다비드를 만나러 가지 못하겠네요. 그렇다 해도 윌리를 찾게 되면 제게도 알려주세요.

이제는 진실을 말해야겠군요. 당신은 입을 봉하셨지만, 안느 리즈, 저는 당신 직업이 무엇인지 알고 있어요. 진상을 안다는 말입니다……. 마기의 집에서 돌아오는 길에 조사를 좀 했고, 당신이 왜 그토록 끈질기게 실베스트르를 도우려 하는지 이해하게 되었습니다.

당신이 이 길의 끝에 다다르기를 바라며,
당신의 친구,
윌리엄

안느 리즈가 윌리엄에게

파리 모리용가, 2016년 8월 18일

친애하는 윌리엄,

어머니 인생에 숨겨져 있던 중요한 비밀을 알게 되어 당황스럽겠죠. 하지만 그때는 당신에게도 신경 쓸 일이 있었고, 아무리 세심한 아들이라도 그런 애정관계를 눈치챌 수는 없었을 거예요. 알았다고 한들 당신이 뭘 할 수 있었겠어요? 사랑하는 사람을 잃은 어머니를 구하러 달려가는 것? 아내가 개심한 도둑과 함께 떠나려는 걸 알게 된 아버지를 위로하는 것? 과연 당신이 그들의 고통에 당신 자신의 고통도 얹어가면서 그 둘 사이를 찢어놓을 수 있었을까요?

아니에요. 부모님 입장에서 보면 당신은 처신을 잘하신 거고, 그들은 당신이 이런 개인적인 일에 끼어드는 걸 원치 않았을 거예요. 하여튼 이건 제 소견이고요, 저는 그저 당신이 윌리엄 그랜트라는 사람은 졸렬하고 믿을 수 없는 자라며 모든 잘못에 대해 자책하는 게 놀라울 뿐이에요.

오늘 아침 자신을 그런 식으로 헐뜯는 편지를 읽으며 저는 엉뚱하게도 당신이 제 추론 능력을 시험하는 거라고 생각했답니다. 그래서 다시 읽어봤어요. 사람들이 말하는 소위 행간의 의미를 읽으려고요. 그러자 당신 인생에는 제가 아직 모르는 어떤 중요한 부분이 있기 때문에 당신이 자아비판을 하고 있다는 생각이 들었어요. 당신이 로제르에서 어렴풋이 거론했던 인생의 변화와 상관 있는 거 아닌가요?

당신은 영국에서 문학을 가르치다가 "하룻밤 사이에" "모든 것을" 그만두고 포커 선수가 된 거라고 하셨죠. 제 나이에 '하룻밤 사이에'라는 표현은, 따로 말하지 않더라도 이틀 사이에 무슨 일이 일어났고 그날 밤이 고민과 불안으로 가득했다는 걸 의미하거든요!

모든 것을 포기했다는 말을 듣고도 우리가 예의상 사연을 묻지 않았다는 건 당신도 기억하시죠.

그러니까 호의를 베풀어서 모든 걸 털어놓으시고, 친구에게 당신을 경멸할 이유를 주시는 게 어때요? 친구란 원래 그런 거니까요! 당신이 진짜로 경멸의 대상이 되어도 싸다면 제가 정말 열심히 경멸해드릴 수 있으니 저를 믿어도 된답니다.

그때까지는 당신이 과거에 무슨 잘못을 했는지 알지도 못한 채 당신을 가증스럽다고 선언하는 건 거절합니다! 그러니 유죄라고 생각하시면 진술을 부탁드립니다. 뒷받침할 증거와 설득력을 동원해 진행해주시길…….

당신이 저질렀다는 악행을 기대하며,
(상황이 변하기 전까지는) 당신의 친구인,
안느 리즈

P. S. 지금 당신이 어디에 있는지 모르지만 운에 맡기고 런던으로 보냅니다. 혹시 로제르로 다시 가신다면 마기가 다음 작업을 위한 파일을 그곳에 두고 왔다니까 확인 좀 해주세요. 당신과 다시 연락하려고 일부러 두고 온 거라고는 오해하지 마시고요. 그 애가 정말 산만해서 그런 거니까요. 저는 저희 집 욕실에서도 마기의 그림을 발견한 적이 있고, 마기집에 갈 때마다 꽤 오랜 시간 열쇠나 가방을 찾으며 시간을 허비하거든요. 당신도 피니스테르에 오셨을 때 보아서 아시겠지만…….

P. P. S. 제가 무슨 일을 하는지 아신다니 편해지네요. 저는 정보를 숨긴 게 아니에요. 어쩌다 보니 내색하지 않았던 것뿐이죠. 당신은 이 미묘한 차이를 잘 아시리라 생각해요.

실베스트르가 안느 리즈에게

레샤예, 2016년 8월 18일

제 계산이 정확하다면 당신은 이 편지를 토요일에 받게 될 겁니다. 아파트 맞은편 공원을 내려다보며 사색에 잠긴 채 손에는 커피 한 잔을 들고 한 모금 마실 때마다 주변을 둘러싼 적막을 맛보며 제 편지를 읽을 당신의 모습이 눈에 선하네요. 저는 파리지앵들은 '고요함'이라는 단어의 뜻을 모른다고 알고 있었죠. 그런데 로제르에서 새벽의 평온함을 만끽하기 위해 일찍 일어나려는 당신의 모습을 보고 감동을 받았답니다.

그나저나 제가 제대로 이해한 건가요? 저를 교도소에 초대하신 거 맞습니까? 세벤느 지역의 숲으로 데리고 가던 때처럼 그렇게 간단하게 말하더군요. 당신을 놀라게 하기 위해서라도 싫다고 대답하지 않겠습니다. 저는 은행 강도인 다비드를 만나기 위해 당신과 함께 갈 준비가 되어 있습니다. (저 때문에 놀랐다는 걸 인정하시죠.)

다만 앞으로 며칠간은 제가 자리를 비우게 될 겁니다. 딸을 만나러 가거든요. 딸이 휴가를 낸 날짜에 맞춰 가는 거라 다른 날로 바꾸기는 불가능합니다. 맞아요, 제대로 읽으셨습니다. 저는 공항의 군중, 날아다니는 관*에 올라탄다는 불안, 낯선 얼굴들이 불러일으키는 공포와 맞서려고 합니다. 굉장한 도약이죠.

저는 아빠가 드디어 자기를 보러 온다는 소식에 기뻐하던 제 딸 코랄리에게만 생각을 집중하고 있습니다. 그 애는 제가 얼마나 애쓰는지 잘 알고 있습니다. 저는 딸을 실망시키지 않을 겁니다. 두 번째로 제 원고를 들고 망망대해를 건너게 되었군요. 이번에는 딸에게 소설을 보여주려는 목적입니다. 혹시라도 비행기 좌석에 놓고 오지 않기 위해 여행하는 내내 원고를 손에서 놓지 않을 겁니다. USB 세 개에 내용을 저장해놓긴 했지만요.

만약 제가 캐나다의 회색 곰과 메이플 시럽으로부터 살아 돌아온다면, 8월 27일부터는 당신이 원하는 때에 시간을 내겠습니다. 어떤 특이한 사람이라도 당신이 확인을 원하거나 제게 소개해주고 싶다면 만나도록 하겠습니다. 야수에서 민달팽이로 전공 분야를 바꾼 조련사나 아이슬란드의 동굴 속으로 유배된 전직 장관, 메뚜기 전공 수의사, 혹은 베를린 필하모닉의 하모니카 연주자라도요. 이런 놀라운 인물들이 우리의 도둑보다 먼저 그 소설을 훑어봤을 수도 있다고 생각하니 혼자 미소를 짓게 되네요. 과연 우리는 당신이 윌리라고 이름 붙인 그 사람을 찾을 수 있을까요?

제가 집배원과 친구가 될 것 같다는 말을 했던가요? 월요일에 집배원이 저희 집 현관까지 들어와 편지를 전해주더군요. 제 손에 직접 전해줄 수 있어서 굉장히 만족스러워하는 눈치였습니다. 그래서 제가 커피를 드시고 가라고 권했죠. 처음에는 어색하게 흐르던 대화가 점점 편해지더니 풀레 말라시스*와 보들레르 사이의 파란만장한 관계에 대해서 격렬한 토론을 벌이는 지경에까지 이르렀습니다. 한 시간이 지나고 나서야 남은 배달 업무를 하기엔 늦어버렸다는 걸 깨달은 제 손님은 그날의 다정한 말다툼을 다음 날 마무리하자고 약속하며 길을 나섰습니다.

이제 제게는 집배원이자 보들레르 전문가인, 당신 덕에 만난 비범한 사람들 목록에 올라갈 친구가 한 명 더 생긴 겁니다. 딸 코랄리에게 모든 과정을 자세히 얘기해주겠다고 다짐할 정도로 이 새로운 만남은 제 삶에 강력하게 자리 잡았답니다. 코랄리는 제가 캐나다 땅에 발을 딛자마자 자세한 이야기를 듣게 되겠지요. 저는 이 일에 있어서 당신이 해

---

* Auguste Poulet-Malassis. 보들레르의 시집『악의 꽃』을 낸 출판인이자 보들레르의 친구.

준 역할을 잊지 않을 겁니다.

돌아가는 대로 남쪽으로의 탐험을 준비할 테니 연락 주시기 바랍니다. 미리 알아본 바에 따르면 일단 몽펠리에까지는 기차를 타고 가고, 거기서부터 버스를 타면 교도소까지 45분이 걸린다고 하더군요. 일 년 전만 해도 동네 빵집까지 가는 짧은 여정을 위해 몇 시간이나 준비하던 저였는데! 지금은 '무려' 교도소라니……. 가벼운 범칙금조차 단 한 번도 내본 적 없는 남자에게는 너무나 놀라운 모험이란 말입니다!

실베스트르

P. S. 혹시 금속탐지기에 걸리지 않으려면 시계나 허리띠, 귀금속 같은 건 하지 말아야 할까요? 식당에서 자리 잡듯 면회실도 예약이 필요한가요?

다비드 아길롱이 안느 리즈 브리아르에게

빌뇌브레마글론 물랭드라자스가街, 2016년 8월 20일

안녕하십니까,

당신의 면회 신청을 거절한다는 것을 알려드립니다. 당신이
제게 원하는 게 뭔지도 모르고, 비록 제가 죄를 지어서 벌을
받는 처지이긴 하지만 제 나이에는 조용히 지낼 권리라는
게 있습니다.

혹시 창살에 갇힌 채 자신의 삶에 대해 이야기하며 파리
중산층을 떨게 할 죄수의 고백을 찾고 있나요? 그렇다면 기
꺼이 자신의 경험을 늘어놓으며 즐거워할 수감자들을 제가
몇 명 알고 있는데 소개해드릴까요?

제 경험이란 게 특별하지도 않고 타블로이드 신문에 실린
다 해도 고작 두 줄밖에 안 되는 일임을 믿어주십시오. 은
행을 터는 일은 영웅적인 행동도 아니고, 그 일에 빠져 있
는 악당들은 모험가가 아닙니다. 독자들을 사로잡고 싶다
면 차라리 이야기를 하나 지어내세요. 그리고 불량한 인생
이 주는 전율과 뉘우친 영웅의 거짓말 같은 신화를 그 안에

집어넣으세요.

어쨌든 제가 드리는 충고는 다른 쪽으로 눈을 돌리시라는 겁니다. 리얼리티 방송에서 빛나고 싶어 하는 수감자 이름이라면 언제든 알려드릴 수 있습니다. 사탕 포장 일을 하는 죄수들이 별로라면 규칙적인 운동 덕에 풍채가 볼 만한 인물들도 있습니다.

제 답장에 보여주실 이해심에 미리 감사드리며 이만 마치겠습니다.

죄수 번호 822번,

다비드 아길롱

윌리엄이 안느 리즈에게

런던 그레이트피터가, 2016년 8월 23일

소중한 친구 안느 리즈에게,

런던 집 문을 열자마자 저를 기다리고 있는 당신의 편지가 보이더군요. 이곳에서 저는 영어만 쓰며 살고 있는데, 영어는 제 과거의 언어이자 과거에 있었던 비극의 언어이기도 합니다. 그래서 오늘은 제 이야기를 하는 게 조금 더 편하게 느껴지는군요.

10년 전 제가 런던 서부의 브루넬대학에서 영문학 교수로 재직했다는 건 당신도 이미 아시죠. 그런데 제가 말하지 않은 부분이 있는데, 그 당시 저는 결혼한 상태였고 일곱 살 난 사랑스러운 딸도 있는 아빠였습니다. 저는 행복했지만 행복하다는 걸 제대로 인식하지도 못한 채 지냈습니다. 마치 궤도에 오른 자신의 인생이 세상 끝날 때까지 계속 이어지리라 착각하는 것처럼 말이죠.

마흔을 넘긴 많은 남자들처럼 저도 인생의 변화를 꿈꿨고 새로운 도전을 하고 싶었습니다. 그래서 젊은 여자 동료

177

가 만든 교내 포커 동아리에 가입했고 게임에 흥미를 느끼기 시작했습니다. 카드라는 걸 태어나 처음으로 만져본 저는 금세 캠퍼스에서 인기인이 되었고, 제 삶에 이 열정을 불어넣어준 여인과 사랑에 빠지게 되었습니다. 뭐, 한심할 만큼 진부한 이야기네요. 당신도 물론 그렇게 생각하시겠죠. 하지만 젊음을 다시 찾았다는 기쁨에 빠진 저는 가족들이 이 사실을 알았을 때 무슨 일이 닥칠지는 생각지도 않았답니다.

그다음은 더 뻔한 얘기입니다. 제 아내 모이라는 딸을 데리고 스코틀랜드의 친정으로 떠나버렸습니다. 저는 즉시 학교를 그만두고 생활비를 벌기 위해 도박판을 따라다녔죠. 이때만 해도 아내와의 별거가 일시적인 거라 생각했기에 맘 편히 독신생활을 즐겼습니다. 가끔 가족을 만나러 가서는 도박으로 쉽게 얻은 돈을 영광스럽게 내보이고 사치스러운 선물 공세도 하고요. 딸 로라는 제가 나타나면 언제나 기뻐했던 반면, 아내는 늘 의심에 싸여 있어서 만날 때마다 반감과 분노를 표하더군요.

별거한 지 2년이 지난 2008년 7월 12일, 저는 장인어른의 연락을 받았습니다. 모이라가 교통사고를 당해 입원했다고요. 급히 스코틀랜드로 갔더니 아내가 혼수상태에 빠져 있더군요. 아내는 그 후로 영영 깨어나지 못했고, 8월 15일에 세상을 떠나고 말았습니다.

장인 장모님은 차량 전복사고가 있기 전해에 모이라가 자살시도를 두 번이나 했었다는 사실을 알려주셨습니다. 이해하기 쉽게 명확히 얘기해줄 필요도 없었지요. 저는 비록 잠시지만 심각한 상황을 알리지 않았던 그분들을 원망했습니다. 하지만 마음 깊은 곳에서는 저도 알고 있었죠. 아내는 가정이 붕괴될 때 받은 상처를 전혀 회복하지 못했던 겁니다.

저는 당장 포커를 접고 스코틀랜드에 정착해 엄마를 잃은 아홉 살 딸에게 몰두했습니다. 로라와 저는 삶에서 다시금 새로운 균형을 찾았고 그렇게 3년을 함께 살았지요. 성실히 세미나에 참여하긴 했지만, 교수직을 되찾지 않더라도 먹고살 돈은 충분했습니다. 바로 이 무렵 저는 이따금씩 그 소설을 읽었답니다. 저의 고통과 죄책감을 덜어주는 신기한 힘이 있더군요.

그런데 장모님이 심장에 문제가 생겨 얼마간 병원 신세를 지게 되면서 상황이 바뀌고 말았습니다. 죽음을 살짝 건드리고 왔다고 생각하신 장모님은 손녀에게 모이라가 마지막으로 남긴 편지를 보여주셨습니다. 그 편지를 읽은 로라는 엄마를 망가뜨린 우울증의 원인이 바로 아빠였다는 걸 알고 말았죠. 열두 살이었던 딸은 짐을 싸서 외가로 떠나버렸

179

고, 그 후로는 더 이상 저를 만나려 하지도 않고 전화도 피했습니다.

제 처지에 대해 연민을 자아내려는 건 아닙니다. 저는 불행하지도 않고, 가족에게 물질적인 안락을 안겨줄 수도 있는 상황입니다. 딸과 저의 유일한 연결고리인 장인어른께서 종종 소식을 보내주셔서 그들이 잘 지내고 있다는 것도 알고 있고요. 여행도 많이 다니고 당신이나 당신 친구들, 또는 벨기에 독서 모임 회원들처럼 멋진 사람들을 만나기도 합니다. 저는 그 누구의 용서도 구하지 않습니다. 사랑했던 아내의 죽음에 대한 책임으로 저는 딸의 성장을 지켜보며 누릴 수 있는 엄청난 행복을 반납한 채 아침마다 혼자서 눈뜨는 형벌을 받아들인 겁니다. 바로 이런 사연으로 제 딸과 동갑인 카티아를 만나서 기뻤고, 그 아이를 바라보는 게 행복했습니다. 로라도 카티아랑 비슷할 테니까요.

자, 이것이 제가 침묵한 사연이고 제 삶을 짓누르는 어두움입니다. 저는 여전히 당신의 친구라는 걸 알아주세요.

인사를 전하며,
윌리엄

안느 리즈가 다비드 아길롱에게

파리 모리용가, 2016년 8월 24일

아길롱 씨께,

면회 요청을 거절한다는 뜻을 직접 알려주셔서 고마워요.
그런데 저는 기자도, 작가도, 리얼리티쇼 담당 피디도 아니
랍니다. 제가 당신을 만나고 싶어 하는 것은 완전히 다른
이유 때문이에요. 당신과 나 사이에 접점이 있다면 그건 누
군가의 소설 원고랍니다. 맞아요, 30년도 넘는 과거에 쓰인
소설, 당신 덕에 로제르에 사는 당신 누나의 이웃인 그랜트
부인에게 맡겨진 그 소설 말입니다.

그 소설을 쓴 작가는 1983년에 원고를 잃어버렸다가 얼
마 전에야 돌려받았습니다. 그래서 저와 함께 원고가 거쳐
온 여정을 되짚어보고 있답니다. 당신과 저는 서로 모르는
사이지만, 저는 당신이 마땅히 우리의 간청을 중요하게 여
기리라는 걸 알고 있습니다. 아길롱 씨, 당신에게 소설을 건
넨 사람이 누구인지 알려주시길 바랍니다.

독자들의 인생에 실질적인 여파를 남긴 그 소설은 소유

자가 차례차례 바뀌었는데, 당신이 현재 우리가 찾아낸 마지막 연결고리입니다. 저를 믿지 못하신다고 해도 이해합니다. 하지만 그곳으로 발걸음을 떼려는 단 하나의 이유는 이와 관련해 여쭈고 싶은 게 있기 때문입니다.

그 소설과 관련해 나누고 싶은 어떤 정보라도 있다면 제게 알려주시면 고맙겠습니다.

우정을 담아,
안느 리즈 브리아르 드림

P. S. 저의 교도소 방문 계획에 어떠한 병적인 호기심도 없다는 말씀을 확실히 전해드리고 싶네요. 사실 당신의 거절 의사에 잠시 안도했을 정도였답니다. 교도소 문을 통과한다는 생각만으로도 기분이 좋지 않았거든요. 제가 그곳에 가려는 목적은 단 하나예요. 바로 누군가에게 다가가는 것이죠. 그 소설을 좋아했고 그러한 감성 때문에 이미 제게 친근하게 느껴지는 사람에게로.

마기가 윌리엄에게

르콩케 푸앵트데르나르, 2016년 8월 25일

친애하는 윌리엄,

당신에게 편지를 쓰는 건 이번이 처음이네요. 로제르에서 헤어지고 3주가 지났는데 그 후로 당신 소식을 못 들었어요. 이는 일부만 진실이죠. 당신은 안느 리즈와는 계속 편지를 주고받고 있고, 그건 적어도 당신이 아직 살아 있다는 증거니까요.

안느 리즈는 당신이 말해준 정보에 대해 한 마디도 발설하지 않았어요. 원래는 비밀스럽고 말 없는 저와는 정반대인 성격인데 요즘은 당신에 대한 질문만 했다 하면 입을 조개처럼 꾹 다물고 말더군요. 무슨 말을 했기에 그 애가 이렇게 된 건지 짐작도 안 가는군요. 며칠 전에는 제가 전화를 걸었더니(제가 그토록 싫어하는 기계를 쓰겠다고 호텔까지 갔던 터라 마음이 편치 않았답니다!) 고작 이렇게만 말하더라고요. "그에게 편지를 써, 제발……."

상대방이 어떤 어려움을 겪고 있는지 모르는 채로 연락하는 것은 무모한 행동이라는 거, 당신도 인정하시겠지요. 그래서 저는 안느 리즈의 조언을 내던져 버렸어요. 그리고 오늘 아침, 해안을 따라 난 오솔길에서 산책을 했죠. 길은 예전 같지 않더라고요. 첫 이슬비가 내리자 피서객들은 진정한 브르타뉴, 혹은 비를 막아줄 생태학 박물관을 찾아 내륙으로 다 들어가 버렸거든요. 이곳에는 티피악*으로부터 보조금을 받는 보호지역이 몇 군데 있다는 걸 아시나요? 그곳에 가면 전통 모자를 쓰고 두 개의 선돌 사이를 열 지어 지나가는 나이 많은 브르타뉴인들을 볼 수 있답니다.

저는 당신과 피니스테르에서 함께했던 산책을 다시 떠올렸어요. 아침 산들바람이 제 기분을 바꿔줬던 그때, 저는 당신이 무엇 때문에 괴로워하는지는 몰라도, 적어도 동네에서 떠도는 최신 루머에 대해 입방아 찧으며 당신의 기분을 풀어줄 수는 있었다는 걸 깨달았어요.

아, 그리고 시장 광장에 비어 있던 작은 상점에 새로운 가게가 들어왔어요. 거기에 들어올 만한 상점을 이것저것 함께 떠올리며 기대에 부풀었던 거 기억하나요? 당신은 전 세계 연주자들을 불러 모을 피리 상점이 들어설 거라 했고,

---

* Tipiak. 프랑스의 식품 제조회사.

184

저는 파란색만 취급하는 화방이 생길 거라 했죠. 유화, 수채화, 파스텔 등 뭐든 상관없지만 파란색만 살 수 있는 거예요. 당신도 보았듯이 이곳의 하늘색이라는 게 대개 우중충하게 빛을 잃은 하늘색이지만요. 어쨌든 우리는 결국 뜻을 모았죠. 한 번도 출판된 적 없는, 세상에 하나뿐인 육필 원고를 소개하는 상점으로요.

우리 둘 다 틀렸어요. 어제 본 벽보에 이렇게 쓰여 있었거든요. *기념품점 입점 예정.* 그렇게 해서 피리, 튜브 물감, 미색 종이는 다음과 같은 것들에 자리를 내주고 만 거예요. 이를테면 조개로 장식된 외투걸이, 브르타뉴의 등대가 달린 추시계, '세계 최고의 아빠'라고 쓰인 캥페르* 지역의 그릇, 키그아파즈** 조리법이나 선원 매듭 만드는 법을 알려주는 그림에게 말이에요. 물론 다 중국이나 터키산일 테고, 피니스테르가 세상 어디에 붙어 있는지도 모르는 노동자들에 의해 만들어지겠죠. 적어도 여행객들은 이곳이 웨상섬***과 육지를 오가는 셔틀버스 반환점으로 바로 연결되는 새로운 허브라는 사실은 알게 되겠네요.

* Quimper. 피니스테르주의 주도.
** Kig-ha-farz. 브르타뉴 지방에서 유래한 스튜 요리.
*** Ouessant. 피니스테르 서쪽 끝에 있는 섬.

제 얘기만 보고 제가 이곳이 유년기 때의 풍경과 달라져 쓸쓸해한다거나 아쉬워한다고는 생각하지 마세요. 물론 이러한 변화를 바라보는 제 시선에는 빈정거림이 담겨 있지만, 의외로 상당히 즐겁기도 하거든요. 변하지 않는 건 아무것도 없고, 우리가 살면서 종종 논하는 종말에 대한 예측에도 불구하고 지구는 우리 없이도 여전히 회전할 거라는 생각 때문이죠.

제가 드디어 삽화 작업을 마쳤다는 거 아세요? 첫 번째 책보다 더 괜찮은 듯 느껴질 정도로 결과는 만족스러워요. 나이가 들어도 나아질 수 있다는 사실을 확인하고 나니 진정 위안이 되네요. *늙는다는 것은 난파선과 같다*라는 말을 들으며 살았기에 우리는 시간이 지나면 모든 재능 또한 망가진다는 생각을 하게 되잖아요. 전혀 그렇지 않아요. 제 책상 위에 놓인, 1권보다 더 공들여 만든 '크로코의 모험' 2권이 바로 그 증거랍니다. 약속대로 출간되는 즉시 한 권 보내드릴게요.

그나저나 제가 다음 작업물 초안 파일을 로제르에 놓고 왔는데 혹시 찾으셨나요? 만약 찾으셨다면 그냥 갖고 계셔

* 샤를 드골이 자신의 전쟁회고록에 쓰면서 널리 알려진 말.

도 돼요. 동물 주인공을 바꾸기로 마음먹었거든요. 얼마 전에 소설을 읽다가 새로운 등장인물의 이름을 찾아냈어요. 이름은 마카롱이고 아주 특이한 바다오리*예요. 저는 이렇게 이야기에서 큰 뼈대를 세우는 단계를 매우 좋아한답니다. 아무리 대담한 시도라 해도 모두 허용되니까요. 작업 속에서 누릴 수 있는 무한한 자유를 느끼며 저는 늘 황홀해하지요.

저는 멀리 서쪽에서 다가오는 어두운 구름을 보며 미소를 짓고 있어요. 사나운 날씨가 다가오고 있다는 건 한 손에 머그잔을 든 채 유리창 밖을 보며 작업할 수 있다는 뜻이니까요. 마지막까지 남아 있던 행인도 동네 크레이프 가게로 피신할 때가 되면 저는 오직 바람 소리에 맞춰 몸을 흔들고 있겠죠. 그리고 이 편지를 다 읽기 전에 냄새를 맡아보세요. 집 안을 온통 채운 달콤한 크레이프의 향을 느낄 수 있을 거예요. 제가 좀 전에 스무 장 정도 구웠거든요. 점심으로도 먹을 거고, 간식으로도 먹을 거고(아이처럼 간식을 먹는 저를 보며 꽤나 재밌어하던 당신이 생각나네요), 아마 저녁으로도…….

* '마카롱(macaron)'과 '바다오리(macareux)'는 발음이 비슷하다.

친애하는 윌리엄, 제가 이런 이야기를 하는 건 당신을 고민으로부터 잠시나마 벗어나게 해드리고 싶어서예요. 저처럼 사람이 고립되어 살면 말이죠, 인간의 고민이라는 건 자연에게 우위를 내주고 하찮고 보잘것없는 것이 되어버린답니다. 어느 날 당신이 대도시의 파란만장한 삶 속에서 길을 잃은 듯 느껴진다면 잠시 시간을 내 브르타뉴의 끝으로 저를 보러 오세요. 그렇다면 우리의 고뇌와는 상관없이 수평선은 여전히 잔잔하다는 걸 보실 수 있을 거예요.

이 편지가 조금이라도 당신을 미소 짓게 해드렸기를 바라며 인사를 전합니다.

우정을 담아,
마기

다비드가 안느 리즈에게

빌뇌브레마글론 물랭드라자스가, 2016년 8월 27일

브리아르 씨에게,

제 사과를 받아주십시오. 당신의 편지를 지금 막 읽었는데,
제가 이곳에 갇힌 이후로 불신감을 꽤나 많이 키워왔다는
걸 깨달았습니다. 지난 몇 년간 열네 건의 인터뷰 요청을 받
은 것은 사실입니다. 가짜 소설가도 있었고, 본인 이름을
미디리브르*의 사회면에 올리길 원하며 '남의 뒤꽁무니나 쫓
아다니는' 기자들도 있었답니다.

　초반에 연락을 준 사람들에게 하루 종일 향초를 포장하
는 일상을 낱낱이 털어놓을 수 있어서 기쁘다고 말했더니,
그들은 곧 좀 더 큰 비극을 겪은 후보들에게 달려가더군
요. 거짓말이나 아무리 황당무계한 이야기라도 반길 태세였
지요.

　하지만 나이가 들어서인지 빈정대는 능력도 고갈되어 지

---

* Midi libre. 몽펠리에 지역에서 발간되는 프랑스 일간지.

금은 그저 면회 요청 이유에 대해 알아보지도 않고 모든 면회를 거절하는 것으로 만족하고 있습니다.

당신이 언급한 소설에 대해 말씀드리자면, 그게 제게 얼마나 중요한지는 당신도 이미 아실 겁니다. 저는 그것을 체포되기 전날 그랜트 부인에게 넘겼습니다. 어쩌면 그녀는 밤나무 아래서 펼쳐진 우리의 만남에 대해 얘기해줬을지도 모르겠네요……. 하지만 소설이 당신 손에 들어간 걸로 보아 아무래도 그녀는 과거의 흔적을 청산하고 살아가는 모양이군요. 만약 그녀를 다시 만난다면, 우리의 논쟁은 결코 헛되지 않았고 독서에 대한 그녀의 열정은 제게까지 전염됐다고 전해주십시오. 무엇보다 저는 독서라는 행위를 통해 바위에 붙어 있는 고둥처럼 이곳 수감자들에게 들러붙은 만성적인 우울로부터 벗어날 수 있었습니다.

그 소설을 제게 전해준 젊은 여성이 또렷하게 기억납니다. 제가 그녀를 알게 된 곳은 몽펠리에 쪽에 있는 재활시설이었죠. 저와 마찬가지로 그녀도 도서관에서 자주 어슬렁거렸고, 제가 도서관에 갈 때면 어김없이 마주치곤 했습니다. 마음이 많이 나약해졌던 어느 날 그녀에게 이루어질 수 없는 제 사랑에 대해 털어놓았더니, 그녀는 자신에게 어떤 영향을 준 소설에 대해 얘기해줬습니다. 그녀의 말에 의하면 부모님이 돌아가신 후 그 소설 덕분에 자기파괴적인 삶으로 도피하던 자신을 일으켜 세울 수 있었다고 하더군요. 그리고 재활원을 떠날 때가 되자 친절하게도 저에게 그 소설을 넘겨줬습니다.

그 소설이 제 인생에는 기대했던 효과를 주지 못했지만, 아마 다른 사람들에게는 가능할 겁니다. 아직 시간이 있으니까요……. 그리고 작가님에게는 소설을 유통시키라고 전해주십시오. 학교나 병원, 교도소…… 혹은 길을 잃은 영혼들이 계시를 필요로 하는 곳이라면 어디라도 좋겠지요. 만약 제 증언으로 홍보에 도움이 된다면 언제든 연락하세요. 비록 우수에 가득 찬 편지지만, 이렇게 오래간만에 편지를 쓴다는 단순한 사실 때문에 제 안에는 환희가 가득합니다.

당신의 성공을 기원하며,

진심을 담아,

다비드 아길롱

P. S. 그 젊은 여성의 이름은 엘비르이고, 제가 기억하기로는 캐나다 사람이었습니다. 콜린느재활원에 연락해보면 예전 장부에서 그녀의 연락처를 찾아주지 않을까 싶네요.

실베스트르가 안느 리즈에게

레샤예, 2016년 8월 27일

저는 딸 코랄리의 집에서 짧은 일정을 마치고 돌아왔습니다. 딸아이 집에 들어서자마자 저는 원고를 내밀었고, 명치에 내려앉은 무게를 느끼며 아이의 반응을 기다렸습니다. 코랄리는 소설의 내용을 대강 알아차리더니 남편 아담을 부르며 복도를 깡충깡충 뛰어다니기 시작했습니다.

둘 다 제가 공쿠르상이라도 받은 듯 축하해줬고, 소설의 전반부를 서로 먼저 읽겠다며 거의 다투기까지 했습니다. 전투에서 이긴 딸은 소설을 들고 방에 틀어박혔고요. 안절부절못하며 사위와 대화할 거리를 찾던 저에게 그가 먼저 말을 걸어주더군요. 우리는 그때껏 열 마디도 채 나누지 못한 사이였지만, 사위는 눈치 보지 않고 최근 읽은 소설에 대해 얘기해줬습니다⋯⋯. 첫인상보다 훨씬 더 흥미로운 사람이더군요. 우리는 소설을 다 읽기 전까지는 밥을 먹지 않겠다는 코랄리를 내버려둔 채 남자끼리 식사 준비를 했답니다.

코랄리가 눈물이 그렁한 채로 식탁에 앉았을 때 저는 내심 두려웠습니다. 그 애가 제 삶에 있었던 두 번의 사랑 중 누구를 더 사랑했느냐고 몰아붙이며 엄마 얘기를 꺼내진 않을까 해서요. 하지만 저는 거짓말할 필요가 없었습니다. (필요하다면 거짓말도 하려 했거든요.) 딸아이가 그 점에 대해 일절 언급하지 않았기 때문입니다. 다만 소설의 결말에 대해 묻더군요. 저는 결말이 있기는 하지만 그 부분은 저도 모르는 사람이 쓴 거라는 사실을 고백했습니다. 후반부는 호텔에 남겨두었던 터라 다음 날 갖다주겠다고 약속했고요. 그리고 마침내 저는 원고가 지나온 놀라운 여정에 대해 상세히 설명해줬고, 기절초풍하는 둘의 표정을 보며 행복을 느꼈답니다.

저는 코랄리와 늘 사이좋게 지냈습니다. 그럴 수 있었던 것은 제가 딸의 의사나 행동에 대해 결코 거부권을 행사하지 않았기 때문이죠. 그럼에도 서로의 세계를 뚫고 들어갈 만큼의 공통점은 없어서 딸과 저의 관계는 어딘가 모르게 무관심한 빛을 띠었던 게 사실입니다. 게다가 병은 저를 세상으로부터 단절시켰고, 드문드문했던 부녀의 만남은 딸의 형식적인 말들과 대답을 대신했던 제 지긋지긋한 침묵으로 채워졌지요.

그날 밤 호텔방의 문을 닫으며 저는 그날과 그전 날들의 차이를 강하게 느꼈습니다. 딸과 저의 만남은 더 이상 억지

스럽지 않고 자연스러웠지요. 코랄리가 제가 쓰고 있는 소설에 대해 물었을 때 저는 그게 예의상 하는 질문이 아니라 진심에서 우러나온 관심의 표현이란 걸 알 수 있었답니다.

전망이래 봐야 고작 주차장만 보이는 창문 앞에 혼자 섰을 때 저는 막 다시 삶에 연결된 듯 피가 끓어오르는 걸 느꼈습니다. 저는 딸과 사위의 두 눈을 보며 처음으로 살아 있다는 걸 느꼈고, 이러한 인식이 수년 전부터 제 안에 맴돌던 소외감을 천천히 지워주더군요.

안느 리즈, 당신은 여전히 자녀들을 양육하고, 남편도 곁에 있고, 살림은 물론이고 업무에도 많은 시간을 쏟으며 고군분투하고 있잖아요. 그렇게 늘 열정적으로 사는 분이 저를 이해해주실지 잘 모르겠습니다. 저는 오랫동안 당신과는 반대로 살아왔고, 그러다 보니 어느새 일정이나 어떤 구속도 없이 자유롭게 사는 방관자 무리에 속하게 되었거든요. (재택근무를 할 수 있는 여건이라 직업상으로도 거의 제한이 없는 편입니다.)

이렇게 살다 보면 사람들은 자신이 여전히 살아 있다는 사실을 잊어버리고 말죠.

그러니까 한 남성이 새롭게 거듭났다는 말입니다. 겉모습은 같지만 생각은 완전히 바뀐 채 되돌아온 거죠. 저는 집에 오자마자 당신이 보낸 편지를 열어보았고, 우리의 교도소 '여행'이 취소되었다는 글을 읽었습니다. 몹시 아쉽더군요. 왜냐하면 새로운 실베스트르는 시간을 거슬러 올라가고 싶었고, 다정한 마음씨의 도둑과 속을 터놓고 싶었기 때문입니다.

제가 없는 동안 혹시나 새로 얻은 정보가 있다면 지체 말고 알려주시기 바랍니다. 올해 말까지 쓸 수 있는 연차가 아직 남아 있어서 새로운 독자를 만나는 데 소진할 준비가 되어 있습니다.

　그때까지는 에필로그로 향해 가는 글쓰기 작업에 마음껏 빠져들까 합니다.

실베스트르 드림

윌리엄이 마기에게

런던 그레이트피터가, 2016년 8월 29일

친애하는 마기에게,

당신은 워낙 자주적인 분이라 제가 심하게 변덕을 부려도 괜찮으리라는 걸 알지만, 그래도 더 일찍 편지를 보내지 못한 것이 부끄럽습니다. 당신의 편지는 저를 미소 짓게 했고, 저는 당장에라도 비행기에 올라 피니스테르로 가서 당신과 함께 이슬비를 맞으며 마음을 달래고 싶다는 생각을 꾹 눌러야 했습니다.

어제저녁 템스강 가를 산책하는데, 당신과 펍에서 함께했던 시간이 떠오르더군요. 당신은 그곳을 너무나도 매력적이라고 하셨죠. 저는 그날의 식사에 대해 모든 걸 기억합니다. 우리가 브르타뉴와 로제르에서 함께했던 때처럼, 저에게는 시간을 초월한 순간으로 느껴졌기 때문입니다.

물론 저는 오늘 아침에도 일찌감치 일어났습니다.

며칠이나 계속된 더운 날씨 때문에 혼탁한 아침 공기가

도시를 채우고 있었고, 저는 런던 집을 청소하기로 마음먹었죠. 깨끗하게 정리하고 나자 빈틈이라곤 없는 아파트의 특색이 단번에 눈에 띄더군요. 그때 로제르에 있는 우리 집과 브르타뉴에 있는 당신 집이 동시에 떠올랐고, 이 집에는 사람을 따스하게 맞아주는 온기가 부족하다는 걸 깨달았습니다.

무언가가 저를 변화시켜 새로운 시선으로 세상을 보게 만든 겁니다. 제가 어렸을 때 어머니는 이렇게 말씀하셨죠. 안경을 바꿀 때가 되면 나이 먹는 걸 깨닫는다고요. 십 대까지만 해도 저는 그 말이 갈수록 시력이 점점 더 나빠진다는 뜻인 줄만 알았습니다. 그러던 어느 날 제가 반 친구 베티와 어울리고 있었는데, 그 모습을 보신 어머니가 석 달 전만 해도 그 애를 지독히 짜증 나는 애라고 투덜거렸던 저를 상기시켜주셨죠.

어머니는 웃으며 말씀하셨어요. "그러니까 아들, 너는 안경을 바꾼 거야…… 축하해!"

마기, 몇 주 전부터 저는 새로운 안경을 갖게 되었어요. 그 안경 덕에 저는 다시 과거를 돌아볼 용기가 생겼고, 사랑하는 사람들과 다시 시작할 때라는 것을 깨달았습니다. 그들 없는 미래는 상상할 수조차 없을 정도로요. 제가 무슨 말을 하는 건지 아시리라 생각합니다. 또 제가 당신에게 저 스스로를 구속해온 과거에 대해 좀 더 일찍 얘기하지 못한 걸 너그러이 이해해주시리라 믿습니다.

꽤 자주 당신 생각을 합니다. 그리고 바라고 있습니다. 이따금 당신과 함께 오솔길을 따라 아침 산책을 하게 되기를……. 런던 거리마다 당신의 향기가 스며들어 지워지지 않고 있다는 것, 그리고 이 도시를 다닐 때마다 그 향기가 나를 떠나지 않는다는 걸 기억해주시길.

다정한 마음을 담아,
윌리엄

다비드 씨께,

정보를 전해주셔서 정말 고맙습니다. 덕분에 방금 콜린느재활원 측과 통화를 마쳤는데, 아쉽게도 전화로는 자세히 알려줄 수 없다고 하더군요. 엘비르 씨의 연락처를 얻기 위해서는 원장에게 문의해야 하는데 원장은 환자 정보를 잘 넘겨주지 않는 사람이라고 하네요. 그래서 저는 원장의 마음을 누그러뜨릴 저만의 기발한 방법을 시도해볼까 합니다.

당신의 편지를 보니 아무래도 당신은 그랜트 부인의 병에 대해 아는 바가 없는 것 같군요. 부인은 알츠하이머 치료를 위해 몇 해 전부터 전문시설에서 생활하고 계십니다. 당신이 부인을 마지막으로 보았을 때 그녀가 살던 집에서 30분 떨어진 곳에서요. 당신이 떠난 이후 해마다 조금씩 기억이 지워지다가 7년 전에 결국 완전히 매몰된 것으로 보입니다.

저는 지난달에 그랜트 부인을 만났습니다. 부인은 자신

이 왜 그렇게 됐는지 기억도 못 한 채 뒤바뀐 인생을 사는 것처럼 멍한 태도를 보이셨어요. 딱 한 번 무기력에서 깨어나셨는데, 탁자 위에 놓인 소설을 알아보고 당신의 이름을 소리 내어 부르시더군요. 무슨 말인지 아시겠죠? 애정이 너무나도 깊어서 세포 구석구석에 흔적으로 남은 거예요.

당신이 이 편지를 읽으며 어떤 반응을 보이실지 모르겠군요. 하지만 당신에게 이 사실을 숨길 수는 없었어요. 그간 부인의 소식을 받지 못해 고통스러우셨죠. 실은 그래서 이렇게 사실을 알려드리는 겁니다. 우리의 뇌가 약간의 타당성으로 끝없는 의문을 만들어내는 것보다는 아무리 비통한 현실이라도 사실대로 아는 게 낫다고 생각합니다.

비밀을 털어놓았으니 이 편지의 다른 목적을 말씀드릴게요. 저는 그랜트 부인의 아들인 윌리엄과 정기적으로 연락을 주고받고 있는데요, 그가 곧 면회 요청을 할 겁니다. 당신이 면회를 재빠르게 거절하리란 걸 알기에 드리는 말씀인데, 부디 그의 요청은 좀 더 넓은 마음으로 고려해주시길 부탁드려요. 그러면 윌리엄과 당신 두 분의 인생에서 중요한 한 사람을 함께 회상할 수 있을 테니까요.

제가 남의 일에 자꾸 참견하는 것처럼 보이죠? (사실 제가 하는 게 정확히 '참견'이긴 하네요.) 왜인지는 모르겠지만, 저는 그 소설에 우리를 초월하는 어떤 힘이 있다고 확신합니다.

그래서 어설픈 방식과 어수룩한 조언으로나마 그 영향력을 퍼트리려고 노력하고 있는 거예요.

그런데 말이죠, 당신 인생과 머무는 곳을 알게 된 후로 당신 생각을 많이 하게 됐답니다. 그런 범법행위로(불법침입 과 무장강도 말이에요) 투옥된 사람을 알게 된 게(게다가 편 지를 주고받는 것도) 이번이 처음이거든요. 법원에서 유죄 판 결을 받은 사람을 딱 두 명 아는데, 그중 한 명은 집행유예 만 받았죠. 둘 다 상습적으로 공금횡령을 하던 사업가였어 요. 제가 이걸 당신의 상황과 따로 떨어트려 구분 짓고 있 다는 데 주목해주세요. 제 생각에 그들은 당신이 훔친 것보 다 훨씬 많은 액수를 손에 넣었지만, 손에 무기를 들고 은 행에 침입하는 공포는 알지도 못하니까요. 그저 법률에 금 지된 행위를 하려고 서명을 하고 남의 계좌에서 마음대로 돈을 빼냈죠. 범행 당시 그들이 감수한 위험에는 신체적 안 전은 전혀 포함돼 있지 않았던 거예요.

지금껏 저는 폭력 절도범과 교류하는 걸 상상도 못 해봤 어요. 그런데 윌리엄이 어머니 집에서 찾은 편지에서 몇몇 부 분을 발췌해 제게 보내줬고, 그 후 저는 위에서 언급한 두 사람보다 당신 이야기에 더욱 빠져들었죠. 당신의 악행에도 불구하고 당신을 만나지 못해서 아쉽고, 만났다면 우리 사 이에 우정이 싹텄을 거라는 제 확신이 그 증거랍니다. 만약 당신도 똑같이 느끼신다면 망설이지 말고 편지를 써주세요. 기쁜 마음으로 답장할게요. 당신이 창살 안에 일 년 더 머물러야 한다고 알고 있어요. 그 시간이라면 당신에게 연락하게 만든 소설이 겪은 모험에 대해 모조리 얘기해줄 수 있겠네요. 우여곡절을 다 듣고 나면 깜짝 놀라실 거예요.

가능한 한 좋은 하루 보내시길 바랄게요. (라고 쓰고, "창살 때문에 편하게 만나지도 못하고 할 수 있는 일이라고는 향초 포장밖에 없음에도 불구하고"라고 읽습니다.)

우정을 담아,
안느 리즈 브리아르

P. S. 폭염이 하루 더 이어질 거라고 하던데…… 교도소에는 에어컨이 있나요? 만약 없다면 이 날씨에 향초 포장을 시키는 건 너무 잔인하네요!
P. P. S. 당신의 이야기로 소설을 쓸 생각은 안 해보셨어요? 관심을 보일 편집자들을 좀 알고 있으니 생각이 있다면 주저 말고 알려주세요. 생각해보니 제가 출판사도 좀 아는 데가 있는데, 연말 파티용 향초에 대한 멋진 책을 만들 수도 있을 거예요.

친애하는 윌리엄에게,

당신은 제가 어제 해변에서 세 시간 동안 산책을 했다는 걸 고마워해야 해요. 만약 제가 굳이 산책을 하지 않았다면 아마 당장 답장을 썼을 테고, 그랬다면 당신은 분노에 찬 여자의 편지를 두 눈으로 확인하셨을 테니까요!

당신은 제가 왜 혼자 있고 싶어 하는지, 제가 편지를 주고받는 사람들에게 어떤 마음을 갖고 있는지 전혀 모르고 계세요. 하지만 이제 하나는 알게 될 거예요. 제가 거짓말과 위선을 혐오한다는 사실을. (아뇨, '혐오'라는 단어를 쓴 건 과장이 아니에요. 영어에도 같은 뜻의 단어가 있는지는 모르지만, 영국인의 태연함이 브르타뉴의 해안까지 오염시키지 않았다는 것만은 알아두세요.) 당신의 편지가 영국에서는 일종의 본보기가 될 순 있겠지만, 저는 당신이 쓰신 '다정한 마음을 담아'에 만족할 나이는 지났거든요. 당신이 과거를 딛고 새로 시작하겠다고 선포하신 걸 보니, 당신 과거에는 여성 한 분과(혹시 여러 명은 아니겠죠!) 아이도 한두 명 얽혀 있으리라고 짐작되네요. 사람이 반세기 정도 살면, 화려함의 정도야 다르겠지만 누구나 뒤에 질질 끌고 다니는 사연 하나쯤 있게 마련이죠. 하지만 우리는 그에 맞게 처신해야 하고, 나중에라도 자신의 사연을 방패처럼 휘두르진 말아야 한다고 생각해요.

당신은 오만하게도, 혼자 고립된 채 생활하는 저라는 불쌍한 여자를 당신의 자연스러운 매력으로 너무도 쉽게 사로잡았다고 믿고 있겠죠. 정신 차리세요! 저는 잘생긴 외모나 남자들의 가벼운 칭찬에는 이골이 난 사람이에요. 당신이 우리 사이에 그렇게 거리를 둔 건 신중하지 못했다고 변명하신 것과 별개로, 그 거리가 저만의 산책 일정과 5시 티타임에는 전혀 영향을 주지 않았으니까요…….

가을맞이 대청소를 하고 안경도 새로 바꾸셨다니 축하드립니다. 안경은 당신에게 잘 어울릴 테고 당신의 회색빛 눈동자에 부족했던 통찰력을 더해주겠군요. 안경 덕에 눈을 뜨는 이유에는 주변 사람을 유혹하는 것만 있는 게 아니라는 걸 아셨겠네요. 저는 이 태도를 고수하시라는 의미에서 응원을 보내겠습니다.

이제부터 허울뿐인 말이나 다정한 말 같은 건 굳이 하실 필요 없어요. 우리 사이에 그럴 필요는 없죠. 서로 알게 된 지도 얼마 안 됐고, 각자의 과거에 대해서는 거의 모르는 사이니까요. 우리가 공통으로 아는 친구 때문에 다시 만나게 될 확률이 크지만, 그렇다고 해도 거리를 지켜주셨으면 좋겠어요. 그리고 과거나 현재의 애정 문제에 대해서는 돌려 말하지 말고 그냥 그대로 이야기하세요. 그렇게만 한다면 당신에게 진정한, 그리고 믿을 수 있는 친구가 하나 생길 거예요.

편지 교환을 시작했을 때만 해도 제가 어떤 비극 때문에 이런 삶을 선택하게 됐는지 당신에게 밝혀야 하나 고민했어요. 하지만 이제는 밝힐 생각이 안 드네요. 그건 더 이상 중요하지도 않고, 우리의 친구 관계와는 전혀 상관없는 문제니까요.

오늘 이렇게 날이 선 어조로 편지하는 걸 이해해주세요. 우리 브르타뉴인들이 둥글둥글하고 유순해 보이지만 실은 꽤 신중한 사람들이거든요. 우리는 타인을, 그리고 타인과의 차이점을 받아들이는 재주로 지역에서 살아남은 터라 까다로운 사람들이 아니에요. 브르타뉴는 피난지였고 이 사실은 서서히 우리의 유전자에 새겨져 남아 있어요. 그럼에도 불구하고 우리는 속았거나 무시당했다고 여겨질 때면 바로 돌변하죠. 모난 부분이 웨상섬의 바위들보다 더 날이 선 채 다시 튀어나와요. 그러니 순전히 유전적인 이유로 보이는 이러한 반응 때문에 절 원망하지는 마세요.

저는 여전히 당신의 친구입니다. 당신에게 어울리는 행복을 찾으시길 바랄게요.

우정을 담아,
마기

다비드가 안느 리즈에게

빌뇌브레마글론 물랭드라자스가, 2016년 9월 5일

안녕하세요, 안느 리즈!

감사합니다.

저에게 전부 다 얘기해주셔서 감사합니다.

영영 꺼졌다고 믿었던 고통의 감정을 되살아나게 해주시고, 제가 다시금 살아 있다고 느끼게 해주셔서 감사합니다.

저는 정말로 드니즈 그랜트의 건강에 대해서는 아무것도 몰랐습니다. 형을 선고받고 난 후로 그녀의 모든 연락을 피했거든요. 10여 년 동안 갇혀 있어야 하기에 우리를 그토록 강하게 맺어준 인연을 끊기로 결심한 것이죠. 새로운 삶을 살기로 마음먹었던 바로 그때 가장 긴 형벌을 선고받다니 얼마나 부조리한가요…….

그 고귀한 여인을 제 몰락에 끌어들일 수는 없었습니다. 저는 제가 손을 내밀면 그녀가 모든 걸 버리고 고난의 시간 동안 제 편이 되어주리란 걸 알았습니다. 그녀는 아무런 보상도 받지 못하고 이루어질 수 없는 사랑의 희생자가 되어 친구와 가족까지 잃고 세상에 혼자만 남았을 겁니다.

저는 선량한 사람이 아닙니다. 한 번도 그런 적이 없었죠. 만약 선량했던 때가 있었다면 드니즈가 곁에 있었을 때뿐입니다. 그녀를 평생 곁에 두고 싶었지만 저의 열망 때문에 그녀마저 지옥으로 빠트릴 순 없었죠. 저는 그녀가 원치 않아도 미래를 지켜주겠다고 결심했기에 그녀의 편지를 단한 통도 열어보지 않고 몽땅 없애버렸습니다. 면회 신청도 모두 거절했고, 그녀가 일생일대의 사랑, 우리가 잃어버린 그 사랑 없이도 가족 곁에서 평온을 되찾을 수 있기를 기도했지요.

당신의 편지를 읽은 후 저는 제 자신이 선량한 사람인 양 행세하고 싶어서 드니즈를 불행으로 몰아넣었다는 것을 깨달았습니다. 저 때문에 그녀가 병에 걸렸으니 제 희생은 덧없는 것이었네요. *그 사람은 나를 잊지 않았다.* 이 문장은 저를 소용돌이 속으로 몰고 갑니다. 그녀가 여전히 내 생각을 한다는 걸 알고 나니 터무니없이 기쁘고, 그녀의 고통을 덜어줄 수도 있었다는 생각에 마음이 쓰라리군요. 또한 그동안 만났던 사람들에게 피해만 준 제 삶을 되돌아보니 온몸이 고통에 짓눌리는 것 같습니다.

며칠 전 드니즈의 아들로부터 면회 요청을 받았습니다. 저는 승낙했고, 드니즈와 함께 와달라고 부탁했죠. 당신도 제 편을 들어주실 수 있을까요? 윌리엄에게 어머니를 모시고 함께 여기로 와달라고 말해주실 수 있을까요? 이곳이 이미 많은 일을 겪은 여성에게 추천할 만한 장소가 아니라는 건 저도 압니다. 감옥은 민감한 영혼에게 나쁜 영향을 끼치는 곳이지만, 드니즈의 장애가 오히려 그녀를 보호해줄 거라 생각합니다. 만약 우리의 애정이 아직 남아 있다면, 그녀가 세상 속에서 다시 살아갈 힘을 얻게 되지 않을까요? 그게 제 꿈입니다. 저는 꿈을 꾸고 있으며, 그러고 있다는 걸 잘 압니다. 저는 이제라도 좋은 일을 하고 싶고, 그 추억을 출소하는 날까지 간직하고 싶을 뿐입니다.

악당과의 교류가 당신을 불안하게 만들지만 않는다면, 출소할 때까지(제 나이와 건강상의 이유로 예정일보다 당겨질 것 같군요) 당신과 계속 편지를 주고받고 싶군요.

이 점에 있어서 당신의 상상력을 소설과는 먼 곳으로 데려간다고 하더라도 저는 진실을 밝혀야겠습니다. 안느 리즈, 저는 주변에 허다한 좀도둑일 뿐이었습니다. 무기를 들고 보석상에 발을 들인 적도 결코 없고, 무기가 필요한 제압 방식을 도모한 적도 없습니다. 만약 그랬다면 저는 투옥 때마다 더 중한 형벌을 받았겠지요. 함께했던 친구들 모두 마찬가지였고요. 우리의 아드레날린이 분출되는 경우는 방치된 별장에 불법침입할 때나 손재주를 좀 부려 작은 은행 지점의 보안 시스템을 해제할 때뿐이었죠.

다행히 자신의 재산을 지키려는 사람과는 단 한 번도 마주친 적이 없습니다. 마주쳤다면 제가 어떻게 행동했을지 저 자신도 모르겠군요. 오늘에야 생각해보니 제 마음 깊은 곳에는 돈 때문에 사람을 다치게 해서는 안 된다는 최소한의 도의가 남아 있었던가 봅니다. 저는 그렇게 믿습니다. 결코 확신할 수는 없지만요.

이유는 많지만 바로 이러한 이유로 제 경솔한 짓에 대해 책을 쓸 생각은 전혀 없습니다. 영웅적이지도 않고, 오직 물욕 때문에 저지른 행위를 포장하는 것 같아서 말이지요.

진심을 담아서,
다비드 아길롱

파리 모리용가, 2016년 9월 6일

나의 친구 마기에게,

좀 전에 윌리엄에게서 편지를 받았어. 내가 중재해준 덕에 그가 곧 빌뇌브레마글론 교도소에서 다비드 아길롱 씨를 만나게 되었다며 다정하게도 고마움을 전하더라.

그리고 그거 알아? 윌리엄이 로제르에서 크리스마스 파티를 계획하고 있대! 심지어 줄리앙도 사랑하는 딸이 기뻐하는 걸 보고는 거기 가는 걸 반대하지 않더라고. 넌 어때? 어떻게 생각해?

이번 주말에 너희 집에 가려고 하니까 곧 만나서 상의하자. 내가 9월 12일 월요일이랑 13일 화요일에 일을 안 하거든. 그러니 그쪽에서 사오 일 머무를 수 있어. 이 막간을 이용해 우리는 벨기에 여행 계획도 짜고, 좀 쉬면서 기운도 차릴 수 있을 거야. 이맘때면 늘 회사에 일이 그득하고, 나이가 있어서인지 내 뉴런은 업무를 하나 마칠 때마다 회복 시간을 요구하거든. 그러면 바스티앵과 그의 팀이 활개를 치겠지만, 나는 너무 피곤하니까. 9년이라는 세월 동안 우리는 일하는 방식에 제대로 균열이 생겨버렸고, 바스티앵이 내 방식을 싫어하는 만큼 나도 그의 방식을 경멸해.

우리 상황이 어디까지 갔는지 말하기 위해서는 어제 아침 사무실을 뒤흔든 장면부터 얘기해야 해. 나는 일요일도 힘들게 보낸 참이었거든. 줄리앙은 그동안 몇 차례나 내가 일을 그만두고 집에 있으면 뭐가 좋은지 장점을 적어가며 일요일 오전 나절을 보내곤 했어(그는 아침마다 밥을 차려주는 아내를 동경하거든). 그는 내가 업무 스트레스로 불평을 늘어놓다가도 구명튜브를 낚아채듯 바로 일에 매달리는 걸 이해할 수 없어 해. 그래서 나는 월요일 아침 일어날 때부터 이미 화난 상태였고, 출근 전 줄리앙의 토스트를 태워먹고 말았지. (맹세하건대 의도적인 게 아니었어. 아마 그는 새카만 탄소 조각을 베어 물며 가정주부 아내에 대한 로망을 날려버렸겠지.)

일터에 도착한 나는 바스티앵이 급히 제네바에 갈 일이 있어서 회의 시간을 한 시간 앞당겼다는 말을 들었어. 커다란 회의실에 들어서자 사람들의 시선이 내게 쏟아졌고, 나의 사촌은 자신이 보낸 메시지를 내가 읽지 않았다는 것에 놀라는 한편 빈정거리는 기색을 보였어. (업무 계정으로, 그것도 전날 밤 11시 반에 보낸 주제에!) 그러더니 핸드폰을 쥐고 한숨을 쉬며 회의 담당 비서에게 몸을 돌리더니, 내가 놓친 사항을 알려주라고 하지 뭐야! 나는 다른 부서에서 하는 잡담 따위 몰라도 이번 주 업무에는 지장이 없다고 대답했어. 물론 그는 내 말을 들은 척도 않고 핸드폰만 보며 계속 웃더라고. 왜인지는 모르겠지만 내 정신은 온통 그의 커피로 쏠렸어. 그가 우리 귀에 못이 박히도록 떠들어대는 커피! 힙스터처럼 보이고 싶어서 매일 아침 스타벅스에서 사 오는 과테말라 안티구아!

나는 사촌에게 다가가 손에 있는 최신 아이폰을 빼앗아 들고는 그의 벤티 사이즈 잔에 퐁당 빠트려버렸어. 모두가 입을 떡 벌린 채 얼어버렸지. 나는 희열을 느끼며 최대한 의연하게 회의실을 빠져나왔어. 사무실로 걸어가는데 나를 따라 나오던 비서 잉그리드의 웃음소리가 등 뒤에서 들리더라고. 바스티앵의 고함소리는 내 사무실까지 따라왔어. "히스테리"나 "완전 미쳤어"라고 수군거리는 소리도 들렸지만, 말이 나왔으니 하는 말인데, 문제의 핸드폰 가격을 알고 나니 직원들의 그런 수군거림도 아무렇지 않더라고. 적어도 몇 시간 동안은 사촌이 트위터를 들여다보지 못할 테니까!

요즘 애들처럼 말하자면 내가 좀 폭주했다는 건 알아. 너는 의심을 거두지 않겠지만 회사에서 폭발한 걸 자랑 삼아

떠벌리고 싶은 마음도 없어. 하지만 후회는 없어. 내 생각에 회사 사람들 다수가 내 행동에 엄청 만족했을걸. 누구도 절대 시인하지는 않겠지만.

그래서 나는 편지함과 전화기에서 좀 떨어져야 할 필요가 있어. 그리고 사실 몽펠리에에 있는 재활원 원장의 전화를 기다리고 있거든. 다비드가 소설을 입수했다는 재활원 말이야. 이제 곧 자동응답기를 들으며 내가 얼마나 흥분하게 될지 상상해보라고.

그러니까 나에겐 휴식이라는 게 정말 필요하다는 말이지…….

너의 초대를 대비해서(어쩔 수 없다는 듯 승낙해줄게) 나는 이미 짐을 싸고 있고, 네 확인 전화를 기다리고 있어. (전화 거는 게 부담된다면 아가트가 대신 해도 됨.)

볼뽀뽀 날리며,
리주

P. S. 참, 카티아가 친구들과 같은 반이 됐어!* 딸아이 바로

---

* 프랑스에서는 9월에 새 학년 새 학기가 시작된다.

앞자리에 앉은 얀*이라는 남자애에 대해 속닥거리며 얘기하는 걸 보니 개학날의 위기는 면한 것 같아. 하지만 그런 이름이라니 최악일 것 같잖아. 브르타뉴 사람들 성격은 서쪽에서 불어온 태풍을 맞은 나무만큼 비뚤어진 것 같은데, 이 모든 게 내 딸에게는 망조 같지 않니…….

* Yann. '장(Jean)'의 브르타뉴식 이름.

안느 리즈가 실베스트르에게

파리 모리용가, 2016년 9월 7일

친애하는 실베스트르,

수요일이라 이렇게 당신에게 편지를 씁니다. 시작부터 엉뚱한 말일 수 있겠지만, 제게는 오늘이 일주일 중 가장 평온한 날이거든요.

저는 애들이 어릴 때 일주일의 중간에 일을 쉴 수 있게 일정을 짜곤 했어요. 흔한 주부들처럼 종 노릇을 하며 수요일을 보냈죠. 그건 한 가족의 엄마가 된다는 행복과 뗄 수 없는 관계였어요. 병원 예약, 운동 강좌, 음악 강좌, 생일상 차리기, 이 밖에도 많지만 여기까지만 할게요. 이제 애들은 다 컸고, 저는 이 사실을 실감하고 싶지 않아 눈을 감은 게 사실이에요. 학기 중에는(아이를 키우는 좋은 엄마들이 다 그렇듯 저도 개학을 찬양한답니다) 수요일 아침마다 가족이 모두 나가면 홀로 자유로운 시간을 보내며 도취에 가까운 기분을 느낀답니다. 네 시간 동안 아무런 방해도 받지 않고 음악을 듣거나 책을 읽는 죄악에 빠져들 수 있죠. 그렇지만 맞아요, 이러한 기쁨을 누리는 데도 한계가 있긴 해요. 정오가 되면 딸이 학교에서 돌아와 고요했던 공간을 선생님들에 대한 비난으로 가득 채우고, 자기 방식대로 프랑스의 교육제도를 뜯어고치려 하거든요.

어쨌든 전 지금 폭풍 전의 고요 속에서 평온한 시간을 이용해 당신에게 질문을 하려고 해요. 첫째, 당신 소설의 결말을 쓴 사람이 여성일 수도 있다고 생각하세요? 둘째, 재활원 원장이 저를 계속 무시하면 그분을 귀찮게 해도 될까요?

저는 원장의 비서와 분명히 했다고요. 아이! 비서가 이 정보는 보안상 기밀이라고 강조해서 저는 담당자의 연락이 올 때까지 귀찮게 굴지 않고 기다리겠다고 약속했어요. 그런데 만약 비서가 제 문제를 구석에 처박아 놓았으면 어떡하죠?

알다시피 제가 인내심이 강한 편은 아니잖아요. 그래서 머리를 좀 비우기 위해 며칠간 마기한테 가 있으려고요. 까놓고 말하자면 내 절친이 잘 지내고 있는지 확인하기 위해서이기도 해요. 지난달에 우리가 마기와 윌리엄 사이에 뭔가 있다며 농담했던 거 기억하죠? 제가 잘못 알았어요. 마기는 러브 스토리 따위 전혀 신경 쓰지 않아요. 조금 전 호텔에서 전화를 걸어온 마기는 저더러 와도 된다고 했지만, 막상 본인은 건지Guernesey섬에서 크리스마스를 보낼 거라 로제르에 올 수 없다고 하더라고요. 15분간 통화하면서 윌리엄에 대해서는 한 마디도 언급하지 않은 걸 보면 순정적인 사랑에 대한 애기는 잊어버려도 될 것 같습니다!

그래도 벨포엘에서의 송구영신 모임에 당신은 함께해주리라 믿어요. 제 남편과 아들을 당신에게 소개해드릴 수 있다면 무척 기쁠 거예요. 동생 카티아의 강요로 아들도 한 해의 마지막 날을 우리와 함께 보내게 됐거든요.

친애하는 실베스트르, 수요일의 보고는 여기까지입니다. 당신의 조언을 애타게 기다릴게요. 제가 없는 동안 전화는 딸이 대신 받아줄 거고, 재활원 원장이 나타나면 딸이 당신 번호를 원장에게 넘겨줄 거예요. 저는 며칠 동안 연락이 안 될거고요. 마기네 집에선 핸드폰 등 현대적인 연락 수단이 모두 사용 금지거든요. 그러니 제발 자동응답기를 끄고 전화 좀 받으시라고요!

당신의 편지를 읽어서 기분이 좋은,
안느 리즈

P. S. 우리의 수사와 관련해 급한 일이 생기면 언제든 보리바주 호텔로 연락 주세요. 아가트를 찾으면 되고요, 모든 상황을 알고 있는 그녀가 메신저가 되어줄 거예요.

윌리엄이 마기에게

마기,

어제저녁 런던에 도착해 당신의 편지를 발견했고, 저녁나절
부터 밤 시간까지 거실을 이리저리 서성였습니다. 당신이 비
난하신 것처럼 저에게는 영국인의 예의라는 게 있어서 이웃
의 잠을 방해하지 않도록 신발을 벗고 서성인 게 다행이랄
까요. 덕분에 어떤 벌도 받지 않고 부드러운 양탄자와 당신
의 냉혹한 언사를 한꺼번에 짓밟을 수 있었습니다.

당신을 화나게 만든 편지가 제 눈앞에 없기에, 저는 당신이
비난하신 내용을 보면서 제 편지의 어떤 부분이 당신에게
상처를 줬는지 곰곰이 떠올려봐야 했습니다. 혼자 있고 싶
어 하는 당신의 열망에 대해 거론한 것은 결코 비판이 아니
라, 오히려 자신의 삶을 주도하는 당신에 대한 한없는 감탄
에 가깝습니다. 그러니 저의 미숙함으로 인해 제 의도와 달
리 진실이 왜곡됐다면 용서해주시기 바랍니다. 저는 가까운

219

사람들에게 프랑스어로 편지를 써본 적이 없습니다. 그러니 제 어설픈 발언을 너그러이 봐주실 수 있지 않을까요.

그렇지만 적어도 제 인생에 있었던 여인과 아이에 대해서는 정확하게 답변해드릴 수 있습니다. 저는 한 번 결혼한 적이 있습니다. (만약 이 부분에서 제 고백을 원하신다면, 다른 여인들도 있긴 했습니다.) 그녀의 이름은 모이라였고…… 2008년에 세상을 떠났지요. 우리에게는 딸이 하나 있는데, 딸 로라는 현재 외조부모와 함께 살면서 저를 만나길 거부하고 있습니다.

더 자세히 말씀드려야 할지 모르겠네요. 만약 원하신다면 안느 리즈가 제 과거를 알고 있으니 그쪽에 물어보시면 됩니다. 저는 제 고통스러운 경험에 대해 침묵했다는 이유로 당신의 비난을 받는 것이 마땅하다고 생각하지는 않습니다만, 그다지 명예롭지 못한 인생의 단면을 드러내는 게 두려웠던 건 사실입니다. 그런 관점에서 보니 당신이 저에게 불만을 털어놓으신 게 이해가 가는군요.

하지만 반대로, 저는 당신 앞에만 서면 얼어버리는 저를 느꼈는데, 제가 당신을 꾀었다고 비난하다니 부당합니다! 그리고 당신에게 관심이 있다는 단순한 사실과 더불어 제 인생사를 가지고 당신의 산책 일정과 5시 티타임을 엉망으로 만들 생각은 단연코 없었습니다. 만일 제가 만족감을 드러냈다면, 그건 당신이 누구에게도 개방하지 않는다고 말씀하신 은신처로 저를 맞아주신 것 때문에 희망이 생겨서입니다. 우리가 런던과 브르타뉴에서 함께했던 그 감미로운 순간들을 어떻게 그리 쉽게 잊어버릴 수 있죠? 왜 그토록 자연스럽고 너무도 분명하게 동조하셨던 겁니까? 로스코프에서, 그 밤에, 등대를 따라 걸었던 시간은 그저 제 착각인가요?

당신의 편지를 읽고 또 읽었지만 마기, 저는 전혀 이해가 안 갑니다. 특히 제가 거짓말하고 은폐했다고 몰아세우다니요! 단 한 번도 거짓말한 적이 없다고 말하며 무례를 범하지는 않겠습니다. 하지만 확실히 말씀드릴 수 있는 건, 당신과 함께 있을 때는 전적으로 확실한 것과 실제로 느낀 것만을 말했다는 사실입니다. 당신을 화나게 만든 '다정한 마음을 담아'는 저도 모르게 쓴 말이지만, 제가 당신에게 애정을 품고 있다는 사실을 보여주는 건 맞습니다. 하지만 그 때문에 당신이 기분 나빠 하리란 걸 알았다면 제가 입을 다물었어야 했습니다.

오늘의 항변을 마치면서(이 표현은 미리 생각해놓은 게 아니고, 당신의 청원서가 그만큼 난폭했다는 증거입니다) 제가 새롭게 쓴(그리고 당신이 거칠게 벗긴) 안경에 대해 정확히 짚고

넘어가야 할 것 같습니다. 그것은 당신이 저와 감정을 공유했다면 만났을 제 미래에 대한 투영일 뿐이었습니다. 당신이 명확하게 요구하신 대로 저는 이제부터 그 안경을 벗기 위해 애쓸 것입니다. 제 쪽에서 조금이라도 애정을 보일까 걱정하지 마시고, 앞으로 로제르에서 있을 모임에는 편하게 참석하셔도 됩니다.

윌리엄

P. S. 당신 또한 저를 마음 터놓고 얘기할 만한 사람으로는 보지 않으셨죠. 그러니까 그 말은, 당신의 경우 그저 내게 무관심한 것이지, 은폐하는 건 아니라는 게 확실하군요…….
P. P. S. 방금 우표를 사러 다녀왔는데 신문의 사진 하나가 눈길을 끌더군요. 사진 촬영에 대한 당신의 열정을 제가 알잖아요. 아무도 잊지 못할 비극적인 날*을 기념하는 사진을 보면서, 당신과 나눴던 대화를 다시 떠올리게 되더군요. 저는 미디어의 난잡한 전시 때문에 우리가 사적인 비극의 구경꾼이 되는 게 싫습니다. 그럼에도 저는 사진 하나에서 눈을 뗄 수 없었습니다. 비극이 일어난 그 아침 한 남성이 혼

---

* 2001년 뉴욕에서 발생한 9·11테러 사건을 말한다.

자 서 있는 사진이었죠. 잔해 한가운데에서. 두 손은 주머니에 넣은 채. 얼굴 표정만 보고는 그가 목격한 공포를 상상할 수 없었습니다. 사진에서 그를 도려내 똑같은 자세로 해변의 기막힌 풍경 앞에 붙여놓아도 괜찮을 정도였지요. 그러니까 마기, 저를 뒤흔들어놓은 건 이 이미지랍니다.

실베스트르가 안느 리즈에게

레샤예, 2016년 9월 12일

제가 난생처음 춤을 리드하는 사람이 되었다니 뿌듯하네요. 당신이 바닷바람을 쐬며 머리를 식히는 동안(그건 진짜로 당신에게 좋은 영향만 줄 겁니다. 왜 그런지는 나중에 얘기해드리지요) 저는 몽펠리에에 있는 재활원 원장 카르티에 여사로부터 전화를 한 통 받았습니다.

카르티에 여사는 1994년에 다비드가 그곳에서 만난 엘비르 씨 성과 연락처를 전화로는 알려줄 수 없다고 합니다. 제가 상황을 설명하려고 하자 원장님은 제 말을 딱 자르더니, 자신은 근무 시간에 소설 이야기나 하자고 월급을 받는게 아니라고 하더라고요! 그래서 제가 직접 남부로 갈 테니 만나서 얘기하자고 끈질기게 간청했지요(이런 제가 좀 놀랍지요?). 원장님은 오는 거야 상관없지만 부탁을 들어주는건 얘기를 듣고 나서 결정하겠다고 대답했습니다.

저는 내일 몽펠리에로 가서 이 불확실한 상황을 속히 정리하려 합니다. 오후 5시 약속을 받아냈는데, 제가 이처럼단호하게 나아가는 건 이번이 처음입니다.

당신은 아무 말씀 없지만(당연하죠!) 제가 자연스레 당신 뒤를 잇는 모습에 감명받았을 거라고 믿고 싶군요. 그러니까 당신은 지금 세상으로부터 도망쳐 북부 일드프랑스에 살던 사람이 거대한 남부 지역에 가서 낯선 이에게 기밀유지라는 기본 규칙을 깨트리라고 하는 걸 보고 있는 겁니다. 저는 제 안의 설득력을 총동원해(안타깝게도 저에겐 우리의 영국인 친구 같은 매력은 없어서) 원장님의 망설임을 무너뜨릴 예정입니다.

앞으로 계속될 모험을 위해서라도 부디 가여운 마기를 몰아붙이지 마시고 그 집에서 머무는 동안 채널제도* 섬에 대해서는 언급을 삼가세요. 세상에나! 당신에게 있다는 그 유명한 여자의 직감은 대체 어디로 사라진 겁니까? 말하자면 마기가 거의 영국에 간다는 거나 마찬가지인데, 이게 당신에겐 놀랍지 않은가요? 생각할 시간을 드릴 테니 제가 남부에 다녀오는 즉시 얘기 좀 하자고요. 그러니 제발, 그동안 마기의 로맨스에 끼어들지 마시고 이번만은 날 믿어봐요!

제가 곧 우리의 월리를 쟁반에 올려 당신에게 대접하지요.

실베스트르

* 프랑스 노르망디 지역 주변의 영국령 섬들. 저지섬, 건지섬 등이 포함되어 있다.

안느 리즈가 실베스트르에게
파리 모리용가, 2016년 9월 14일

친애하는 실베스트르,

브르타뉴에서 보낸 주말 덕에 몇 년은 더 젊어진 것 같아요. 이 나이에 십 대처럼 태평하게 굴 수 있다는 게 어찌나 좋았는지 몰라요! 마기와 저는 나흘 동안 세상사에 대해 이러쿵저러쿵 대화를 나눴어요. 30년 전에도 그랬거든요. 그때처럼 미친 듯이 웃으면서 일상의 근심을 잊어버렸지요. 물론 당신의 소설에 대해서도 많은 이야기를 나눴고요. 우리는 그렇게 마음을 쏟아 열정적인 고백을 할 만큼 사랑에 빠졌던 스무 살의 당신을 머릿속에서 그려봤고, 같은 결론에 도달했답니다. 그 당시 당신이 지녔을 음울한 아름다움 앞에서 우리는 녹아내렸을 거라고요. 당신 옷자락에 매달린 두 명의 십 대 열성 팬을 데리고 당신이 뭘 할 수 있을지는 모르겠지만, 이 뒤늦은 고백이 당신의 심장을 뜨겁게 달굴 거라는 것만은 의심치 않아요! 언젠가 브르타뉴에 가신다면 마기에게 사진첩을 보여달라고 하세요. 마기와 내가 30년 전에 얼마나 매혹적이었는지 보실 수 있을 거예요.

저는 오늘 정오에 들어오자마자 당신에게 전화를 걸었지만 자동응답기와 대화를 나눠야 했어요. 아무래도 전원을 꺼버리신 것 같군요. 편지를 읽고 나서야 당신이 남부지역으로 떠났다는 걸 알게 되었죠. 그렇게 제 뒤를 이어주시다니 당신이 자랑스럽군요. 하루빨리 진척 상황에 대해 듣고 싶어요! 저를 대신해 이 수사를 진행하고 싶다면 강한 정신력은 기본이고, 저에게 모든 걸 알려주셔야 한다는 조건이 붙는답니다.

또한 저에게 여자의 직감이 없다는 당신의 걱정은(걱정되는 게 이해는 갑니다!) 근거가 없다는 걸 알아두세요. 저는 마기에게 애정 문제에 대해 물어보지 않았거든요. 마기가 영어 구사 지역을 목적지로 삼아서 놀란 건 사실이지만, 그건 윌리엄 때문일 리가 없어요. 우리는 그 날짜에 모두 로제르에 있는 그의 집에 있을 예정이니까요. (더군다나 제 딸 카티아는 당신을 위해 판타지 소설을 몇 권 따로 챙겨놓았답니다.)

그런데 사실은, 마기가 제게 뭔가 숨기는 것 같다는 느낌이 들긴 해요. 요전에 함께 노는데 눈에 근심의 빛이 깃든 게 보였거든요. 마기의 반짝이는 눈빛을 약간 가리는 모래알 같은 무언가가요. 아끼는 사람들을 이해하려고 노력할 때 우리가 얼마나 둔감해질 수 있는지 의식해본 적 있나요?

무언가를 너무 가까이에서 보면 시야가 흐릿해지는 것처럼, 가까이 있다는 이유로 우리의 이성에 약간 문제가 생기는 것만 같아요. 당신은 조금 멀리 계시니 더 명확히 보이시겠죠. 마기에 관해서 당신의 통찰력이 좀 더 정확하다는 걸 인정하는 만큼 당신의 분석을 애타게 기다립니다.

안느 리즈

P. S. 친애하는 실베스트르, 자신을 과소평가하지 마세요. 제가 이것만은 확실히 말씀드릴 수 있어요. 당신이 매사에 드러내곤 하는 어둡고 번뇌하는 분위기가 당신에게 말도 안 되는 매력을 더해주고 있다고요. 이 점은 당신도 이미 알고 있는 사실이라고 단언할 수 있어요. 그렇지 않나요?

안느 리즈가 마기에게

파리 모리용가, 2016년 9월 15일

친구 마기에게,

자동응답기에 남긴 네 메시지가 무슨 말인지 하나도 모르겠어. 나는 이미 너에게 세 번이나 핸드폰 번호를 줬고 너는 그냥 전화만 걸면 된다는 걸 기억해줘. 이게 바로 사람이 집에 없을 때도 바로 연락할 수 있다는 기술혁신의 증거잖아!

무슨 일이 있는 거야? 여전히 작동법도 모르는 기계를 쓰기 위해 아가트네 집까지 달려갈 만큼 긴박한 일이 대체 뭐니? 네 말이 중간에서 잘리긴 했지만 가장 중요한 점은 파악했어. 내가 윌리엄에 대한 정보를 숨겨서 화났다는 거잖아. 만약 내가 너도 모르는 그의 과거에 대해 알고 있다면, 그건 내가 그에게 열심히 질문했기 때문일 거야. 그러니 너는 전혀 관심도 없던 사실에 대해 내가 침묵했다고 비난하지 마! 네가 더 많이 알고 싶다면 지금 같은 무관심한 태도는 버려야 할 거야. 그리고 나는 이제 너의 질문에 편지로 답해주지 않으려고 해. 나를 비난하기 위해 전화를 걸 수 있다는 걸 알게 됐으니, 앞으로 너는 호기심을 충족시키고 싶다면 전화를 걸어야 할 거야.

트집 잡는 건 여기까지만 해야겠다. 물론 다 꾸며낸 거야. 네 메시지 때문에 짜증 나지 않았어, 당황하긴 했지만. 어제 브르타뉴에 두고 온 나의 쾌활한 짝꿍에게 떨리는 목소리로 감정을 토해내는 건 어울리지 않으니까. 거기 있는 동안 네 안에 어떤 문제가 자리 잡고 있다고 느꼈는데도, 나는 그 중요성에 대해 얕본 거 같아. 이러한 무지로 친구를 대하는 건 마땅치 않지. 그러니 마기, 부디 되는대로 전화 좀 해줘. 그러면 너의 고통과 분노를 한꺼번에 누그러뜨릴 수 있도록 알고 싶은 걸 다 말해줄게.

질책에도 불구하고 항상 네 곁에 있는 친구,
리주

P. S. 믿기 어렵겠지만 실베스트르가 몽펠리에로 떠났어. 내가 연락했던 재활원 원장과 만나기로 했대! 인간을 혐오하는 우리의 은둔자는 곧 유권자를 갈구하는 정치인보다 더 사교적인 사람이 될 것 같은데……. 그의 변화가 너무 급작스러워서 나도 좀 두렵다는 말은 해야겠다. 이 사람 안에 지킬과 하이드가 조금씩 있는 것 같지 않니?

실베스트르가 안느 리즈에게

레샤예, 2016년 9월 15일

저는 어제 돌아왔어요. 이번에는 제가 무슨 일이 일어났는지 말씀드릴 차례네요.

목적지에 다가가고 있다는 생각에 너무 흥분되어서 월요일과 화요일 밤에는 눈을 붙일 수가 없더군요. 괜히 서성이던 저는 소설의 결말 부분을 다시 읽어보았고, 과연 이게 여자가 쓴 글일 수도 있을까 궁금해졌습니다. 아아! 지금은 정말이지 아무것도 모르겠네요…….

화요일 아침 일찍 집을 나서서 13시에 몽펠리에에 도착했습니다. (SNCF* 시간표처럼 적었다고 나무라지는 마세요. 제 이동 경로에 대해 자세히 물은 건 당신이니까요.) 저는 길 아래편에 있는 카페에 앉아서 기다렸습니다. 샌드위치를 하나 먹었는데, 파리에서 일을 그만둔 후로 자주 있는 일은 아니었습니다. 카페 종업원에게 재활원에 대해 물었는데, 그녀는 아마

---

* 프랑스 국영철도청.

제가 곧 연금수령자가 되는 줄 알았던 모양이에요. (불안해하는 제 얼굴빛이 재활원과 완벽하게 어울려서 그랬겠죠.) 시설의 환자들이 어떻게 생활하는지, 치료사들이 얼마나 친절한지, 공원은 얼마나 아름다운지에 대해 주저 않고 설명해주더군요. (그녀는 좀 더 젊은 시절에 여행사에서 일했던 게 분명해요.) 그리고 이곳에서는 안심할 수 있다고 말하기에 좀 의아했는데, 두 시간 후에 안내데스크에 가보니 무슨 말인지 알겠더군요. 물론 저는 약속 시간보다 일찍 도착했습니다. 그러면 제 결심이 얼마나 굳건한지 원장님이 알아줄 거라 믿었죠. 저는 비서에게 약속을 위해 멀리서 왔다고 일러두고 나서야 대기실에 앉을 수 있었습니다.

카르티에 여사, 그러니까 **원장님**은 당신도 좋아할 만한 분이에요. '원장님'을 굵직하게 쓴 건 의도적입니다. 그분을 마주하면 보통 체격의 사람도 열세에 몰리는 느낌이 들 정도거든요. 원장님은 키가 저만큼 크고 아마 어깨는 저보다 더 넓었던 거 같아요. 목소리도 아주 근엄했죠. 거의 남자처럼 낮았고요. 눈빛도 어찌나 날카로운지, 원장님이 입을 벙긋하기도 전에 저는 네 살 때부터 저질러온 사소한 잘못을 죄다 털어놓을 뻔했답니다! 하지만 이런 인상에도 불구하고 어찌나 인자하던지 믿을 만한 분이라는 느낌이 들었고, 가장 친한 친구로 만들고 싶다는 욕심이 생길 정도였죠.

공원을 함께 거닐며 원장님은 마치 제가 그곳에 머물 계획을 세우는 사람인 양 시설을 소개해주더군요. 이분이 어떤 사람인지 더 잘 알려주는 일화를 들려드릴게요. 주변을 둘러싼 나무에 대해 대화를 나누던 중에(이 분야라면 제가 끝도 없이 이야기할 수 있다는 거 아시죠?) 갑자기 원장님의 표정이 달라지더군요. 그 시선을 따라 고개를 돌렸을 땐 그분이 이미 올림픽 단거리 선수처럼 재빨리 출발한 뒤였지요. 벤치에 앉아 흐느끼고 있는 한 여성 환자를 향해서요. 원장님은 그녀의 발치에 무릎을 굽히고 앉아서 작은 목소리로 얘기하며 손을 잡아주었습니다. 그러더니 귀에 몇 마디 속삭인 후 주머니에서 휴지를 꺼내 그녀의 볼을 닦아주었지요. 제게 돌아왔을 때는 다시 활기에 찬 표정이었고, 환자는 조금 진정된 모습으로 건물을 향해 걸어갔습니다. 그러니까 안느 리즈, 우리 자신을 말 그대로 매우 작아진 것처럼 느끼게 하는 사람이 세상에 존재하더라고요!

저는 이러한 부드러움 속에 엄중한 단호함 같은 게 있을 거라 짐작했습니다. 그리고 그게 맞았어요. 저는 목적을 달성하기 위해 오후 동안 논쟁을 해야 했고, 마침내 카르티에 여사는 제 연락처를 엘비르 씨에게 전해주기로 약속했습니다. (엘비르 씨의 번호를 제게 알려주는 대신에요. 그건 단호히 거절하시더군요.) 지난번 편지에서 밝혔던 결의에도 불구하고 저는 순순히 원장님의 결정에 따를 수밖에 없었습니다. 우리는 무슨 일이 있더라도 절대 실망시키고 싶지 않은 사람을 간혹 만나잖아요. 카르티에 여사가 바로 그런 분이었답니다.

그곳을 나온 후 호텔에 들어가기 전에 근처를 좀 돌아다녔습니다. 모험을 시작한 후 이처럼 흥분된 적은 없었답니다. 제 이야기를 마무리해줄 만큼 제 마음을 꿰뚫어본 사람을 곧 만나게 될 것만 같았거든요. 모르는 사람이 이토록 친밀하게 느껴질 수 있다니요! 아마 장기이식을 받은 사람도 이렇게 느끼지 않을까요? 누군가가 자신의 한 부분을 저에게 줬고, 그 덕에 제가 다시 삶을 살고 있으니까요.

다음 날 아침 8시 정각이 되자 전화벨이 울렸습니다. 카르티에 여사가 당사자에게 제 부탁을 전해줬다고 말하더군요. 엘비르 씨는 캐나다에 거주 중이고, 자신이 결코 잊지 못할 소설의 작가와 연락이 닿는다면 무척 기쁠 거라고 대답했답니다. 지금은 바쁘니 며칠 후 편지를 주겠노라 약속도 해주었고요. 당신은 엘비르 씨가 어디 사는지 짐작도 못할걸요⋯⋯. 바로 몬트리올이에요! 이 우연에 대해 어떻게 생각하세요? 제가 지난달 퀘벡의 거리를 거닐 때 그녀와 마주쳤을 가능성도 있지 않을까요?

남부 지역에서의 탐험 보고서는 여기까지입니다. 당신을 감동시킬 더 확실한 정보가 있었다면 좋았겠지만, 오늘 밤에는 훌륭한 한 분을 만났다는 기쁨으로 만족하려고요. 그리고 물론 이번에는 제 차례입니다. 사방이 뚫린 우편함으로 다가오는 집배원 친구에게 달려들 차례요…….

실베스트르

P. S. 우리의 탐험이 끝날 때쯤에 제 소설을 손에 넣었던 사람들 모두와 뭉쳤으면 하는 마음이 듭니다. 그래서 여행비를 마련하기 위해 절약을 할 예정입니다. 윌리가 뉴질랜드에 살고 있을 경우를 대비해서요. 제가 제정신이 아닌 것 같습니까?

엘비르 뢰르가 실베스트르 파메에게

몬트리올 딕슨가, 2016년 9월 17일

파메 씨께,

제 억양 때문에 통화가 어려울 것 같아 편지를 드려요. 알지도 못하는 사이에 편지를 드려 송구스럽네요. 카르티에 원장님께 연락받았는데, 20년 전 그 소설이 다비드 씨에게 가게 된 경위를 알고 싶으시다고요. 저는 다비드 씨를 분명히 기억합니다. 그런 시설에 있다 보면 같이 지내는 사람들과 관계가 끈끈해지거든요. 비록 그 관계라는 게 일상의 삶으로 돌아가면 금세 사라진다고 해도요.

사방이 높은 담으로 둘러싸여 격리되면 그 안의 사람들은 바깥세상을 잊고 말죠. 세상에서 추방된 것처럼 느낀답니다. 이러한 단절 때문에 우리는 스스로를 가혹하게 관찰하고, 자신의 처지를 받아들일 수밖에 없게 됩니다. 오직 다른 사람들에게 반사되어 보이는 그림자만이 자신을 볼 수 있는 수단이 되기 때문에, 함께 있는 이들의 모습에서 눈을 뗄 수가 없지요. 그리고 이를 대면할 때마다 자기성찰을 하며 결점을 지닌 낙오자의 기괴한 모습을 끄집어내고 말죠. 그러니 어두운 좌절이 자신에게 내려앉지 않도록 하는 해결책은 단 한 가지입니다. 도서관에 가는 것.

저는 책에 관심이 많아요. 아마도 가족 내력인 것 같지만, 제가 글 쓰는 걸 좋아하기 때문이기도 해요. 그 덕분에 절망으로 내몰렸던 시기를 견뎌낼 수 있었지요.

제 상황을 좀 더 쉽게 설명해야겠네요. 저는 친아빠를 알지 못해요. 하지만 새아버지가 그 역할을 완벽히 대신해주었는데, 안타깝게도 제가 열세 살 때 새아버지마저 교통사고로 세상을 떠나셨어요. 장례를 치르자마자 저는 부잣집 애들이 가는 기숙학교에 들어갔어요. 방학 때 집에 가면 엄마가 심한 우울증에 시달리고 있었죠. 엄마는 고통스러워하며 고함을 치고 울었어요. 딸의 존재는 잊어버렸던 거죠. 그러던 어느 날 사람들이 저를 불러 말해줬어요. 엄마가 영영 떠나버렸다고. 전 고작 열여덟 살이었는데. 얼마나 화가 났던지, 상속받은 유산을 자기파괴적으로 써버리고 싶었답니다.

결국 학교를 그만두고 허구한 날 파티를 열며 시간을 보냈어요. 청소년들이 시중에서 구할 수 있는 술이나 마약 등 모든 걸 저희 집에서 즐길 수 있게 했죠. 그러던 어느 날 아침 엄마가 새아버지의 소지품을 쌓아놓은 방을 청소하게 됐어요. 흥청망청 놀며 꿈쩍도 않는 파티 참석자들이 좀 더 머물 수 있도록 하려고요.

이 정리정돈이 바로 제 구원자였답니다. 저를 휩싸고 있던 분노가 슬픔으로 바뀌었거든요. 새아버지 서재에 널려 있던 추억의 물건들을 다시 보면서 저는 다섯 살 때부터 참아왔던 눈물을 모두 쏟아냈어요. 그 방에서만 사흘을 보냈다고 하면 믿으시겠어요? 저는 72시간 동안 아무것도 먹지 않았어요. (물만 조금 마셨죠. 신기한 경험이었어요!) 방에 붙은 화장실에서 용변을 해결하고요.

그렇게 나를 키워주신 분의 소지품을 대대적으로 정리하다가 그 원고를 보게 됐어요. 봉투에 담겨 있었고, 소인으로 보아 프랑스에서 온 거였어요. 저도 모르게 그걸 읽게 되었죠…….

72시간 후 서재에서 나왔을 때 늘 있던 식객들은 모두 사라지고 없었어요. 냉장고도 텅텅 비고 방도 너무 지저분해져서 떠난 거겠죠. 저는 며칠 만에 샤워를 하고 프랑스에 사는 이모에게 전화를 걸었어요. 엄마가 세상을 떠난 후 몇 번이나 제게 같이 살자고 하셨던 분이에요.

다음 날 저는 몽펠리에행 비행기에 올랐어요. 제 상태를 보신 이모는 제가 다시 제 발로 설 수 있도록 재활원에 연락해주셨죠. 그렇게 해서 카르티에 원장님을 만나게 된 거고요……. 저는 거의 일 년간 원장님의 보호 아래서 지냈고, 그곳을 나와서는 프랑스 남부의 이모 집에 살면서 학업을 이어갔어요. 이만하면 제가 어떻게 해서 다비드를 만나게 됐는지 아시겠죠. 그곳에서 그와 함께 있었던 기간은 두 달밖에 안 되었어요. 하지만 비탄 속에서 시작된 모든 관계가 그렇듯, 겨우 두 달이었지만 우리 우정은 끈끈했죠. 그가 어떻게 지내고 있는지 알 수 있었으면 좋겠네요.

만약 더 많은 정보를 원하신다면 전화 주세요. 화요일 저녁 원장님의 전화를 받았을 때는 그동안 밀린 얘기를 나누느라 당신의 수사가 어떤 의미를 갖는지 듣지 못했거든요. 서로 억양이 달라 통화가 좀 힘들긴 하겠지만 서로 이해하도록 노력해보죠. (핸드폰 번호를 덧붙입니다.)

그리고 만약 괜찮다면 그 소설 사본 한 부를 보내주실 수 있을까요? 그때와는 마음가짐이 달라진 지금 다시 읽어보고 싶네요. 제 딸에게도 읽히면 좋을 것 같고요.

답장 기다립니다.

감사를 전하며,
엘비르 드림

안느 리즈가 윌리엄에게

파리 모리용가, 2016년 9월 18일

친애하는 윌리엄,

더 일찍 편지 쓰지 못해서 미안해요. 8월 말은 아들 이사 때문에 바빴다고 핑계 댈 수 있지만, 그게 다는 아니에요. 사실은 당신의 말을 이해하고 당신에 대한 이미지를 바꾸기 위해 시간이 좀 필요했어요.

물론 당신을 보는 제 관점은 이제 달라졌어요. 그러나 제가 말씀드릴 수 있는 건 충분한 성찰 후에도 당신에 대한 평가가 낮아지지 않았다는 점이에요. 이상하게도 '그 반대'라고 말씀드리고 싶어요. 당신의 매력과 마력은 베일로 가려져 있었죠. 물론 그건 좋은 거예요. 그런데 저는 당신의 과거를 뚫고 들어가며 어떤 사람을 더욱 흥미롭고 생기 있게 만드는 균열을 발견했어요. 7월에 그의 홈그라운드에서 만난 윌리엄 그랜트라는 사람에게 단점이 있었다면, 그건 외모는 물론이고 행동도 지나치게 완벽하다는 점이었어요. 이제 말씀드릴 수 있겠네요. 그 상처는 당신과 잘 어울린다고요. 지금까지 보여줬던 무관심한 모습을 잠시나마 벗어 버린 당신을 보니 기분이 좋아지네요. (우리를 제대로 속이셨 던 거예요!) 저는 당신께 변치 않은 우정을 약속하겠어요.

방금 전 마기의 전화를 받았어요. 당신에 대해 얘기해달라 고 하더군요. 이에 대해서라면 이미 당신의 허락을 받았던 기억이 나네요.

마기가 남긴 몇 마디로 미루어볼 때 제 조언을 받아들인 것 같더군요. 낙담하긴 했지만요. 그럴 줄 알았어요. 마기는 으레 남을 먼저 신경 쓰는 성향이라, 당신을 더 잘 알려는 노력도 없이 성급하게 비판했다는 것만으로도 자신을 용서 하지 않을 거예요. 이번 방황은 마기에게 끔찍한 돌풍처럼 영향을 줄 거예요. 하지만 그녀는 폭풍우 후에 다시 태어나 는 사람이니 그나마 다행이죠…….

이번에는 당신의 침묵에 대해 제가 비난할 차례네요. 다비드 씨와 무슨 대화를 했는지 궁금해 미치겠단 말이에요. 어머니 는 모시고 가셨나요? 인생의 한복판에서 그토록 치명적인 영향을 주었던 남자 앞에서 어떻게 행동하시던가요? 되도 않는 질문을 막 던져도 당신은 저를 책망하지 않으리라는 거 잘 알아요.

물론 크리스마스 때 모든 걸 얘기해주셔도 되긴 합니다. 하지만 제발, 환승하는 시간도 있고 비행 시간도 길잖아요. 펜을 들고 당신이 알아낸 이야기를 모조리 적어달란 말이에요!

한결같은 우정을 약속하며,
안느 리즈

P. S. 런던은 27도라면서요! 템스강 가에서 산책을 하며 바다의 선선함을 조금이라도 맛보실 예정인가요? 파리도 기온이 똑같답니다. 이런 날씨에 에어컨 없이는 사무실에서 지내기가 힘드네요. 문지방을 나서자마자 열기 때문에 녹초가 되거든요.

마기가 윌리엄에게

친애하는 윌리엄,

제가 큰 실수를 했어요.

있잖아요, 저는 몇 년 전부터 제 일상에서 현대적인 통신 수단은 모두 치워버렸고요, 새로운 세기에 우리에게 강요된 신속한 작용과 반작용을 확고하게 거절해왔어요. 효율적인 시간 사용을 추구하는 생활에서 한 발짝 벗어나 살기로 결심했거든요. 그래서 친구들과의 연락은 우편으로만 한 거예요. 저보다 더 오래 남아 있을 글에 더 큰 가치를 부여하고 싶기도 했고요.

제 착각이었어요.

종이에 적는 글이라고 해서 그때그때 터져 나오는 말보다 더 큰 무게가 있는 건 아니더라고요. 그리고 무엇보다 깊이 생각하면서 쓰지 않으니까요. 제가 보낸 마지막 편지의 사본은 없지만, 안타깝게도 제 기억력은 대단하답니다. 그 편지가 우체국에서 파손되었거나, 혹은 돌풍에 날아갔다면 얼마나 좋았을까 싶네요. 저는 화낼 자격이 없었어요. 제 비난이 부당하게 느껴졌다면 그건 의심의 여지 없이, 제가 인정하고 싶지 않을 만큼이나 당신에게 관심이 있었기 때문이고, 제가 없는 당신의 추억 이야기에 상처받았기 때문이에요. 저는 과거에는 힘이 있다는 것과 죽음이 우리 선택에 영향을 미친다는 사실을 잘 알고 있거든요.

13년 전 저는 파리에서 변호사로 일했어요. 파리에서 꽤 명성을 얻었고, 동료들 사이에서도 인정받았죠. 저는 우리 사회에서 잊힌 자들을 변호하는 데 온 힘을 쏟았어요. 사람들은 그들의 겉모습에서 드러나는 고통을 못 본 체하고 싶다는 이유로 그들에게 모든 죄를 묻곤 했죠. 얘기를 들어보면 다들 삶이 비슷했어요. 그들은 학대를 당했고, 불안정했으며, 인종차별을 당했어요. 부모로부터, 고용주로부터, 그리고 이웃들로부터요. 그러다 사람이면 누구나 그렇듯 유혹에 휩쓸리고 말죠. 고통에 휩싸여 사람을 치거나, 공권력을 행사하는 누군가에게 거친 언사를 쏟아붓고, 분노에 이끌려 차를 훔치고, 두려움에 내몰려 술을 들이붓는 거예요. 저는 그들의 인생과 마주할 때마다 사면을 받게 해주려고 애썼답니다. 어울리는 단어가 있네요. 저는 사제 같은 변호사였어요. 믿음을 지닌.

저는 행복했어요. 제가 의뢰인들에게 열어준 또 다른 기회가 어떤 의미인지 개인적으로도 잘 알았거든요. 그러니까, 저는 사랑에 빠져 있었어요. 서른일곱 나이에 아이를 갖기로 마음먹을 만큼요. 어떠한 규칙에도 순응하기를 거부하고, 그 무엇보다 자유를 우선했던 제가…….

병원에서 초음파 검진이 있던 날이었죠. 우리는 차 안에서 태어날 아이의 이름을 고르며 웃고 있었어요. 라디오에서 흘러나오던 노래 제목들이 아직까지 기억나네요. 저는 퀴네공드*라는 이름을 꺼내며 사랑하는 남편 리샤르의 표정을 살폈고, 그의 얼굴이 일그러지는 걸 보았죠. 사실 그건 이름 때문이 아니라 반대 방향에서 오던 차 때문이었어요.

다음 장면은 희미해요. 그 일 이후 생긴 망각의 비밀을 어떻게 풀어야 할지 지금도 모르겠어요. 첫 번째 기억은 다음 날 리샤르가 죽었다는 소식을 들은 거예요. 이름을 기다리던 우리 아기, 제 딸 역시 그토록 거칠게 시작된 삶을 견디지 못하고 저를 떠나버렸지요. 저에게는 유산이 오히려 해방처럼 느껴졌어요. 제게서 앗아간 생명을 대체해서 새 생명이 태어났다면, 저는 그 사실을 받아들일 수 없었을 테니까요.

겨우겨우 세상에 되돌아오기까지 6개월이 걸렸어요. 저는

---

* 볼테르의 소설 『캉디드』의 주인공 이름.

다시 일을 했죠. 사람들은 모두 친절했어요. 제게는 제일 쉬운 사건만 맡겨졌고요. 열일곱 살 남자애가 여자친구를 만나러 몰래 아버지 차를 끌고 나가서 벌어진 일 같은 거요. 운전한 거리가 5킬로미터밖에 안 됐는데 음주운전을 한 게 문제였어요. 도로가 미끄러워 차체를 제어하지도 못했고요. 자신이 일으킨 사고 때문에 심하게 다친 피해 여성이 감내해야 할 고통을 바라보던 피의자의 모습이 떠오르네요. 천사의 얼굴을 한 초췌한 남자애가 후회와 죄책감에 괴로워하던 모습이⋯⋯.

그러나 그 남자애의 뉘우침도 저에게는 아무런 감흥을 주지 못했답니다.

제 사무실에 있었던 누구도 제가 사고로 아기와 배우자를 잃었다는 걸 몰랐어요. 상대 운전자 역시 젊은 남성이었죠. 우리와 충돌한 그 사람은 술에 만취한 상태였고, 상처 하나 없이 차에서 걸어 나왔어요. 그래서 동료들은 제가 아무런 설명 없이 소지품을 챙겨 사무실을 떠난 이유를 이해하지 못했죠. 그다음 날 브르타뉴에 도착한 저는 고향집의 덧문을 열고 들어가 방에다 짐을 내려놓았고, 그 후 2년 동안 다시는 파리에 발을 들이지 않았답니다.

제 사인을 대신 하면서까지 아파트를 팔아주고 모든 절

차를 맡아준 건 안느 리즈였어요. 그녀는 마지막으로 처분한 재산을 가져다주면서 일자리를 하나 제안했어요. 그녀가 아는 출판사에서 젊은 작가를 찾고 있었거든요. 저는 거절했죠. 그렇지만 열두 달 후 아이들을 위한 그림책의 초안을 보내게 된 거예요…….

감동적인 이야기는 여기까지예요. 이 사건으로 인해 저는 당신이 칭찬했던 '독립적인 여성'이 되었답니다. 모든 것에 초연하지만, 오직 자신의 과거에 있어서는 그렇지 못한 여자가 된 거예요…….

윌리엄, 저는 당신에게 이 이야기를 해야 했어요.

당신이 여기서 지냈던 그 며칠 동안 우리는 서로에게 거짓을 말했죠. 우리가 또 다른 생에서 될 수 있었던, 되고 싶었던 존재처럼 행동했던 거예요. 저는 당신에게 뭐라고 할 자격이 없어요. 제가 했던 냉혹한 말들은 잊어주시고, 그 때문에 당신이 크게 상처받지 않았기를 기도합니다.

깊은 우정을 담아,
마기

다비드가 안느 리즈에게

빌뇌브레마글론 물랭드라자스가, 2016년 9월 20일

안느 리즈,

며칠 전에 윌리엄 그랜트 씨가 방문하셨어요. 어머니를 모시고 오셨더군요. 바쁜데도 면회 허가를 받으려 힘들게 왕래했다니, 모든 게 쉽지는 않았을 겁니다. 하지만 윌리엄 씨는 아무한테서나 볼 수 없는 값진 미소를 지니신 분이더군요. 덕분에 비교적 쉽게 모든 문을 열 수 있었을 겁니다. 그 점에서는 드니즈를 닮았더군요.

드니즈는 한 마디도 하지 않았지만, 저를 보자마자 저에게 시선을 고정하고는 면회 시간 내내 눈을 떼지 않았습니다. 그리고 떠날 때가 되자 제 손을 끌어당겨 힘주어 쥐어주더군요. 윌리엄 씨가 말하길, 어머니가 그토록 오랫동안 주의력을 보이신 건 정말 드문 일이라고 하더라고요. 그래서 저는 앞날을 밝게 비추는 듯한 그녀의 반응에 만족하고 있답니다.

하지만 역설적이게도, 저는 오랜만에 너무도 깊은 고독을 느꼈습니다. 향초 포장과 운동을 빼면 하루 종일 아무것도 하지 않는다는 걸 깨달았죠. 처음으로 갇혀 있다는 느낌이 들더군요. 창살 안에서 보낸 시간을 모두 합하면 거의 12년이 된다는 걸 그제야 알아차린 겁니다. 드니즈의 병 때문이었을까요? 저는 어제, 그녀도 망각 속에 갇힌 채 저와 같은 경험을 하고 있다는 걸 깨달았습니다.

제가 미친 것 같나요? 아마도요. 그래서 윌리엄 씨에게는 아무 말도 안 한 겁니다. 그렇지만 저는 그에게 어머니를 로트*Lot*주로 모시고 가달라고 부탁했습니다. 아주 짧은 시간이지만 그녀가 저랑 둘이서 행복하게 지냈던 곳으로요. 제가 그 집을 팔지 않았다는 것, 게다가 집 명의가 드니즈의 이름으로 되어 있다는 걸 알고서 윌리엄 씨는 무척 놀라더군요. 그는 아마 제가 좀도둑질하며 숨어 지내기 위해 그 집을 얻었다고 생각했을 겁니다. 그렇지만 제가 거기 가본 건 딱 한 번뿐입니다. 가장 길었던 형기를 마쳤을 때 드니즈가 뭔가 신호를 남겨두지는 않았을까 하고요. 저는 감옥에 있는 동안 그녀가 세상으로부터 안전한 그 집에서 휴가를 즐기는 모습을 꿈꾸곤 했습니다. 하지만 그녀는 헤어지고 난 후 그곳에 한 번도 가지 않은 것 같더라고요.

윌리엄 씨는 법무사의 이름을 메모해서 갔습니다. 그는 드니즈를 거기 데려가겠다는 약속을 지킬 겁니다. 익숙한 장소를 통해 어머니가 자신만의 감옥에서 나올 수 있기를 그 또한 바랄 테니까요.

제가 드릴 수 있는 소식은 이게 다입니다. 바깥 하늘은 여전히 파랗지만, 희미하게 번지는 빛을 보니 가을이 온 것 같네요. 저는 이곳에 오고 나서 가을을 싫어하게 되었습니다. 로제르 숲에서의 산책, 바람 소리를 들으며 보냈던 밤, 우리의 발아래에서 부서지던 밤송이 소리를 그리워하게 만드니까요……. 벨포엘에 다시 가신다면 저 대신 이 모든 것을 즐겨주시기 바랍니다. 몸이 갇힌 것보다 시야가 갇힌 게 더 힘들거든요. 제 눈은 끊임없이 지평선을, 오직 자연이 만들어낸 선을 탐색합니다. 나무에서 새 잎이 돋아나는 것, 산꼭대기, 언덕의 고운 선, 태양이 만들어내는 굴곡……. 여기서는 달아날 곳이 없습니다. 어디를 봐도 벽과 창살에 시선이 부딪히고, 그렇게 시야가 하루하루 좁아지고 있거든요…….

안녕히,
다비드

안느 리즈가 실베스트르에게

파리 모리용가, 2016년 9월 21일

친애하는 실베스트르,

잘하셨어요! 당신 전화를 받은 후로 제 기분은 계속 날아다녀요. 엘비르가 원고와 같이 있던 편지를 버리지 않았다니 정말 다행이네요! 그녀가 지난 토요일 내내 부모님의 소지품 수납함을 모조리 정리했다니 무척 고마운 마음이 들어요. 그 일이 얼마나 고통스러울지 상상이 되거든요. 제발 그녀가 소중한 봉투를 다시 찾아서 발신인의 이름을 알려주길 기도하고 있답니다.

그렇게만 된다면 공항에서 습득한 당신의 소설을 누가 왜 마무리했는지 알게 되는 거예요……. 그건 그렇고 제가 어젯밤에 꾼 끔찍한 꿈 얘기를 해줄게요. 우리가 윌리의 주소로 찾아갔는데 그곳은 가시덤불로 가득했어요. 문에는 압정으로 사망통지서가 꽂혀 있었고요. 저는 숨이 막힐 듯한 고통을 느끼며 잠에서 깼고, 꿈을 꾸며 흘린 눈물을 닦아내야 했답니다. 이 모든 일이 제 마음속에서 얼마나 중요한 자리를 차지하고 있는지 아시겠죠!

그리고 실베스트르, 진실이 점점 다가오는 걸 보며 어떤 기분이 드시나요? 설렘? 혹은 걱정? 우리가 몇 달 동안이나 기다려온 그 이름을 찾기 위해 따님을 대신 보낸 건 두려움 때문인가요? 아마도 이번 토요일 밤쯤에는 따님이 윌리가 누구인지 알려줄 수 있겠군요. 그 순간을 상상하기만 해도 소름이 돋아요!

소식 듣자마자 저한테도 연락 주세요. 당신의 전화를 받기 전까지는 잠을 못 이루리란 거, 안 봐도 아시겠죠? 그리고 저만 그런 게 아니에요. 마기도 그날 저녁 아가트와 호텔에서 함께 저녁을 먹기로 했는데, 제 전화만 오매불망 기다리겠다고 해서 연락해주기로 약속했거든요. 아마 마기는 처음으로 핸드폰이 없는 걸 후회하고 있을 거예요.

바로 어제 통화했으니 이 편지는 굳이 쓸 필요가 없었지만, 저는 이 길 끝에서 만난 행복을 종이 위에 적어 넣어야만 했답니다. 마치 순례의 마지막 여정에서 골목 하나만 돌면 여행이 끝날 것을 아는 순례자처럼 말이에요. 수사를 마치고 이제 그 소설의 마지막 페이지를 넘겨야 한다고 생각하니 기쁘기도 하고 아쉽기도 하네요.

마기의 애정 문제에 대해 당신이 말씀하신 게 맞는지는 아직 모르겠지만, 저는 마기와 대화할 때 영국이나 벨기에, 로제르, 회색빛 눈동자, 아니 그냥 남자에 대한 모든 언급을 피하고 있어요. 무해한 대화 주제를 찾기 위해서 우표수집이나 점성술에라도 뛰어들 판이라고요. 하지만 우표라면 받지 못한 편지가 떠오를 테고, 별자리 이야기는 벨포엘에서 봤던 별빛 가득한 하늘을 떠올리게 하겠죠…….

조바심 속에서 새로운 소식을 기다리며,
당신의 공범,
안느 리즈

마기가 안느 리즈에게

르콩케 푸앵트데르나르, 2016년 9월 22일

친구 리주에게,

전화 메시지 때문에 널 걱정하게 해서 다시 한 번 미안해. 내가 기계랑 대화하는 걸 얼마나 어려워하는지는 너도 알잖아. 그런데 왜 그렇게 공격적으로 굴었을까? 나도 정말 모르겠다. 아마 쉰이라는 나이가 기분과 호르몬을 동시에 쥐고 흔드는 것 같아⋯⋯.

월리엄에 관해서는 이해해주길 바라. 이제 다 정리가 됐어. 어쨌든 그러기를 바라고 있고. 나는 남자들하고 어떻게 지내야 하는지를 다 잊어버린 것 같아. 앞으로는 남자들을 피하는 게 나을 것 같고. 남자가 사랑스럽게 굴수록 그 태도가 가식일 수도 있다는 의심이 들어 더욱 적대적으로 변해버리고 마니까. 그래서 로제르에서 시간을 보낸 후 평정심을 찾기 위해 시간이 필요했던 건가 봐.

네가 무슨 생각 하는지 알아. 그걸 속으로만 간직해줘서 고마워. 아니, 이 모든 일은 리샤르의 책임이 아니야. 남편의

254

죽음 이후 내 마음을 움직이는 이상형의 남자는 더 이상 없었고, 나는 그 사실을 아주 오래전에 받아들였어. 지금은 순수한 사랑을 느낀다 해도 그 감정은 아마 시간과 함께 곧 가라앉게 될 거야. 세월이 흐를수록 사랑이라는 게 얼마나 나약한 것인지 깨닫고, 논쟁 끝에 서로가 서로에게서 멀어지게 되겠지. 있잖아, 나는 이번에 얻은 교훈을 마음에 새겼어. 미리 알았더라면 이런 고생은 안 했을 텐데……

그러니 이제 리샤르는 편히 쉬게 놔두고 현실을 받아들이자고. 나는 남자들과의 상호작용을 통해 행복해하는 척하는 법을 잊은 늙은 여자일 뿐이야. 윌리엄도 그걸 깨달았을 테니 분명히 나의 사과를 받아주겠지.

이렇게 불편한 상황이니 내가 크리스마스 파티에 안 가는 게 너한테도 편할 거야. 내 기분이 들쭉날쭉하다는 이유로 산통을 깨고 파티를 망쳐버리는 건 모두가 원치 않을 테니까! 그렇지만 너와 함께할 브뤼셀 여행은 여전히 기대하고 있으니 좋은 날짜를 알려주면 언제든 시간 빼놓을게. 너를 그만큼이나 열광하게 만든 도시를 가본다니 엄청 설레는구나. 거기 있는 동안 처신 제대로 하고 벨기에 사람을 물어뜯지도 않겠다고 약속할게.

토요일에는 아가트와 제대로 된 파티를 열기로 했어. 여기서

'파티'라는 단어는 내가 구멍 난 스웨터와 토끼 머리가 그려진 슬리퍼를 벗어던지겠다는 의미야. 그런 차림은 시골 식당에서조차 예의 없어 보일 테니까. 우리는 좋은 포도주를 곁들여 맛있는 식사를 하고, 전화벨이 울릴 때마다 슈셴*으로 건배할 거야. 미소를 띤 채 그토록 고대하는 소식을 기다리도록 할게. (슈셴만큼 좋은 진정제도 없잖니.)

　토요일에 만나자.

볼뽀뽀를 날리며,
마기

*　브르타뉴 지방에서 마시는 꿀로 만든 술.

친애하는 다비드,

윌리엄을 만나셨다니 기쁘네요. 저는 방금 윌리엄에게 핸드
폰으로 메시지를 하나 보냈답니다. 앞서 보낸 세 개의 메시
지에 대답이 없는 걸 보면 네 번째 메시지라고 별다를 것 같
지는 않지만요. 윌리엄이 침묵한다고 해서 걱정하지는 않아
요. 지금 그의 인생은 끝없는 혼란에 빠져 있고, 생존을 위
해 세상과 조용히 떨어져 있는 시간이 필요할 때도 있는 법
이잖아요.

그렇지만 당신 처지에 대해서는 걱정이 되네요. 몇 달 후에
는 어디서 사실 거예요, 다비드? 로트 집에 남아 있는 추억
과 맞서실 수 있겠어요?

아마 당신의 인생에 좋지 못한 영향을 준 마르세유에서
는 얼마간 떨어져서 지내는 게 확실히 나을 거예요. 생계는
어떻게 이어가실 생각인가요? 연금이 지급되나요? 아니면

RMR[*]이라고 불리는 재활보조금 같은 거라도 있는지요?

또 무례를 범하고 말았네요. 하지만 전 당신이 거기서 나와 집 없이 떠돌아다니는 걸 보고 싶지는 않거든요. 비록 만난 적은 없지만 당신은 이미 제 친구가 되었으니 출소해서 힘든 일이 있다면 진정으로 돕고 싶어요.

만남에 대한 얘기가 나와서 하는 말인데, 혹시 올해 마지막 날에 외출 허락을 받으실 수 있을까요? 당신이 로제르 파티에 함께해주신다면 정말 기쁠 거예요. 모두 모여서 이 모험의 대미를 웅장하게 장식할 계획이거든요. 목적지에 거의 다다랐으니 이 모든 이야기의 결말을 곧 알려드릴 수 있을 거예요. 그 생각만으로도 전율이 느껴지네요.

우리는 어떤 사람을 찾게 될까요? 혹시 우리가 대장정의 결말에 너무 큰 환상을 품고 있는 건 아닐까요? 여정의 끝에서 누군가를 찾아냈는데 그가 소설의 존재를 잊었거나, 지금은 그 내용을 깔보기까지 한다면 너무 실망스럽지 않을까요? 맞아요, 저는 겁이 나요. 제발 우리가 쌓아 올린 이야기의 서사에 걸맞은 결말이 나기를 기도합니다. 결국은 오직 결말만이 작품에 숭고함과 영속성을 부여하니까요.

---

* Revenu Minimum de Réinsertion. 프랑스의 최저소득보조금 제도인 RMI에서 마지막 단어만 바꿔 '재활보조금'이라는 단어를 만들어냈다.

어쨌든 계속해서 소식 전해드릴게요. 당신은 그 소설에서 한 챕터를 맡은 체인의 고리예요, 다비드…….

우정을 듬뿍 담아,
안느 리즈

P. S. 파리에서는 아직 가을 향기가 느껴지지 않아요. 올가을은 저도 로제르에 갈 수 없어서, 당신이 말씀하신 불타는 하늘빛과 발아래에서 부서지는 밤송이 소리를 경험할 수 없을 것 같아요……. 그래서 겨울이 되길 기다린답니다. 당신이 좋아하는 그 숲 한가운데서 화이트 크리스마스를 보내길 고대해요!

실베스트르가 안느 리즈에게

레샤예, 2016년 9월 23일

저는 집배원 친구와 맺은 암묵적인 동의를 깨고 저희 일당 중 한 명과 전화통화를 하고 말았습니다. 하지만 이유가 있어요. 윌리엄이 워낙 동에 번쩍 서에 번쩍 하며 다니니, 기다리지 않고 연락하려면 그 수밖에 없었답니다. 그 후에 받은 편지 중 일부를 보여드립니다. 읽어보면 제가 왜 이러는지 아실 겁니다.

저는 막 스코틀랜드에서 나와 미국으로 향하고 있습니다. 모든 일이 무사히 진행된다면 당신은 올해 말 휴가 때 제 딸 로라를 만나게 되실 거예요!

제 편이 되어주시고 며칠 전 오랫동안 통화해주셔서 감사합니다. 제가 다시 딸과 대화해봐야겠다고 결심한 건 우물쭈물하지 말고 일단 비행기부터 타라고 설득해주신 당신 덕입니다. 그 무엇으로도 어머니를 우리 세상에 다시 데려올 수 없다는 사실을 깨달은 저는 인정할 수밖에 없었습니다. 미래는 너무도 불확실하며, 중요한 일은 내일로 미루지 말아야 한다는 걸.

그래서 저는 곧장 스코틀랜드로 날아가 저녁식사 시간에 맞춰 처가에 도착했습니다. 장모님이 저를 내쫓으려 입을 열기도 전에 식탁으로 돌진했죠. 그리고 유령을 보듯 저를 쳐다보는 로라에게 말했답니다. 제가 얘기하는 15분 동안 누구도 방해하지 않았고, 저는 딸에게 제 모든 감정을 전했습니다. 후회, 두려움, 로라에 대한 사랑, 어머니의 상태를 보며 느낀 슬픔, 딸의 인생에 다시 발을 들이고 싶다는 소망까지. 그리고 실베스트르, 당신의 소설에 대해서도 얘기해줬어요. 그 애의 반응이 어땠는지 말씀드리면 당신이 믿어줄까요? 로라는 언뜻 미소를 짓더니 그 애 엄마가 그랬던 것처럼 고개를 숙이고 이렇게 물었습니다. "그거 빌려주실 수 있어요?"

저는 울고 말았죠.

당신이 거기 없었던 게 다행입니다. 만약 그곳에 있었다면 제 영국식 신중함과 당신의 프랑스인 특유의 퉁명스러움에도 불구하고 당신에게 키스를 퍼붓고 말았을 테니까요……

그의 편지를 모두 옮겨 적을 순 없겠네요. 부녀간의 긴 대화 끝에, 로라의 A레벨* 시험이 끝나면 그 애가 윌리엄의 런던

---

* 영국식 대입 준비과정으로, 대학에서 전공을 희망하는 분야와 관련된 3~5개의 과목을 선택해 2년간 집중적으로 공부한다.

집으로 와서 학업을 이어갈 가능성이 생겼다고 하네요. 그리고 윌리엄은 딸에게 제 소설을 한 부 보내달라고 부탁하더군요. 그래서 방금 전에 사본을 한 부 보내고 왔답니다. 그는 로라가 소설을 읽고 감명을 받아 우리와 함께 크리스마스 휴가를 보내길 바라고 있어요. 제 글이 그런 능력을 발휘해줄지는 저도 잘 모르겠군요.

윌리엄이 그토록 오랫동안 망설이다 딸에게로 발걸음을 뗀 일에 제 조언이 영향을 미쳤다니, 잘 믿기지는 않지만 너무나 행복합니다. 안느 리즈, 저는 우리가 윌리를 찾아낸다고 해도 그 일이 제가 몇 개월 전부터 새롭게 느껴온 작가로서의 정체성을 무너뜨리지 않기를 바랍니다.

물론 내일 저녁 당신께 제일 먼저 전화를 드리겠습니다. 제 생각에는 우리 셋이 곧 만날 수 있지 않을까 싶군요. 만약 우리가 캐나다로 가야 한다면 제 딸이 숙소를 책임지고, 저는 비행기표 값을 부담하겠습니다.

지금으로서는 모든 게 실현 가능해 보이네요. 이 모든 일에 대해 깊은 감사를 드립니다, 안느 리즈.

내일 통화합시다.

실베스트르

P. S. 당신은 문학에 푹 빠진 분이니 분명히 사랑 이야기도 많이 읽었을 테죠. 그런데 어떻게 우리의 두 남녀가 그리 열심히 서로를 피하는 이유를 모를 수 있죠?

마기가 계획 중인 크리스마스 여행을 떠올려보세요. 하필이면 그때 여행 때문에 로제르에 못 온다고 하잖아요! 저는 마기가 채널제도의 그 어느 곳에도 예약하지 않았다는 데 내기라도 걸 수 있어요. 마기는 그저 자신을 온통 뒤흔드는 사람과 대면하는 일이 두려운 거예요. 그런가 하면 윌리엄은 아내의 죽음 이후 문제를 회피하던 생활을 처음으로 그만두고, 드디어 딸과 함께 안정을 찾고 모든 것을 새로 시작할 힘을 얻었죠……. 둘의 삶이 이렇게 급격하게 변했다는 걸 어떻게 생각하시나요?

물론 우리가 지금 편하게 이러쿵저러쿵할 수 있는 건 당사자가 아니라 관찰자이기 때문이겠죠. 만약 우리가 그들의 상황이었다면 더 무모하게 행동했겠죠?

안느 리즈가 마기에게

파리 모리용가, 2016년 9월 25일

안녕, 마기!

어떻게 지내? 윌리엄의 연락은 받았어? 나는 못 받았어. 그의 근황에 대해 실베스트르가 말해줘서 알기는 해. 윌리엄은 스코틀랜드로 날아가 딸과 재회하는 것에 대해 남자의 조언이 좀 필요했나 봐. 맞아, 그의 딸……. 이게 바로 윌리엄이 인생에서 나아가기 위해 바로잡아야 했던 과거야.

그 사람 허락 없이 너에게 얘기해주는 이유는 네가 내 가장 친한 친구이기 때문이야. 그리고 절친으로서 말하는 건데, 네가 스스로한테 뻔뻔하게 거짓말하는 걸 더 이상은 못 보겠어. 눈을 떠, 마기. 그리고 네가 사랑에 빠진 건 아닌지 생각을 좀 해봐. 네 기분이 급변하는 건 나이로 인한 호르몬 변화 때문이 아니라 사랑 때문이야. 그토록 열심히 윌리엄을 피하려는 건 그에 대한 네 감정이 다른 여자들보다 훨씬 더 크기 때문이고.

네가 감정을 고백한다고 해도 리샤르가 놀라 무덤을 박

차고 나오진 않을 거야. 또 만약 그때 죽은 게 너였다면 리샤르는 13년이나 기다렸다가 새 인생을 살지 않았을 거고. 리샤르도 평범한 남자일 뿐이잖아. 그리고 나도 네 말에 동의해. 남자들은 믿을 수 없고 줏대 없는 존재라는 거.

맞아. 나 역시 화가 나 있어. 어젯밤에 전화 안 해서 미안해. 실베스트르의 전화하겠다는 말만 철썩같이 믿고 있었는데, 연락이 없으니 진이 빠지더라. 어떻게 그 약속을 잊을 수 있지? 나는 전화기를 귀에 대고 밤을 지새웠는데, 줄리앙이 깰까 봐 벨소리를 최소로 해놓은 채 말이지. 새벽 2시가 되자 실베스트르의 자동응답기에 메시지를 하나 남겼어. 얼마 후 또 하나를 남겼고, 얼마 후 또 하나 더. 하지만 답은 없었지. 새벽 5시까지 계속해서 문자를 남겼지만 여전히 답하지 않더라.

아침 10시가 되자 나는 욕을 하기 시작했어. (나의 인내심과 자제력을 칭찬해주길!) 그러면서 실베스트르가 옆에 있다면 어떤 벌을 줄지 즐거운 마음으로 나열하기 시작했지……. 그다지 생산적인 일이 아니라는 너의 말에 동의하지만, 그러면 잠시라도 마음이 진정되니까!

어제의 만남에 대해 정보를 줄 수 있는 사람이 딱 한 명 있다면 그건 새아버지의 소지품에서 원고를 찾아낸 캐나다 여성 엘비르인데, 안타깝게도 나한테는 연락처가 없어. 그래서 페이스북에서 실베스트르의 딸 이름인 '코랄리 파메'를 찾아 연락하려고 했더니, 글쎄 손자 손녀가 줄줄이 있는 나이 든 분이더라고!

이 여행을 시작한 건 나니까 결말 정도는 알 권리가 있지 않나? 안 그러니? 최악은 뭐냐면, 엘비르가 준 단서를 따라갔는데 막다른 골목에 다다르거나, 혹은 겨우 찾은 사람이 이미 세상을 뜬 경우야. (그렇지 않기만을 바라야지. 우리 모두에게 큰 실망일 테니까.) 아무튼 살았든지 죽었든지 우린 어제 윌리가 누군지 알았어야 했어. 실베스트르가 무엇 때문에 윌리의 정체를 밝히지 않는 건지 이해할 수가 없어……

새벽 2시가 되니 최악의 상황을 상상하게 되더라고. 실베스트르가 교통사고로 병원에 실려갔거나 기억상실증에 걸려서 연락을 못 하는 건 아닐까 하고……. 온갖 시나리오가 떠올라 다시 잠들 수가 없어서 그 생각을 떨쳐내느라 대청소까지 했다니까!

다행히 내일 회사에 가면 산처럼 쌓인 일이 나를 기다리고 있을 거야. 그러면 잠시라도 남편이나 애들에게 화풀이하지 않아도 되겠지.

곧 만나자,

리주

P. S. 네가 윌리엄에게 느끼는 감정에 대해 까발렸다고 뭐라고 하지 말아줘. 우리가 눈속임할 나이는 지났잖아. 만약 네가 계속 부인한다면 더 이상 왈가왈부하며 귀찮게 하진 않을게. 그렇지만 만약 망설이고 있다면 그의 회색빛 눈동자를 떠올려봐. 그 눈빛은 네 브르타뉴 집 거실을 더욱 매력적으로 장식하고, 창밖으로 보이는 바다와 완벽하게 들어맞는 화음을 낼 거야. 인테리어에 대한 논쟁이라면 넌 늘 예민하게 반응하잖아. 그러니까 내 말은, 그거 말곤 남자들을 어디에 써먹을 수 있겠어?

윌리엄이 마기에게

런던 그레이트피터가, 2016년 9월 25일

친애하는 마기,

드디어 당신에게 편지를 써야겠다고 결심했습니다. 만약 제 편지 때문에 또다시 기분이 상하게 된다면, 읽고 난 후 즉시 지우개로 지우듯 잊어주시고, 당신과 대화를 시도할 때마다 저를 사로잡는 미숙함을 탓해주시길 부탁드립니다. 이유를 더 대면 짐짓 꾸민 것처럼 보일 듯해서 여기까지만 하겠습니다.

당신은 우리 둘의 과거가 비슷하다는 생각에 당신 이야기를 자세히 털어놓았지요. 하지만 그렇지 않아요. 당신의 행동에는 비난의 여지가 없고, 당신은 남편분과 배 속 아기의 죽음에 대해 어떠한 빌미도 제공하지 않았어요. 반면에 저는 제 책임에서 벗어날 수 있는 상황이 아니랍니다. 저희 가정을 덮친 불행에 큰 역할을 한 것은 바로 저이고, 스스로 용서하기에는 너무 큰 잘못을 저질렀기 때문이죠.

저는 얼마 전부터 매일매일 딸과 연락을 하고 지냅니다. 그토록 오랫동안 떨어져 지낸 아빠에게 상냥하게 대해주는 딸이 고마울 따름입니다. 딸아이와의 관계를 위해 그 애한테는 솔직하게 대했습니다. (당신을 대할 때와는 다르게요.) 이달 초 당신이 해주신 질책이 유익했다는 건 두말할 것도 없고요. 그렇지만 걱정은 마십시오. 당신 덕에 행복을 찾았다는 걸 빌미 삼아 당신을 향한 제 감정을 내세워 귀찮게 할 일은 더 이상 없을 테니까요. 제 감정은 진짜입니다. 하지만 세월이 지나면 진정하고 충실한 우정으로 바뀌게 될 겁니다.

그러니 우리와 함께 연말연시를 보내는 데 대해서는 걱정 안 하셔도 됩니다. 생실베스트르 축일* 만찬에 와주시길 다시 한 번 부탁합니다. (사람이 많으니 저를 쉽게 피할 수 있으실 겁니다.) 당신 없이는 이 축제가 성공할 수 없을 거예요. 그리고 당신이 없으면 저는 그게 저 때문이라 생각하면서 죄책감에 빠져들겠죠. 당신도 그걸 바라지는 않으시겠죠. 그리고 날짜를 잘 보세요. 우리 친구 실베스트르를 축하하기에 안성맞춤이잖아요!

---

* 12월 31일을 의미한다.

하고 싶은 말은 다 한 것 같네요, 마기. 이제 답장을 기다리 겠습니다. 당신이 브르타뉴에서 보여주신 것처럼 자연스럽 고 상냥하게 저의 문을 열어주신다면 정말 행복할 것 같습 니다. 이번에는 당신의 주의를 끌기 위한 어떠한 저의나 술 책도 없습니다.

곧 만나길 기대하며, 당신의 벗,

윌리엄

P. S. 당신이 겪은 불행을 알고 느낀 감정을 뭐라 표현해야 할지 모르겠습니다. 이 부분에 대한 저의 침묵을 무관심이라 여기지는 마시길…….

친애하는 안느 리즈,

미국에 있다가 당신의 연락을 받고 바로 몬트리올로 왔습니다. 실베스트르한테서 그의 딸 코랄리의 연락처를 받았다고 말하지 않은 건 당신이 이 무모한 여행에 대해 뭐라 할 것 같았기 때문입니다. 그렇지만 통화했을 때 당신이 너무 혼란스러워 보였고, 저는 앞으로 며칠은 일도 없는지라 실베스트르가 왜 '실종'되었는지 이유를 찾기 위해 현장으로 왔답니다.

저는 화요일에 코랄리를 만났습니다. 그녀가 자신이 아는 얘기를 모두 해주었지요. 코랄리는 엘비르 뢰르(다비드에게 소설을 준 여성이에요)의 집에 가서 봉투에 든 편지를 읽었다고 합니다. 쓰인 날짜는 1987년 1월 7일이고, 성은 없이 이름으로만 사인이 되어 있었대요. 발송인은 여성이었고, 봉투에 '원고 반환'이라고 적어서 엘비르의 새아버지에게 보낸 거였지요. 발송인은 4년 동안 원고를 갖고 있어서 미안하다고, 그 시간을 이용해 소설을 마무리했다고 덧붙였어요. 코랄리는 편지를 읽은 즉시 아버지에게 전화했고, 실베스트르는 드디어 목적지에 다다랐다는 기쁨에 전화를 붙잡고 환호성을 질렀답니다.

그런데 코랄리가 편지봉투에 적힌 이름을 말하자 실베스트르가 말도 없이 전화를 끊어버렸답니다. 코랄리는 그 뒤로 아버지에게서 아무런 소식을 듣지 못했고, 전화를 걸어도 자동응답기로 연결이 되었대요. 코랄리가 걱정이 태산이라는 건 말 안 해도 아시겠죠.

저 또한 걱정스런 마음에 호텔로 돌아가 두 시간 동안 인터넷을 뒤졌죠. 그리고 클레르 로랑 말라르라는 사람을 찾아냈습니다. 추리소설을 쓰는 프랑스 작가인데, 프랑스에서는 로랑 막드랄이라는 필명으로 더 유명하더라고요.

오늘 아침 저는 검색 결과에 만족해하며 코랄리와 함께 엘비르를 찾아갔습니다. 엘비르는 새아버지에 대해 이야기해줬고……. 바로 그때 감이 왔지요. 로제르에서 실베스트르가 말하길, 문학잡지 편집장이었던 아쉴 어쩌고라는 친구를 찾아가던 중에 소설 원고를 잃어버렸다고 했잖아요. 그래서 엘비르에게 물어봤어요. 그녀의 새아버지 이름이 바로 아쉴 고티에였죠! 그러니까 원고의 원래 수신자는 1983년 원고가 없어지고 얼마 뒤에 그걸 받아보게 된 겁니다. 그런데 아쉴 고티에는 실베스트르에게 한마디 말도 없이 그 여성에게 원고를 보내버렸죠. 왜 그랬던 걸까요?

이에 대해 알려줄 수 있는 사람은 단 한 명입니다. 그 여성, 로랑 막드랄이라는 필명을 쓰는 소설가요. 그 소설가에게 제일 연락하기 쉬운 사람은 당신이고요.

저는 이번 주말 런던에 돌아갈 예정입니다. 그전에 퀘벡에 자리 잡은 예전 동료를 만나고, 엘비르와 저녁을 먹을 거예요. 포커에 관심이 많아서 최근 포커 시합에 대한 얘기를 듣고 싶다고 하더라고요.

아무튼 실베스트르가 다시 나타나는 날 그에게 일장 연설할 생각을 하니 기쁘네요. 당신도 제 편을 들어주실 걸 믿어 의심치 않습니다.

인사를 전하며,
윌리엄

P. S. 이메일로 연락했다는 건 마기에게 비밀로 해주세요. 우리 명성이 곤두박질칠 테니까요.

clairelaurent@free.fr

클레르 로랑 말라르가 안느 리즈 브리아르에게

쿠르마가街,* 2016년 9월 30일

브리아르 씨께,

당신이 편지를 쓸 때 사용하신 이름 앞으로 답장을 보냅니다. 매일 우편물을 챙겨주는 제 편집자가 우편물 더미에 놓인 당신의 편지를 보고 얼마나 놀랐을지 상상이 가시나요!

이 순간을 위해서라면 모든 걸 내려놓을 수 있을 정도랍니다. 사진을 찍을 수 있었다면 얼마나 좋았을까요. 편집자는 당신의 편지를 발견한 즉시 제게 전화를 걸었고(그랬을 거라 믿고 싶군요), 저는 당신과 만난 적이 없다고 편집자에게 맹세해야 했어요. 그런데도 혼자 수화기에 대고 계속 화를 내더라고요. 그래서 편지를 열어 읽어봐도 된다고 허락하고 말았죠. 그래야 입을 다물 것 같았거든요.

그리고 잠시 후 이번에는 제가 소스라치게 놀랄 차례였어

---

* Route de Courmas. 파리 북동쪽 지역.

요! 사라졌거나, 아니면 누군가의 벽장에 처박혀 있을 줄만 알았던 원고가 터무니없게도 30년도 넘는 세월을 지나 나타나다니! 게다가 이 사람 저 사람 손을 거치다가 결국 당신의 손에 다다랐다니! 웃어야 할지 울어야 할지 모르겠더라고요. 편집자는 당신의 편지를 읽고 제가 그간 원고의 존재를 숨겨왔다며 고래고래 소리치더라고요. 저는 오래전부터 편집자의 그런 행동에 대응하기를 포기했답니다. 그래서 당신과 연락한 뒤에 모든 걸 설명해주겠다고 약속했지요. 그렇지만 제게는 이 이야기에 대한 아무런 권한이 없다고도 미리 밝혀뒀고요. 이야기가 만들어진 30년 전의 제 공헌은 티끌 정도밖에 안 되니까요.

당신 눈에는 제가 초연한 것처럼 보이겠지만, 사실 저는 이 원고를 굉장히 중요하게 생각하고 있답니다. 그 소설은 아직까지도 제 마음 깊은 곳에 자리 잡고 있어요. 30년이 지난 지금도 몇몇 구절을 외울 수 있을 정도로…… 그래서 파리로 가려고 합니다. 10월 8일부터 13일까지는 당신이 여의치 않다고 하셨죠? 그러면 5일 수요일 정오에 시간을 좀 내주세요. 우리가 만날 레스토랑 이름은 따로 적어드릴게요. 볼품없어 보이지만 음식 맛은 좋은 곳이거든요. 게다가 조용한 만남을 원하는 사람들에게 제격인 곳이죠.

저는 지금 편집자가 이메일 첨부파일로 보내준 당신의 편지를 읽고 또 읽으며 몹시 기뻐하고 있답니다. 어서 빨리 당신의 얘기를 들으며 이 사건에서 어떤 역할을 하셨는지 알고 싶네요.

만남을 기대하며, 우정을 담아,
클레르 로랑 말라르 드림

P. S. 당신이 약속 장소에 먼저 도착하실 경우에 대비해 말씀드리자면, 레스토랑 예약명도 '브리아르 씨'로 해놓을게요. 물론 우리 약속은 아무에게도 말하지 않을 거예요. 특히 제 편집자한테는요. 결점 많은 그를 좋아하기는 하지만, 거북한 상황을 만들고 싶지는 않거든요. 그는 작가들이 불편한 상황을 만드는 걸 반기는 편집자예요. 그 상황을 작가들에게 역이용하거든요. 죄책감이 창작에 도움이 된다나 뭐라나.

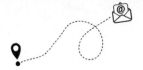

alise.briard@yahoo.fr

안느 리즈가 윌리엄에게

파리 모리용가, 2016년 10월 1일

친애하는 윌리엄에게,

저는 당신의 조언을 따랐어요. 그 후로는 일이 일사천리로 진행되었죠. 수요일 정오에 클레르 로랑 말라르 씨와 만나기로 했답니다. 제 결혼 전 이름으로 편지를 보내왔고, 당신도 아시다시피 그건 우리 출판사 이름이잖아요. 덕분에 연락도 빨리 됐고 반응도 빨리 온 거죠…….

클레르 씨가 말하길, 이 소설은 그녀의 마음 깊이 자리 잡고 있답니다. 취향에 맞아서 그럴 수도 있겠지만, 저는 이 말 뒤에 뭔가 더 중요한 사연이 있을 것 같다는 느낌을 떨칠 수 없군요.

당신은 우리와 함께 이 모험의 대단원을 맞으셔야 해요, 윌리엄. 그래서 당신을 파리로 초대하려 합니다. 오셔서 클레르 씨의 설명을 함께 들어주세요. 마기에게도 오라고 했어요. 걱정 마세요. 제 아들이 학업을 위해 지방에 간 터라 손님 방이 두 개나 되니까요. 욕실로 가는 좁은 통로에서 마주치지만 않는다면 서로 피하는 데는 문제없어요. 필요하다면 각자 욕실 사용 시간을 정해놔도 되고요.

저는 당신이 편하게 지낼 수 있도록 마기에게 서슴없이 거짓말도 했답니다. 당신이 제게 고백하길 엘비르 어쩌고 하는 여자가 당신에게 매력을 느끼고 당신도 그녀에게 마음을 빼앗겼으니, 그에 관해서는 더 이상 걱정할 게 없다고 했죠. 그 말에 마기가 기분이 돌변해(전화상으로도 바로 알겠더라고요) 질문을 마구 쏟아내더라고요. 마기가 어떤 감정으로 그러는 건지 저는 알고도 남죠.

이 상황을 어떻게 이용할지는 당신에게 달렸어요. 제가 조언 하나 해도 될까요? 일단 이러한 의혹이 감돌게 놔두시고요, 필요 이상으로 엘비르 씨를 언급하며 제가 한 거짓말에 맞장구를 쳐주세요. 저는 마기를 아끼지만 마기에게는 전기충격이 필요하거든요. 그래야 자신이 느끼는 감정을 온전히 받아들일 테니까요.

어떤 결정을 하시든 당신을 위한 방은 하나 마련해놓을게요. 그리고 또 하나, 제가 수요일 정오 약속에 친구 두 명을 데려가겠다고 했더니 클레르 로랑 말라르 씨가 흔쾌히 승낙하셨답니다.

약속 시간에 당신이 나타나길 바라며,

안느 리즈

P. S. 그런데 정말로 엘비르 씨와는 사이가 어때요? 단둘이서 시간을 보냈다는 건 압니다. 저는 마기의 질투심을 들쑤시려고 거짓말을 만들어낸 건데, 혹시라도 말이 씨가 되면 안 되잖아요.

willygrant@gmail.com

윌리엄이 안느 리즈에게

몬트리올, 2016년 10월 2일

안느 리즈에게,

화요일 오전 8시 25분에 샤를드골공항에 도착할 예정입니다. 괜찮다면 댁으로 먼저 가서 짐을 풀까 합니다. (당신과 카티아와 마기를 다시 보게 되어 기쁘군요. 남편분도 뵙고 싶고요.) 그리고 약속 장소에 같이 가겠습니다. 우리가 그토록 기다려온 작가를 같이 만나자고 해주셔서 고마워요. 편지에 써주신 다른 내용에 대해서도요. 저는 지금 행복하고, 이 행복은 엘비르 씨와는 아무런 상관이 없답니다.

윌리엄

P. S. 브뤼셀에 약속이 생겼어요. 벨기에 여행이 취소되지 않았다면 저도 브뤼셀까지 함께 이동할 수 있을 것 같네요. 물론 마기가 싫어하지 않는다면요.

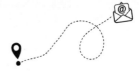

alise.briard@yahoo.fr

안느 리즈가 윌리엄에게

파리 모리용가, 2016년 10월 2일

윌리엄에게,

무슨 말이 더 필요해요? 어서 화요일이 왔으면 좋겠네요!

그런데 당신이 올 때쯤 저는 집에 없을 거예요. 저도 가끔은 회사라는 델 가긴 해야 하니까요. 다만 그 이유가 제 사촌을 언짢게 만들고 제 영역을 지키기 위해서지만요.

걱정은 마세요. 마기가 당신을 맞아줄 거예요…….

화요일 저녁에 우리 집에서 만나요.

인사를 전하며,

안느 리즈

안느 리즈가 다비드에게

파리 모리용가, 2016년 10월 5일

친애하는 다비드 씨,

약속한 대로 이야기의 결말을 전하려 편지를 씁니다. 오늘 정오에 저는 그토록 기다려온 작가를 만나 점심을 함께했답니다. (여성 작가였어요!) 제 상상력이 만만치 않은 편인데도 우리 모험에 이보다 더 알맞은 결말은 상상할 수 없을 정도였죠.

실베스트르가 1983년에 퀘벡으로 갔다가 소설 원고를 잃어버렸다는 건 이미 말씀드렸죠. 평소 알고 지내던 문학평론가가 몬트리올에 살았는데, 원고의 결말을 쓰기 전에 그를 찾아가 객관적인 평가를 받고 싶었던 거예요. (객관적인 평이라는 게 존재하기는 할까요?) 그런데 안타깝게도 공항에서 원고가 든 봉투를 잃어버린 거죠. 열심히 찾아보았지만 소용이 없었고, 실베스트르는 희망을 잃고 말았죠. 어느 세심한 승객이 그 봉투를 발견하고 평론가 아쉴 고티에의 집으로 보내준 사실을 30년 넘게 몰랐던 거예요. 그런데 아쉴 고티에는 왜 실베스트르에게 원고를 받았다고 알려주지 않았던 걸까요? 이 질문에는 아직 해답이 나오지 않았답니다.

하지만 우리는 드디어 소설 뒤에 가려졌던 진실을 밝혀냈어요. 1982년에 실베스트르는 샹파뉴에서 포도 수확 일을 했는데, 거기에서 포도농장 딸과 사랑에 빠졌어요. 그 딸의 이름이 바로 클레르 로랑 말라르, 우리가 오늘 점심때 만난 작가랍니다. 그해 여름 실베스트르는 퀘벡 사람인 아쉴 고티에도 만났는데, 아쉴은 프랑스 포도밭에 대한 책을 쓰기 위해 3개월간 농장과 연계된 게스트하우스에서 머물고 있었대요. 시간이 흐르면서 두 남자는 무척 가까워졌고, 아쉴은 실베스트르와 클레르의 사랑이 싹트게 되기까지의 과정을 목격했던 거죠.

하지만 그들의 사랑은 가을에 끝이 났어요. 실베스트르가 개강에 맞춰 파리로 돌아가야 했거든요. 자신들이 아직 어리다는 것, 그리고 그 나이에 하는 약속이 부질없다는 걸 알았던 두 연인은 서로의 사회적 격차에 맞서지 않고 그대로 헤어졌답니다. 그 후로 다시는 만나지 않았고요. 클레르는 실베스트르가 자신을 잊었다고 생각했지만, 사실 실베스트르는 글을 쓰며 이별의 고통을 달랬답니다.

그런데 클레르가 말하길, 어느 날 너무나 놀랍게도 실베스트르가 쓴 소설 전반부가 봉투에 담겨 자신에게 배달되었다는 거예요.

실베스트르의 깊은 마음을 클레르가 알아주길 바라며 아쉴이 그녀에게 원고를 보냈던 거죠. 젊은 남녀가 두 번째 기회를 통해 다시 만나 사랑을 이어가길 바라는 마음에서요. 그런데 그 당시 클레르는 미래가 불투명한 병마와 싸우고 있었고(클레르는 우리에게도 이에 대해 더 말해주지 않았어요. 우리도 캐묻지 않았고요), 실베스트르는 그 사실을 전혀 모르고 있었어요. 클레르는 자신의 위중한 상태를 실베스트르에게 알리고 싶지 않았지만, 그 원고만은 지나간 사랑의 추억으로 간직하고 싶었어요. 그러던 중 병세에 차도가 있다는 의사의 소견을 듣고, 그걸 녹색 신호로 받아들여 회복하는 동안 소설의 결말을 쓰는 데 매달렸어요. 그녀가 오늘 점심식사를 같이하면서 이렇게 말하더라고요.

"원고에 마지막 마침표를 찍는 순간, 제가 치유됐다는 걸 느낄 수 있었어요. 검사를 다시 해볼 필요도 없었죠. 봄날 나무에 수액이 차오르듯 온몸의 피에 다시금 생기가 차오르는 걸 느꼈으니까요……"

클레르는 1987년 완치 판정을 받았고, 그때 자신이 마무리한 원고를 아쉴에게 보냈어요. 그러면 아쉴이 그걸 실베스트르에게 전해줄 거라 생각했거든요. 하지만 세월이 흘렀잖아요. 그녀는 아쉴이 교통사고로 세상을 떠났다는 걸 몰랐어요. 사고는 한순간에 아쉴의 생명을 빼앗아버렸고, 그가 메신저의 사명을 이룰 수 없게 만들었죠.

이토록 파란만장한 이야기가 또 있을까요. 반전, 열렬한 사랑, 지나가 버린 기회…… 이 이야기에는 소설에 필요한 모든 요소가 들어 있어요.

이게 다가 아니에요. 클레르는 로랑 막드랄이라는 필명으로 몇 년이나 자신을 숨겨왔어요. 틈틈이 책을 읽는 사람이라면 다 아는 이름이죠. 아까 점심때 윌리엄이 이번 일을 소재로 소설을 쓰실 생각이 없느냐고 묻자 클레르는 맹렬하게 부정하며 그럴 생각은 꿈에도 없다고 대답하더군요. 자신이 당시에 소설을 마무리한 이유는 단지 실베스트르의 마음을 움직여 그를 다시 포도원으로 돌아오게 하고 싶었기 때문이라고요. 그런데 비극적인 사실은, 클레르가 이 오랜 세월 동안 실베스트르가 완성된 원고를 받고도 자신에게 연락하지 않은 거라고 여겨왔다는 거예요. 그랬는데 사실은 얼마 전에야 원고가 실베스트르의 손에 들어갔고 그가 원고에 강한 애착을 보이고 있다는 걸 알게 된 거죠. 이 사실을 알았을 때 그녀가 짓던 표정이란, 어떻게 표현해야 할지 모르겠군요.

우리는 클레르에게 실베스트르가 후반부 작가의 정체를 알게 된 날부터 줄곧 실종 상태라고 알려줬어요. 그러자 그녀는 식사를 마칠 때까지 말없이 있더군요. 그러더니 헤어질 때가 돼서야 그가 갈 만한 곳을 두 군데 알고 있으니 찾아보겠다고 하더라고요. 더 이상은 말을 아끼면서 며칠만 시간을 주면 자신이 확인해보겠다고요. 또 뭔가 알게 되면 속히 알려주겠다고 약속하며 우리는 그대로 작별인사를 나눴어요.

우리와 헤어지고 발을 옮기는 클레르의 모습은 몇 년이나 젊어진 듯 보였어요. 길에서 깡충 뛰는 걸 본 것 같았다니까요. (어쩌면 같이 마신 샴페인 때문일 수도 있겠네요.) 제가 언젠가 말한 적 있죠. 이런 감정들은 우리 몸의 세포 하나하나에 새겨지는 것 같다고요. 서로를 이어주는 사랑에 대해 얘기하자면 실베스트르와 클레르를 이어주는 사랑은(제 직감에 따르면 그들의 사랑은 과거형이 아니에요) 당신과 드니즈를 연결하는 사랑과 똑같다는 생각이 들어요.

오늘 새로운 커플이 저희 집 지붕 아래서 만난답니다. 만약 주인공들이 포기하지 않고 구불구불한 길을 따라 계속 걷는다면, 확신하건대 이미 결말은 어딘가에 쓰여 있어요. 그런데 우리는 왜 사춘기 때만 내일이 없는 사람처럼 사랑에 빠져드는 걸까요? 나이 먹은 사람들은 오히려 아직 생각할 시간이 많다는 듯 더욱 망설이잖아요. 이상하지 않아요?

제 예측이 맞는다면 새해를 축하하는 자리에서 뭔가 또 다른 일을 축하하게 될 거예요. 저는 보통 사람들보다 로맨스를 더 신봉하는 편인데, 이건 다 직업병이지요. 제 직업에 대해서는 직접 만나서 말씀드릴게요. 당신 얼굴에 떠오를 미소를 직접 보고 싶거든요.

그럼 그동안 저는 실베스트르가 돌아왔는지 알아볼게요. 그리고 마침내 우리 모두가 만날 연말 파티를 기쁜 마음으로 준비하겠어요.

안부를 전하며,
안느 리즈

안느 리즈가 마기에게

브뤼셀 피에르가, 2016년 10월 9일

나의 친구 마기에게,

너는 목요일에 우리가 함께한 벨기에에서의 일탈을 마치고 집에 들어가면서 이 편지를 발견하게 될 거야. 지금 이 글을 쓰는 호두나무 책상과 몇 미터 떨어진 욕실에서 샤워하며 흥얼거리는 너의 노랫소리를 들으니 글이 술술 쓰이네. 도대체 언제부터 네 시선과 미소, 행동에서 오늘과 같은 평온함이 보이지 않게 된 걸까?

넌 '리샤르가 죽고 나서'라고 망설임 없이 대답하겠지. 그 말에 반박할 마음은 없어. 하지만 마음 깊이 느껴지는 게 하나 있는데, 넌 요즘처럼 활짝 핀 적이 없었어. 그래, 네가 '내 인생의 남자'라고 부른 리샤르와 사랑할 때도 이 정도는 아니었지. 너는 리샤르에게서 인생의 남자라는 타이틀을 벗겨낼 생각을 못 하는데, 그건 그가 죽었다는 이유로 살아 있을 때도 없었던 후광을 씌웠기 때문이야······.

내가 보기에 네 인생의 남자는 윌리엄이야. 그가 비유적으로는 물론이고 말 그대로 아름다운 남자이고, 내가 그를 마치 어렸을 적 친구처럼 좋아한다는 이유도 있지만, 네가 평정심을 되찾고 누구의 도움도 필요하지 않은 시기에 그와 만났기 때문이기도 해. 그는 네 인생에 때맞춰 다가왔고, 너는 매 순간 그가 주는 행복 외에는 그 어떤 것도 바라지 않으니까.

네가 욕실에서 나오기 전에 얼른 편지를 봉해야겠다.

너를 친자매처럼 사랑한다는 거 잊지 말기를,
리주

안느 리즈가 윌리엄에게

브뤼셀 피에르가, 2016년 10월 9일

친애하는 윌리엄,

우리와 함께 브뤼셀에 오고 싶어 했고 우리가 그러자고 했는데도 여자들만의 시간이 필요하다는 걸 이해해주셔서 고마워요. 걱정 마세요. 여행 내내 마기를 지켜봤고, 벨기에 사람 누구도 마기의 관심을 끌지 못했으니까요.

솔직히 말씀드리면, 브뤼셀 어디에도 저항할 수 없는 눈빛을 지닌 포커 선수는 없더라고요. 마기는 당신이 엘비르에게 완전히 빠지기 전에 그걸 깨닫고 당신에게로 발걸음을 돌릴 만큼 통찰력이 있으니까요!

쉿! 마기가 그 캐나다 여인을 만나는 크리스마스까지는 우리의 음모가 밝혀지면 안 돼요. 그렇기는 하지만……. 차라리 엘비르에게 이 게임에 동참해달라고 부탁할까요? 그러면 우리의 거짓말이 들통 나서 마기가 분노를 쏟아낼 일은 없을 테니까요. 게다가 당신은 우리가 함께하는 동안 마기의 변함없는 관심을 받을 수 있고요. 제 말을 믿어주세요.

마기와 당신 둘 다 아무렇지 않은 척 행동하지만, 그 누구도 정말 아무렇지 않다고는 생각하지 않아요. 둘이 곁눈질로 서로를 슬쩍슬쩍 바라보는 게 얼마나 귀여운지 아세요? 당신들이 등만 돌리면 우리는 그런 얘기를 속닥거린다고요.

클레르와 실베스트르가 다시 만나게 되어 너무 잘됐죠. 이제 그들이 어디 있는지 알고 있으니 저는 이번 주말을 더 즐기려 해요. 욕실의 헤어드라이어 소리가 방금 멈췄네요. 여기서 이만 마쳐야겠어요. 마기가 우리의 비밀스러운 편지 교환에 대해 알면 안 되니까요!

곧 만나요.

안느 리즈

P. S. 당신에게 편지를 쓸 때는 다시 경어를 사용할까 해요. 앞으로 얼마간은 그렇게 할 것 같네요. 프랑스인들은 이렇게 영어에 없는 vous*를 사용함으로써 엄청나게 큰 가치와 언어적 우월감을 느끼거든요. 이런 이유로 저는 경어로 편지를 쓸 때 더욱 행복을 느낀답니다.

---

* 프랑스에서 친밀한 사이에서는 tu, 격식을 차리는 사이에서는 vous를 사용해 상대방을 지칭한다.

클레르가 안느 리즈에게

쿠르마가, 2016년 10월 11일

안느 리즈 씨,

저만의 활동무대로 다시 돌아왔네요. 저는 가을이 되면 늘 이곳에서 지냅니다. 집필을 위해서죠. 몇 년 전 개조한 다락방에 중요한 책들을 쌓아놓고 글을 쓴답니다. 저 멀리서 얕은 안개가 다가와 땅을 덮고 집을 둘러싼 포도나무를 보이지 않게 가려버렸어요. 하지만 불편하지는 않아요. 저는 미처 따지 못해 남겨진 포도송이에 햇살이 닿을 때 무슨 색을 띠는지 이미 아는 데다, 제 삶에 존재해온 이 모호함을 온몸으로 만끽한답니다.

제 시력이 급격히 망가진 건 스무 살 때였어요. 더불어 종양까지 발견되었죠. 몇 년 동안 60센티미터 이상 떨어져 있는 사물은 제대로 보이지 않았어요. 사람의 모습은 희미하게 윤곽만 보여서 걸음걸이 등 움직이는 모습으로 알아볼 수 있었죠. 그래서 눈으로 식별할 수 없는 것들은 모두 상상에 맡기는 버릇이 생겼어요. 향기로, 색감으로, 윤곽으로,

갑작스런 움직임이나 부드러운 언사로. 덕분에 주변에 있는 사람들을 재발견하기 시작했고, 자연스레 그들의 이야기를 쓰게 되었죠. 거리는 딱 좋았어요. 40센티미터 앞에 종이만 있으면 제 병을 잊을 수 있었거든요.

제가 실베스트르의 원고를 받은 건 병원 진단 결과를 막 들었을 때였어요. 원고를 이틀만 일찍 받았어도 저는 기차를 잡아타고 파리로 돌진해 실베스트르를 찾아갔을 거예요. 하지만 그러는 대신 아쉴에게 제 상태를 털어놓고 그 누구에게도 함구해달라고 부탁했죠. 저는 기다렸어요. 좋든 나쁘든 마무리는 있어야 하잖아요. 머리카락이 빠지기 시작했고, 저는 대학에서 나와 통신강의를 들었어요. 처음에는 친구들이 집에 찾아와 줬어요. 하지만 할 얘기가 없었죠. 제 삶을 사로잡은 건 종양뿐인데, 그건 앞날이 창창한 젊은이들과 할 만한 얘기가 아니니까요.

저는 다락방에 처박혀 추억을 되새겼어요. 스무 살짜리에게 추억 같은 건 없다고들 하지만, 그렇지 않아요. 모든 기억이 그때 이미 존재했던 게 아닌가 하는 생각이 들거든요. 그 이후로 새로운 기억은 더 이상 생기지 않은 것 같아요. 물론 시력 감퇴로 인해 눈에 보이는 이미지를 마음에 간직하는 게 어려워졌어요. 아니면 잊어버렸거나. 의사들이 종양을 제거하면서 기억이 담긴 부분마저 없애버린 걸까요? 저도 모르겠네요.

병마와 싸우며 실베스트르의 원고를 마무리함으로써 저는 그를 제 곁에 둘 수 있었어요. 오직 그 사람밖에 없었죠. 다른 사람들은 제가 멀리했으니까요. 가족들은 두려움과 죄책감에 시달렸어요. 아시겠지만, 부모는 자식이 아프면 그 모든 게 자기 탓이라고 책망하잖아요. 그래서 저는 죽음에 대해 말을 꺼내지 않는 법을 깨우쳤어요. 포도밭 색깔과 부드러운 봄날을 진하게 맛보게 되었고, 포도밭 사이사이를 파고들며 맹렬하게 불어온 바람이 나무와 부딪치며 내는 휘파람 소리를 아낌없이 즐기게 되었죠. 저는 매 순간 사랑하는 법을 배우게 된 거예요. 사람들을, 그들의 강한 면모를, 그리고 약한 부분들까지. 저는 불확실한 미래에 대해서는 말을 아꼈고, 나중에 와서야 말을 하게 되었죠.

그렇게 실베스트르의 원고를 마무리했어요. 4년이 걸렸죠. 그날 아침 저는 마지막 단어를 적어 넣으며 창밖의 포도나무를 바라봤어요. 더욱 생기 있어 보이더군요. 그리고 알았어요. 제가 치유됐다는 걸. 검사를 통해 병으로부터 사면되었다는 걸 알게 되자 저는 곧바로 예전에 실베스트르가 묵었던 숙소 주인에게 편지를 보냈어요. 주인이 그의 주소를 알려줘서 곧바로 그 주소지로 찾아갔죠. 그의 집 아래 서서 몇 시간이나 기다렸어요. 우리의 소설을 손에 든 채

로요.

마침내 그가 나타났어요. 그런데 젊고 아름다운 여자가 그의 팔에 매달려 있었죠. 저는 카페로 몸을 숨겼어요. 이런 상황은 단 한순간도 생각해보지 않았거든요. 지난 몇 년간 저는 한 자리에 멈춰 있었는데 실베스트르는 삶을 이어가고 있었다니 놀랄 수밖에요.

쿠르마로 돌아온 저는 원고를 아쉴 고티에에게 돌려보냈어요. 그리고 기다렸어요. 기대하고 있었죠. 인생이 멈춘 곳에서 다시 시작되기를 기대했어요. 실베스트르가 그걸 읽은 후 그 여성을 돌려보내고 샹파뉴에 다시 와주기를 바랐던 거예요.

다락방 창문에서 보면 멀리 길 하나가 있어요. 저는 처음으로 안경을 썼죠. 세상을 좀 더 잘 보이게 해주지만 늘 거부해왔던 안경을요. 그리고 그를 기다렸어요. 소설 세 편을 쓰면서요. 정확히 810일 동안……. 그러고 나서야 기다림을 멈추었죠. 제 삶도 멈춘 것 같았어요. 저는 편집자를 수소문했고, 타인의 삶에 녹아들기로 결심했어요.

물론 남자들을 만나기도 했어요. 결혼도 한 번 했고요. 부모님이 돌아가신 후에는 집필기간과 홍보활동 사이사이에 포도원 운영에도 신경 썼어요. 그 후 저는 포도원 일에서 손을 뗐지만, 다행히 일꾼들이 저 없이도 잘해나가고 있지요. 그들이 종종 제게 포도원 관리에 대한 조언을 구하는지라, 저는 아직도 제가 운영자라는 착각을 할 때가 있답니다. 여기서 일하는 사람들은 제게 아이가 없다는 걸 안타까워해요. 저도 알고 있어요. 하지만 두통이 느껴질 때마다 '재발'이라는 단어가 따라다니는 삶인데 어떻게 아이를 낳겠어요. 그저 침대 옆 탁자에 안경을 내려놓고 가깝고 명확한 것에만 집중하며 살아가게 되더군요. 바로 지금이라는 순간에만.

안느 리즈, 며칠 전 실베스트르에게도 이 얘기를 해줬어요. 하지만 다 털어놓지는 않았어요. 침묵의 고통에 대해서는 말하지 않았거든요. 파리로 갔다가 느꼈던 분노에 대해서도, 그리고 제가 느낀 두려움에 대해서도요. 다 털어놓기엔 너무 일러요. 그래서 모든 걸 당신에게 얘기하는 거예요. 바로 당신에게. 왜냐면 고백할 기회라는 건 아무 때나 생기는 게 아니고, 제 얘기를 아는 누군가가 어디에선가 이 추억을 길이 전해주리라는 생각만으로도 안심이 되기 때문이에요. 마치 책이 그러는 것처럼 말이죠.

　편지에 모든 걸 적어 넣으며 저는 미소를 짓고 있어요. 이제는 죽음에 대해 떠올릴 수 있어요. 더 이상 두렵지 않기 때문이에요. 제 삶은 다시 시작됐고, 저는 한낮의 빛과 한밤의 어둠을 따라 수없이 변하는 제 인생을 바라보고 있어요. 다른 사람들도 그러나요? 당신 주변에 있는 사람들의 배역을 다시 정하면서 불확실한 미래를 예견하는 무모한 행동을 당신도 하시나요? 저에게는 정말 새로운 경험이네요…….

당신이 하신 일에 대해서는 실베스트르를 통해 들었어요. 당신과 관계없는 이야기 하나를 위해 어디까지 갈 수 있는지에 대해서요. 실베스트르는 이해하지 못하더군요. 하지만 저는 이해해요. 이야기 하나에 우리의 여름날과 가을날을 몽땅 바칠 수 있다는 걸 알거든요. 소설이라는 배가 우리를 태우고 멀리까지 데려가 우리 삶에 깊이 스며들고 우리를 영원히 변화시킨다는 것도 알죠. 종이 속 인물들이 우리의 추억을 변화시키고, 영원히 우리 곁에 머물 수 있다는 것도 저는 알고 있어요.

편안한 밤 보내시길 바라며,
클레르 드림

실베스트르가 안느 리즈에게

르콩케 보리바주 호텔, 2016년 10월 13일

안느 리즈, 우리가 편지를 쓰기 시작한 지 거의 6개월이 되었네요……. 협탁 서랍에 있던 원고를 꺼내 제게 돌려주신 것, 다시 한 번 감사드립니다. 저는 지난 스무 날 동안 우리를 만나게 한 이 작은 가구를 몇 번이나 쓰다듬었답니다.

9월 24일, 제 딸이 클레르의 이름을 입 밖에 꺼냈을 때는 그야말로 충격이었습니다. 여러 감정이 한꺼번에 밀려와 그중 어떤 감정을 느껴야 할지 모를 정도였죠. 이 상황에 어떻게 대응해야 할지 도무지 알 수 없었습니다. 그래서 이렇게 한 번도 와보지 않은 반도의 끝으로 왔답니다. 생각을 정리하고 이 결말을 좀 천천히 받아들이기 위해서. 모든 것이 시작된, 거의 아무것도 없는 이 공간으로요.

모든 단서가 거기 있었는데도, 저는 뒷부분을 쓴 작가가 클레르라는 걸 전혀 눈치채지 못했습니다. 그 시절 제가 보였던 비겁함을 뒤로하고 저에 대해 좋게 얘기해줄 만큼 너그러운 사람은 오직 그녀밖에 없었는데도 말이죠. 이 길의 끝에서 그녀를 찾기를 저 자신도 원했을까요? 저도 모르겠습니다. 하지만 그녀를 다시 만나 심판을 받아야 하는 순간, 저는 또다시 도망치고 말았습니다. 예전에 주신 명함을 보고 이 호텔을 찾아와 가명으로 체크인을 했지요. 그리고 마냥 걸었습니다……. 도착한 다음 날에는 길모퉁이에 서 있는 마기를 언뜻 보았고, 그녀를 피하려 고사리 풀더미로 뛰어들었죠. 마기가 이런 저를 원망하지 말아줬으면 좋겠네요. 아마 그녀라면 친구들로부터 떨어져 있는 시간이 가끔 필요하다는 걸 누구보다 잘 알겠죠.

이곳에 머물며 이때껏 제가 걸어온 방황의 길을 차근차근 되짚어봤습니다. 열여덟 살에 고향이 갑갑하다며 뛰쳐나온 불완전한 남자의 여정을요. 그 나이에는 집을 떠나 먼 곳으로 발걸음을 떼면 이방인이 된다는 걸 알지 못하죠. 자신의 출생을 목도한 땅을 떠나 다른 곳에서 뿌리를 내리는 데는 엄청난 시련이 따른다는 것을요.

저는 오만했던 남자의 젊은 시절을 떠올렸습니다. 고향 땅에 발을 들이지도 않고 가족들에게 자신의 성공을 알렸던 오만함을. 그는 부러움을 살 거라 생각했지만 돌아온 건 동정뿐이었죠. 그곳에는 도시의 삶을 꿈꾸는 사람도 없고, 졸업장이나 은행 계좌를 얻겠다고 땅 한쪽을, 아니 조약돌 하나조차 포기하는 사람도 없으니까요. 안느 리즈, 이 남자는 그럼에도 불구하고 자기만의 인생을 건설하려고 했습니다. 뿌리가 얕은 집이라 해도 자신을 고통으로부터 보호해주리라 믿었죠. 그러나 잘못된 생각이었어요. 그런 집에 산다는 건 태풍이 올 때마다, 폭풍우가 칠 때마다, 바람이 불 때마다 흔들린다는 걸 의미했으니까요.

그만큼 그의 인생은 불안했습니다. 그는 깊이를 알지도 못한 채 표면 위에서 삶을 헤쳐나갔지요. 그러다 어느 여름, 뿌리가 깊어 보이는 여성을 만났습니다. 그에게는 그렇게 보였어요. 그녀는 그와는 반대로 무엇이 중요한지 잘 알고 있었죠. 포도나무와 자신의 과거를 떠나려 하지 않았거든요. 그녀의 그런 굳은 마음 때문에 그는 그녀를 떠났습니다. 몇 십 년 동안 자신에게 어두운 그림자가 드리울 거라고는 꿈에도 모른 채 말이죠.

일주일 전 호텔로 돌아오다 프런트에 서 있는 실루엣 하나를 보았습니다. 한 여성의 뒷모습이었죠. 고개를 기울인 채 반지를 빙글빙글 돌리고 있었는데, 수천 명의 인파 속에서도 알아볼 수 있는 모습이었습니다. 모든 게 다시 확실해졌습니다. 어쨌든 저는 동요하지 않고 그녀에게 다가가 마주섰지요.

그녀는 뒤를 돌아보더니 마치 어제 헤어지고 다시 만난 것처럼 저를 보고 미소를 짓더군요.

제가 철없다고 느껴지시겠죠? 저도 압니다. 하지만 조금도 부끄럽지 않아요. 클레르가 일 때문에 다시 파리로 돌아가기 전까지 우리는 밤낮없이 대화를 나눴습니다. 사흘간 그녀를 곁에 두고 함께 걸으며 저는 공간감각을 잃었습니다. 시간감각도요. 샹파뉴의 포도나무 사이를 걷고 있다고 생각했는데, 풍경을 가리키며 팔을 뻗다가 제 주름진 손을 보고 놀랄 정도였답니다. 머릿속에서 저는 스무 살이었으니까요.

몇 시간 후에 다시 이어 씁니다……

마기 때문에 쓰다 말았습니다. 제가 자기 피난처 코앞에서 머물고 있다는 걸 알게 된 그녀가 브뤼셀에서 돌아오자마자 절 찾아왔거든요. (클레르가 편지를 어디에 보낸 건지 이제야 알 것 같네요.)

마기는 저를 집으로 초대했습니다. 저는 이 결론으로 제 삶이 완전히 뒤바뀌었다고 고백했지요. 그러다 갑자기, 제가 지금껏 살아온 게 바로 이 순간을 위해서라고 믿고 싶어졌답니다. 운명이 바로 지금이라는 시간으로 나를 이끌어

젊은 시절의 사랑을 다시 만나게 해준 거라고요.

제 말에 마기는 웃음을 터뜨렸고, 저를 곳으로 데리고 갔습니다. 우리는 돌풍 때문에 고함을 치며 대화해야 했죠. 엄청난 위력을 보여주는 자연 앞에 서니 그녀가 하고 싶은 말이 무엇인지 알 수 있었습니다. 백 년 후에는 제 인생이나 저의 여정에 대해 누구도 관심이 없을 거라는 사실이었죠. 이러한 확신이 생기니 더 이상 두렵지 않더군요.

그래서 저는 이제 이 이야기를 다시 써보려고 합니다. 클레르 없이 혼자서요. 그러고 나면 편집자를 수소문해 원고를 보낼 생각입니다. (마기가 우리 친구들 중에 편집자가 한 명 있다고 하던데, 왜 그렇게 확신에 차서 말하는지 모르겠네요.) 그후에는 클레르가 어떻게 변했는지 알아가며 행복을 느끼고 싶군요. 그녀가 젊은 시절만큼이나 제 마음에 들 거라는 건 이미 압니다. 저는 그녀의 마음을 사로잡는 데 전념할 겁니다. (부디 비웃지 말아주세요. 이건 자전거 타는 법처럼 잊어버리지 않는 일이니까요!) 그리고 안느 리즈, 이 만남으로 인해 사랑이 싹튼다면 그건 새로운 사랑이 될 겁니다. 저는 과거가 우리 사이의 망설임과 새로운 발견이 주는 환희를 앗아가게 내버려두지 않으렵니다. 운명이란 것은 없지만, 이제는 믿는 척이라도 해보려 합니다……

좀 전에 마기와 함께 해변에서 돌아오는 길에 신발을 벗고 모래 한 알의 가치에 대해 담소를 나눴습니다. 이 작은 알갱이 하나라도 잘못 들어가면 기계가 멈추거나 진행 방향이 바뀌잖아요. 오늘 밤 잠자리에서 당신이 마치 그런 모래알 같다는 생각을 했습니다. 안느 리즈, 제 말을 믿어주세요. 제 마음에 이보다 더 기분 좋은 상상은 없답니다.

실베스트르

P. S. 고사리 풀더미에 대해 말하자면, 마기는 저를 원망하지 않더라고요. 마기도 산책하다 말고 몇 번이나 똑같은 방법으로 그 풀더미의 도움을 받았다고 고백했답니다.

안느 리즈가 실베스트르에게

파리 모리용가, 2016년 10월 17일

친애하는 실베스트르,

저한테 혼 좀 나셔야 되겠는데요. 빠져나갈 생각은 마세요! 30년 전에 떠났던 그 길로 다시 데려다놨더니만 저를 모래알에 비유하다니, 절대 못 빠져나가죠. 그리고 여행공포증은 어떻게 된 건가요? 우리한테 알리지도 않고 브르타뉴의 해안을 누비러 떠났을 때, 바닷가에서 번민하며 산책하는 동안에도, 우리가 걱정할 거라는 생각은 안 들던가요?

좋아요. 소설을 다시 쓰시겠다는 거죠? 타이밍 딱 좋네요! 가능한 한 모든 방법으로 지원해드릴게요. 제가 그동안 정확하게 밝히지 않은 게 하나 있는데요. 제가 사촌과 같이 운영하는 회사는 할아버지가 세우신 출판사의 자회사예요. 당신의 소설을 출판할 수 있다는 거죠, 실베스트르. 침대 맡 서랍에서 저를 기다리고 있던 당신의 원고를 꺼냈을 때 그 점에 대해 고려해본 건 사실이지만, 그 소설이 당신에게 어떤 의미가 있는지 알고 나니 제 직업에 대해서는 까맣게 잊고 말았답니다. 그래서 전혀 딴생각 없이 당신과 모험을 함께한 거예요. 말 안 해도 이미 아시겠지만요.

어쨌거나 당신 의지가 그렇다면 그 책은 제가 맡을게요. 저만큼 신념을 가지고 당신의 글을 지켜줄 편집자는 없을 거예요. 물론 다른 편집자를 선택하더라도 마음 상하거나 하진 않을게요. (단, 제 사촌은 안 돼요!) 우리의 우정은 돈과는 전혀 상관이 없어요. 지난 몇 달 동안 당신과 함께한 모험은 값을 매길 수 없을 만큼 소중하답니다. 모험 덕분에 만났던 특별한 사람들과는 이제 친구가 되었고요.

이제 파티 얘기를 좀 해볼까요. 나이마는 아들과 함께 올 거고요, 윌리엄은 브뤼셀에 가서 엘런 안톤과 하너 얀선을 데리고 오기로 했고, 윌리엄의 딸 로라는 스코틀랜드를 떠나 우리와 함께 2017년을 맞게 될 거예요. 다비드도 외출 허가를 받았고요, 당신도 아시다시피 엘비르는 당신 딸과 함께 몬트리올을 출발해 12월 30일에 도착할 거예요. 다만 로메오와 줄리는 우리와 함께하지 못한답니다. 둘이서 연말 여행을 떠나기로 했다네요.

당신이 그때까지 소설을 마무리하셨으면 좋겠네요. 그럼 편집자한테 넘기기 전에 다 같이 읽어볼 수 있을 테니까요.

자, 이렇게 말하고 나니 끝이 난 것 같네요. 하지만 그렇지 않아요. 당신의 소설이 지나온 길과 당신의 인생 여정 또한 끝나지 않았어요. 저는 당신과 클레르, 윌리엄과 마기가 조심조심 불확실한 미래로 나아가는 모습을 보며 부러움을 느낀답니다.

어쨌거나 결국, 미래라는 건 예측이 불가능하잖아요?

128호실에 머물렀던 당신의 친구,
안느 리즈

P. S. 앞서 넌지시 말했지만, 벨기에 여행 이후 바스티앙과의 관계가 상당히 좋아졌어요. 각자 일하는 방식을 바꾸기로 합의했거든요. 제가 아버지가 계신 모회사에 합류해 처음 일을 시작했을 때처럼 해보기로 했어요. 아버지는 제가 자회사를 설립하게 해주셨고, 그 회사는 조금씩 성장해 지금은 가장 중요한 지점이 되었거든요. 저는 제 경영권 대부분을 사촌에게 넘기고(홍보나 매출에 대해서라면 저보다 더 능력 있다는 걸 인정하거든요) 제가 가장 잘하는 분야에 매진할 계획이에요. 원고를 살펴보고 선택한 후에 서점과 도서관 책장까지 데리고 가서 독자와 만날 수 있게 해줄 거예요.

새해가 밝아오기 몇 시간 전, 무언가를 써야겠다는 억제할
수 없는 욕구에 사로잡혔어요. 아끼는 펜팔 상대가 모두 곁
에 있으니, 생각을 정리하고 마음을 비우는 편지를 써도 보
낼 사람이 없네요. 그래도 딱히 봐줄 사람 없는 이 글을 끼
적입니다. 사춘기 애들이 일기에 속내를 털어놓듯이.

우리 모두는 12월 24일 저녁에 도착했고, 2016년의 크리스
마스를 정말 즐겁게 보냈어요. 실베스트르는 자신이 쓴 소
설의 결말을 처음으로 공개했죠. 30년 전의 젊은 클레르에
게 보내는 감동적인 찬사가 담겨 있었어요. 잘 모르는 관객
들 앞에서 그런 사랑 고백을 받는다면 정말 어색했을 텐데,
다행히 클레르는 제시간에 도착하지 못해서 그의 낭독을
듣지 않을 수 있었죠. 클레르는 몇 달 후 책이 도서관 선반
을 장식할 때에야 새로운 버전으로 기록된 자신들의 이야
기를 읽게 될 거예요. 그녀의 소원대로.

　지난 몇 주간 우리의 두 작가가 너무 분주했기에 우리 모

두는 그동안 두 번밖에 못 만났어요. 처음에는 마기네 동네에서 만났죠. 실베스트르가 보리바주 호텔에 식사를 예약해 줬고요. 우리는 책에 대해, 그리고 책을 통해 체험하게 되는 모든 여행에 대해 이야기를 나눴어요. 서로의 필독서도 공유했죠. 윌리엄과 클레르는 핸드폰을 꺼내 목록을 적었고, 마기와 실베스트르는 주머니에서 꺼낸 작은 수첩에, 아가트는 주문서 위에, 그리고 저는 부끄럽지만 호텔 이름이 적힌 냅킨에다 소중한 목록을 기록했어요……. 이 냅킨은 아직도 제 가방에 있답니다.

저는 대화를 나누는 동안에도 친구들을 몰래 살펴봤어요. 그러니까 그들이 교환하거나 애써 피하는 시선을, 말하지 않아도 보이는 것들을, 엉겁결에 나오는 그들의 실수를 감지하며 특별한 저녁 시간을 보냈죠. 후추통을 집으며 누군가의 손가락을 살짝 건드린다든지, 타르트를 더 가지러 간다고 일어나며(접시에 아직 타르트가 남아 있다는 건 둘째 치고) 누군가의 어깨에 덜덜 떨리는 손을 얹는다든지 하는……. 저 지금 소녀 감성을 되찾고 있는 건가요?

두 번째 만남에서는 그만큼 자유롭지 못했어요. 장소가 모리용가의 우리 집인 데다가 식사 준비에 온 정신을 쏟는 바람에 손님들이 주고받는 긴밀한 신호를 제대로 알아채지 못했거든요. 모두가 떠나자 카티아가 보고를 해줬죠. "그

네 분 너무 귀여웠는데 엄마도 봤어요? 마치 사랑 고백하는 걸 무서워하는 사람들 같았어요. 그래봤자 잃을 것도 없잖아요!"

저희 딸을 이해해주세요. 아직 너무 어리잖아요……. 그 애는 우리 나이에 도박을 하면 무엇을 잃게 되는지 잘 몰라요. 쌓여 있는 칩의 숫자는 지난 세월을 의미한다는 것을, 우리에게 시간이 남아 있다 해도 그게 그동안 잃은 것들을 보상해주진 못한다는 사실을 몰라요. 우리는 그걸 알잖아요. 그래서 게임에 정통한 윌리엄은 거리를 지키고 있어요. 그러면서 마기의 모든 관심을 받고 있죠. 마기는 그가 거리를 두는 걸 보며 흔들리고 있고요. 그녀는 자기가 좋아하는 사람이 블러핑*의 대가라는 걸 알아야 해요. 하지만 알다시피, 사랑은 우리의 눈을 멀게 하는 걸로 명성이 자자하니까……

그에 비해 실베스트르와 클레르 사이에는 어떤 눈가림도 없어요. 서로를 대하는 행동은 한없이 다정하고, 서로를 향한 감정을 더 이상 숨기지 않아요. 어쩌면 새해에는 둘이 함께 새로운 길을 걷게 될지도 모르겠어요. 만약 제가 이야기의 결말을 지을 수 있었다면 뭐라고 썼을지는 보나마나죠.

---

* 자신의 패가 안 좋을 때 상대를 속이기 위해 허풍을 떠는 게임 전략.

오래된 농가가 뒤에 있는 윌리엄의 서재에서는 12월 31일 저녁 만찬을 준비하는 친구들의 탄성과 웃음소리가 들려요. 제가 전화 통화를 핑계로 잠시 나온 건 축제 분위기에서 좀 떨어져 있을 필요가 있었기 때문이에요. 이렇게 한 발짝 떨어져 있으니 오늘 밤의 행복이 더욱 강렬하게 느껴지네요.

왜냐면 당신도 그렇고 저도 그렇고, 우린 알잖아요. 완벽한 순간이란 덧없다는 사실을요. 나이마는 며칠 후면 아들을 집에 데려다줄 거고, 몇몇은 퀘벡으로, 혹은 벨기에로 돌아가겠죠. 우리를 만나게 한 소설을 위해 그토록 많은 일을 함께했는데, 우리에겐 무엇이 남게 되는 걸까요? 책 홍보를 위해 뛰어다니고 바스티앵과 마케팅이나 수익에 대해 의논할 때도 제가 과연 이 마음을 간직할 수 있을까요? 당신은 어떤가요? 지금의 친구들이 이방인이었던 시절 담합해서 벌인 일, 그리고 그들과 나눈 편지의 흔적을 마음속 어딘가에 간직하실 건가요?

저는 그 모든 일을 기억에 남기기 위해 이렇게 글을 쓰는 거예요. 일주일 후, 혹은 일 년 후에 이 글을 읽는다면, 연말 만찬을 위해 오븐에서 막 꺼낸 칠면조 냄새와 식탁에 올려둔 크리스마스로즈*의 향기가 다시 느껴지겠죠. 열여섯의

---

* 크리스마스 무렵에 꽃이 피는 미나리아재빗과 식물.

엉뚱함으로 어른들을 놀리는 로라와 카티아의 웃음소리를 다시 한 번 듣게 될 거고요. 집을 둘러싼 나무 꼭대기에 눈이 쌓여 환하게 빛나는 모습을 다시 보게 될 거예요.

중학교 시절 식물 표본을 만들듯 이렇게 작고도 행복한 순간들을 간직할 글을 쓰고 나니, 이제 제 마음의 식구들에게로 돌아가 맘껏 파티를 즐길 수 있을 것 같네요.

저는 삶의 단편들을 결코 기억 저편에 묻어두지 않고 마음속에 간직해야만 현재를 누릴 수 있는 사람이기 때문이에요…….

감사의 말

감사의 말을 전하는 이 순간, 누구보다도 먼저 제 마음 한편에 영원히 자리할 사람들을 떠올리고 있습니다. 그들이 없었다면 이 모든 일은 일어나지 않았을 겁니다.

저를 세상으로 나오게 해주신 몽베스트셀러*monBestSeller* 사이트와 그곳의 모든 회원들, 미숙한 작가인 저를 서점 진열대까지 데려가 주신 라 마르티니에르 출판사*La Martinière Littérature*의 문학팀장 마리 르루아에게 감사드립니다. 함께한 작업 덕택에 제가 더욱 성장할 수 있기를 바랄 뿐입니다. 때로는 재미있는, 그러나 늘 필요한 조언으로 마음을 다해 협력해주신 잔 푸아 푸르니에, 사샤 세레로, 그리고 카린느 바르트에게도 큰 고마움을 전합니다.

2년 전 이맘때 제 첫 소설 『크리스마스로즈의 향기』*Le Parfum de*

l'Hellébore』가 출간되었습니다. 저는 그 책 끝에다 미지의 독자에게 가상으로 감사의 마음을 전했습니다. 당시만 해도 누군가 제 책을 읽는다는 게 영 말이 안 된다고 생각됐고, 독자라는 존재가 너무나 추상적으로 다가왔기 때문입니다.

하지만 이제는 그렇지 않습니다.

오늘 저녁 서적 전시회의 통로에서, 미디어센터의 서점에서 만난 독자들은 살아 있는 사람이었습니다. 제 책에 눈길을 주고, 제 이야기를 마음껏 가져가 주신 분들도 있었지요. 저는 그들이 제 책을 손에 들고 멀어질 때마다 저의 한 부분이 그들과 함께 떨어져나가는 듯한 느낌이 들었습니다. 하지만 신기하게도 제가 점점 줄어든다고는 느껴지지 않았습니다. 오히려 반대로 점점 커진다는 느낌입니다······.

꿈에서도 욕심내지 못했던 뜻밖의 교제, 제가 누려도 되나 싶을 정도의 신뢰, 제 책을 성장하게 해준 거듭된 만남, 그리고 때로 힘든 일상에서도 잠시나마 나눌 수 있는 나긋한 사담에 감사를 전합니다.

여러분이 계시기에 모험은 계속될 것입니다.

오늘, 새로운 소설 하나가 길을 떠납니다. 이제는 저 없이 혼자만의 길을 가게 될 것입니다.

저는 이 글이 어떤 여정을 겪을지 상상하는 것만으로도 진한 행복을 느낍니다. 제가 아는 것이라고는 단 하나, 그 여정이 구불구불할 거라는 사실뿐이죠. 부인하지 마세요, 우리의 길은 다 그러니까요.

커피나 허브티 자국이 남을 수도 있고, 어쩌면 72쪽에는 초콜릿 자국이 생길지도 모르겠네요. 187쪽에서는 틀림없이 읽다가 잠에 빠져 안경 위로 책이 떨어질 겁니다. (바라건대 안경을 깨뜨리지는 말기를.)

그 모든 내밀한 순간을 함께해주심에 감사를 전합니다.

카티 보니당

옮긴이의 말

소설 속 편지를 따라 여기까지 이끌려 오신 모든 분께,

하늘이 낮게 내려온 듯 밝은 해도 모습을 감추고 누군가
는 우중충하다고 표현할 만한 날씨가 되면, 왠지 편지라는
걸 한번 써볼까 하는 마음이 들죠. 따스한 커피 한 잔과 함
께라면 더할 나위 없을 거예요. 기호에 따라서는 차도 괜찮
겠죠. 문장을 고르고 숨을 고르는 사이, 머그에 가득 담긴
커피나 차를 마시는 순간에는 나를 둘러싼 공기마저 왠지
따스해지는 것 같으니까요.

편지를 쓰는 게 조금 부담된다면 편지로 가득한 책을 읽는
것도 좋겠죠. 다른 설명은 없이 주인공들이 주고받는 편지
만을 가지고 오롯이 흘러가는 이야기를 따라가다 보면, 그

편지가 마치 나를 위해 쓰인 것처럼 생생하게 느껴져 어느새 소설 속에 퐁당 빠져들게 되잖아요. 편지 사이사이 있었던 상황들을 그려보고 행간에 녹아 있는 것들도 읽어내야 하니 머릿속이 조금은 분주해지겠지만요. 그렇지만 등장인물들의 마음이 그대로 드러나는 편지를 읽고 나면 나도 누군가에게 편지를 쓰고 싶다는 마음이 들 만큼 그들의 감정에 압도되고 말아요. 그게 바로 서간체 소설이 지닌 맛이 아닐까요.

안느 리즈의 호기심과 그것을 충족할 용기 덕분에 생겨난 편지 교환을 따라가면서, 저는 우연과 운명에 대해 생각해보게 되었어요. 안느 리즈가 보리바주 호텔 128호실에서 실베스트르의 원고를 발견한 것은 우연이었지만, 그 안에 적힌 주소를 보고 원고를 되돌려 보내며 그 발자취를 거슬러 올라간 것은 우연이 아니었어요. 안느 리즈의 용기와 실행력 덕분에 가능해진 일이었지요. 그리고 우리 모두가 목격한 것처럼, 그 일로 인해 참 많은 일들이 일어났습니다. 실베스트르는 오래전 잃어버렸던 자신의 원고를 다시 찾았고, 더불어 첫사랑까지 되찾을 수 있었죠. 다비드 또한 사랑하던 여인을 다시 만날 수 있었고요. 윌리엄은 마기와 사랑에 빠졌고, 동시에 소원하게 지냈던 딸과도 두 번째 기회를 갖게 되었죠. 그리고 안느 리즈에게는 가족이라고 말할 수 있을 만큼 깊은 우정을 나눌 수 있는 친구들이 생겼고요. 그저 우연이었다고 말하기에는 그에 따른 결과가 너무 놀랍지 않나요? 그들에게는 이 모든 게 운명 같다고 느껴졌을 거예요.

우연이 운명으로 뒤바뀌는 순간.

이렇게 말하면 무척 특별한 것처럼 느껴지지만, 딱히 그렇지만도 않은 것 같아요. 그냥 지나치면 아무 일도 아닌 우연을 마주쳤을 때 안느 리즈처럼 한 발짝 앞으로 내딛어보는 것. 그러한 호기심과 작은 행동이 만난다면 우연은 언제라도 운명으로 탈바꿈할 수 있을 테니까요. 필요 이상으로 긍정적이라고 생각하실 수도 있겠죠. 하지만 이 책을 읽고 나니 저도 어쩔 수가 없네요. 글이라는 건, 또 책이라는 건 어찌나 강력한지. 실베스트르를, 안느 리즈를, 마기를, 윌리엄을 뒤바꿔버린 그 힘이 이 책을 읽은 모든 사람에게 다다르게 될 거라는 생각이 들거든요. 과연 저 혼자만의 착각일까요?

그러고 보면 우연은 운명과 아주 닮아 있는 것 같아요. 둘 다 사람들이 원하는 대로 흘러가지 않고 우리의 의지와는 상관없이 벌어지니까요. 그렇지만 우리는 우연은 별 일 아 닌 것으로 치부하고, 운명은 뭔가 더 큰 존재로 인식하는 경향이 있죠. 운명이라는 단어 앞에서 우리는 아주 작은 존 재가 되어버려요. 운명은 거스를 수 없는 거라고 말하면서 요. 하지만 저는 이 책을 읽고 나서 우리에게는 운명을 바 꿀 수 있는 힘이 있다는 생각이 들었어요. 운명이라는 것의 지분은 모조리 우주에 달린 일이 아니라 결국 우리에게도 약간의 역할이 주어졌다고요. 그리고 그건 작은 우연에서 시작될 수 있다는 것도요.

아무것도 하지 않으면 아무 일도 일어나지 않는다는 말, 많 이들 하잖아요. 앞으로 우연처럼 다가온 작은 일에 호기심 을 갖고 한 발 내딛어보는 용기를 갖춘다면, 생각지도 못 한 많은 일들이 생기지 않을까요. 망설임을 이겨내고 디딘 작은 발걸음으로 인해 우리가 만나는 작은 우연들은 운명 으로 뒤바뀌게 될 거예요.

　이 책을, 또 저의 편지를 읽고 계시는 여러분의 인생에 이러한 작은 우연에서 시작된 행운이 가득하기를 기도하겠습니다.

마음을 담아,
옮긴이 드림

P. S. 누구에게라도 편지가 쓰고 싶어졌다면, 지금 당장 아무 종이나 펼쳐 몇 글자 적어보는 건 어떨까요? 지금 이 감정은 그냥 흘려보내기에는 너무 소중한 것이니까요.

128호실의 원고

1판 1쇄 발행 2020년 3월 9일
1판 2쇄 발행 2022년 11월 15일

지은이 카터 보니당
옮긴이 안은주
펴낸이 김기옥

문학팀 김세화 | **마케팅** 김주현
경영지원 고광현, 김형식, 임민진

표지디자인 강수정 | **본문디자인** 고은주
인쇄·제본 (주)민언프린텍

펴낸곳 한스미디어(한즈미디어(주))
주소 (04037) 서울시 마포구 양화로 11길 13(서교동, 강원빌딩 5층)
전화 02-707-0337 | **팩스** 02-707-0198 | **홈페이지** www.hansmedia.com
출판신고번호 제313-2003-227호 | **신고일자** 2003년 6월 25일

ISBN 979-11-6007-466-6 03860

한스미디어 소설 카페 http://cafe.naver.com/ragno | 트위터 @hans_media
페이스북 www.facebook.com/hansmediabooks | 인스타그램 @hansmystery

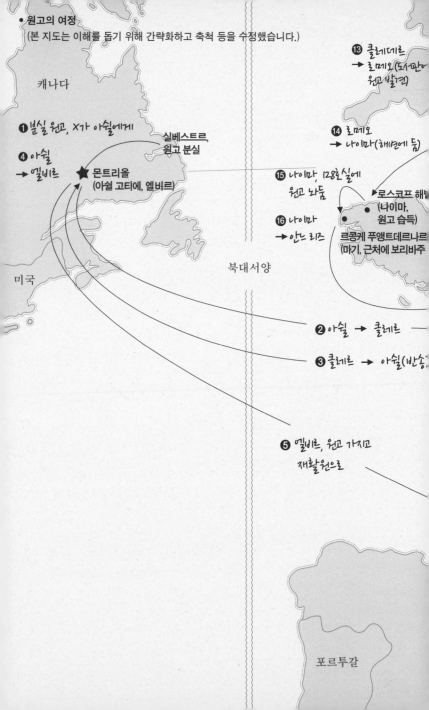

• 원고의 여정
(본 지도는 이해를 돕기 위해 간략화하고 축척 등을 수정했습니다.)

캐나다

❶ 분실 원고, X가 아쉴에게

❹ 아쉴
→ 엘비르

실베스트르,
원고 분실

★ 몬트리올
(아쉴 고티에, 엘비르)

❸ 클레데르
→ 로메오 (도서관에
원고 발견)

❹ 로메오
→ 나이마 (해변에 둠)

❺ 나이마, 128호실에
원고 놔둠

로스코프 해변
(나이마,
원고 습득)

❻ 나이마
→ 안느 리즈

르콩케 푸앵트데르나르
(마기, 근처에 보리바주

미국

북대서양

❷ 아쉴 → 클레르

❸ 클레르 → 아쉴 (반송

❺ 엘비르, 원고 가지고
재활원으로

포르투갈